社畜な僕と
狡猾な悪魔の
幸福な結婚

社畜《しゃちく》な僕《ぼく》と狡猾《こうかつ》な悪魔《あくま》の幸福《こうふく》な結婚《けっこん》

篠崎《しのざき》一夜《ひとよ》

ILLUSTRATION：香坂《こうさか》透《とおる》

社畜な僕と狡猾な悪魔の幸福な結婚

LYNX ROMANCE

CONTENTS

社畜な僕と狡猾な悪魔の幸福な結婚

心臓が、早鐘を打っている。

半開きになった唇から、掠《かす》れた声がこぼれた。

「っ、あ…」

鼻にかかった響きに、泣きたくなる。奥歯を嚙《か》み締めようにも、酸素が足りない。喘《あえ》いだ佐原深幸《さはらみゆき》の腿《もも》裏を、並外れて大きな掌《てのひら》が撫《な》でた。

ごつごつとしたその手は、骨張って雄そのものの形をしている。同じ男であっても、日々机に向かい、ペンを握ってすごしてきた佐原のそれとはまるで違う。古い傷痕《あと》が残る手が、佐原の膝《ひざ》裏をくすぐって尻《しり》まで動いた。

「あ…、や、引っ張らない、で…」

そんな場所、摑《つか》んじゃ駄目だ。訴えたいのに、満足に声が出ない。

仰向けに寝台に転がされ、大きく足を開かされていた。胸に着くほど深く膝を折られると、裸の尻が上を向いてしまう。恥ずかしくて、堪《たま》らない。足をばたつかせて逃げようにも、頑丈な腕で腿を摑まれると身動《みじろ》ぎすら難しかった。

「ちゃんと見ないと、溶けているか確かめてやれないだろう？」

低い声が、笑う。尻に吹きかけられた声の響きに、ぞわっと産毛が逆立った。

眼を細めて、覗き込まれる。大きく拡《ひろ》げられ、ずっぷりと指を呑《の》む穴の形をすぐ間近から確かめられた。意識すると下腹に力が籠《こ》もって、爪先《つまさき》が悶《もだ》える。

「ぅあ、あ…」

「君のここがどんな形になっているかも、私には確かめる義務がある」

ここ、と教える動きで、指を曲げられた。

搔《か》き出すように指を使われると、ざわりと強い痺《しび》れが下腹に広がる。前立腺、と教えられた場所だ。そうでなくても、腹の底が熱い。ずくずくと熱を持って、むず痒《がゆ》さに似た性感が舌のつけ根までも痺れさせた。筋肉を緊張させ、刺激をやりすごそうにも上手《うま》くいかない。気持ちがよくて、それが怖くて、犬みたいに息が上がる。

「あァ、や、そこ…」

「ペニスまでぴくぴくさせて、いやらしいな」

甘い声に責められて、恥ずかしさに鼻腔《びくう》の奥が痛んだ。だけど言葉の通り、張り詰めた性器は萎《な》えてくれない。ふ、と今度は明確に息を吹きかけられ、性器が跳ねた。

先端をぬらしていた腺液《せんえき》が、ぴちょ、と胸元にまで飛《と》ぶ。その熱さに瞬《またた》くと、全部が見えた。

ぱんぱんに膨れて揺れる性器も、抱えられた尻も、その穴に埋められた指の太さまでもが視界に飛び込む。目を瞑《つぶ》ろうにも、間に合わない。視覚から脳へと伝わった刺激の強さに、くらくらした。

「ぁあ…」

なにより、剝《む》き出しの尻へと擦《こす》りつけられる陰茎の太さはどうだ。

佐原の尻に指を埋める男が、気紛れに重たい下腹を押しつけてくる。がっしりとした手と同様に、男はどこもかしこも逞《たくま》しい。惜しげもなく晒《さら》された鼠径《そけい》部に、反《そ》り返る肉があった。

太い血管を浮き立たせたそれは、息を呑むほどに大きい。こんないやらしい形をしたペニス、初めて見た。そもそも他人の性器を、こんな形で密着させられた経験など他にないのだ。

「やぁ…、当…」

ぐちょ、と音を立て、男が尻のなかで指を回す。前立腺を捏《こ》ねながら、手首ごと左右に動かされると声が出た。熱っぽい場所を満遍《まんべん》なく引っ掻かれ、足の裏までもが甘く痺れる。強すぎる刺激から遠ざかろうと揺れた尻を、びたんと重い陰茎が打った。丈の長さを教えるように、大きく腰を使って擦りつけられる。

「…ぁ、だめ、入…」

そんなふうに動かされたら、穴に食い込んでしまう。怯《おび》えた佐原の内腿を、熱い舌が舐《な》めた。

「怖がることはない。我が花嫁」

違う。

僕は、花嫁なんかじゃない。

首を横に振ろうとした佐原を見下ろし、男がぬぷぬぷと指を揺らした。陰茎を押し込む動きを真似て、何度も出し入れされる。空気が潰《つぶ》れる音が鳴り、さっきまでより深い場所に指が届いた。

「ひっ、あっ」

「花嫁として無事初夜を迎えられるよう、正しくこの体を作り替えてやる」

いやだ、そんなこと。

僕は、ただの会社員だ。終電に飛び乗るのが日課の、平凡な編集者。仕事しかすることのない毎日に、社畜と憐れまれることはあっても、花婿はおろか、花嫁だなんて呼ばれるはずがない。

ふるえた尻を陰茎で小突き、男が押し入れた指を左右に開いた。

「っあぁ」

「分かるか？　ここもうこんなに開くようになった」

声のやさしさとは裏腹に、穴を縦に割る指の力は強い。

艶《つや》やかな桃色を晒す穴を真上から見下ろし、男が腿のつけ根に顔を寄せた。駄目だ、そんな場所。ぐっしょりとぬれそぼった陰毛に、形のよい鼻梁《びりょう》がこすれてしまう。腰を引かなければと思うのに、同じだけの期待に心臓が鳴った。

あの口で性器をいじって、射精させてくれるのか。

胸に湧《わ》いた欲求に、打ちのめされる。なんて、あさましい。僕はこんなにも、いやらしい人間だったのか。しゃくり上げる間もなく、ちゅ、と音を立てて潤《うる》んだ亀頭《きとう》に口づけられた。敏感すぎる場所を軽く吸われ、息が尖《とが》る。だが、それだけだ。

「ああっ」

呆気《あっけ》なく離れた舌が、れろ、と陰嚢《いんのう》を転がし会陰《えいん》を辿《たど》る。皺《しわ》を寄せる皮膚を舌先で搔かれると、悲鳴がもれた。

日頃、意識などしたこともない場所だ。指でくすぐられるほど、強くもなければ的確な刺激でもない。だが尖らせた舌先はやわらかで、熱くぬれている。ぬっと突き出された舌の色に、どうしようもなく脳味噌《みそ》が煮えた。

「ひァ、や、吸…」

ぢゅ、と聞くに堪えない音を立て、男っぽい唇が会陰に吸いつく。まるで、キスされてるみたいだ。自分の想像に、恥ずかしいくらい性器が跳ねる。ぎゅうっと締まった尻穴を、熱い息が笑った。

「ぁ、駄目…」

「ここで、私の子種を孕《はら》むんだ」

穴を割る指の隙間《すきま》から、にゅぶと弾力のある肉が割り込む。びっくりするほど熱い、量感のある舌だ。あの舌、が。力強い男の舌が、入ってくる。

「や…」

全部、夢だ。

そうでなければ、説明がつかない。だって今この瞬間、僕を折り曲げ尻をいじるのは人間ではないのだ。

平凡な編集者である僕を花嫁と呼ぶのは、僕が担当してきた小説作品に登場する悪魔だ。誰よりも猛々しく、誰よりも偉大な悪魔。現実の世界には、決して縁のありようがない存在。その男が、僕の尻で舌を使っている。

「…ぁ、こん、な…」

こんなこと、あり得ない。呻《うめ》いた佐原の下腹に、大きな掌が重なった。

「その日が来たら、たっぷりと注いでやる」

約束した男が、にたりと笑う。やめてくれ、そんなこと。もがき、伸《の》ばした左手が男の顔に届く。頭を押し退《の》けようとしたはずなのに、笑う息に薬指を噛まれた。

「待ち遠しいだろうが、少しだけ我慢しなさい。それまでの間、君の好きな場所をうんと可愛《かわい》がってやるから」

君が一日でも早く、私の体に馴染《なじ》めるように。

吹きかけられる声は、どこまでもやさしい。嫌だ、と声にしたのか、怖い、としゃくり上げたのか。

甘い痛みが薬指に食い込んで、終わりのない夜が世界を覆った。


目が覚めると、見も知らない世界に横たわっていた。

「気がついたか、ミセリア」

巨《おお》きな楽器のような深い響きを持つ声に、三半規管が穏やかに、しかし圧倒的に冒《おか》されるのを自覚する。

なんて、声だ。呼びかけの語調は静かなようでいて、押し殺しきれない喜びが滲《にじ》んでいる。安堵《あんど》、なのか。深すぎる嘆息を注がれ、寝台の上で瞼《まぶた》が揺れた。

あれ、でも僕、いつ布団に入ったんだっけ。そもそもどうやって、部屋に帰り着いたんだろう。つい今し方まで、僕はひぃひぃ言いながら編集部で白焼きのゲラを握り締めていたんじゃなかったか。

ぼんやりと瞬きを繰り返し、佐原はちいさく息を詰めた。

「っ…」

鼻先に、恐ろしく整った顔貌がある。

奥歯が凍るほどっていうのは、こういうことか。本当に、怖いくらい端整な顔だ。

コルレオニス。

獅子の心臓を意味する名が、すぐに頭に浮かんだ。

だって、仕方がないじゃないか。僕を覗き込んでくる容貌《ようぼう》は、獅子王と渾名《あだな》される男そのものだ。

深い眼窩《がんか》に添って描かれた眉《まゆ》は凜々しく、意志の強そうな唇は形よく引き結ばれている。厳《いか》つい鼻梁に歪《ゆが》みはなくて、削げたような頬《ほお》は猛々しい獣を思い起こさせた。そして完璧《かんぺき》な均整を有した、人間離れした長身。

雄のなかの、雄だ。

造形の完璧さは、言うに及ばない。神殿に奉られた大理石の軍神と並んだって、見劣りはしないだろう。むしろ冷たい大理石にはない生々しい精悍《せいかん》さにこそ、目を奪われた。

不死身の、獅子王。悪魔すら恐怖する、怪物。

コルレオニスを讃える言葉は、数限りなくある。だが残念なことに、彼は実在する人物じゃない。

桜庭《さくらば》涙骨《るいこつ》が執筆する小説巨編、『機械仕掛けの神《デウス・エクス・マキナ》』に登場する、悪魔だ。デウマキの略称で愛される物語は、悪魔とそれを駆逐しようとする天使、更には両者に翻弄される人間たちの争いを描いた叙事

詩のような長編小説だ。そのなかにおいて、悪魔の側から物語の舵《かじ》を取るコルレオニスは常に読者の高い人気を誇ってきた。

佐原自身、彼が活躍する物語を何度読み返したか分からない。マニアと呼ばれても本望だ。だが立場上、佐原が獅子王を崇拝するデウマキマニアでいられるのは自分のちいさな部屋のなかだけのことだった。

新宿区《しんじゅく》に社屋を構える中規模出版社、帝都出版《ていとしゅっぱん》の編集者、それが佐原の肩書きだ。しかも『機械仕掛けの神』の執筆者である桜庭の担当編集者ともなれば、常に作り手と読者、双方の視線で作品を俯瞰《ふかん》できなければならない。コルレオニスの一挙手一投足を熱く追いかけ、憧《あこが》れと共に読み込む愛読者でいられるのは、刷り上がった本を手にして部屋に籠もったその時だけだ。編集者としては、他の作家の作品同様に公平でいなければいけない。

そう自らを戒める佐原だが、今眼前にある男の容貌は編集者の立場を忘れ歓声を上げずにはいられないものだ。

「待ちくたびれたぞ」

額へと注がれた声に、嘆息と笑みとが混ざった。

もしかして、彼は泣いているのだろうか。驚いて目を凝《こ》らしたが、見上げた双眸《そうぼう》に涙の痕跡《こんせき》を探すことはできなかった。

自分を見下ろしてくる漆黒の双眸には、微《かす》かに赤とも黄金ともつかない色が宿る。

どこまでも、コルレオニスそのものじゃないか。びっくりしすぎて、声も出ない。横たわり、ただ男を見上げることしかできない佐原の左手を、あたたかな手が引き寄せた。

「ミセリア…」

ミセリアとは、コルレオニスと同様に『機械仕掛けの神』に登場する青年の名だ。

なんだろう。これってすごくいい夢だな。推しキャラを完璧に再現するだけじゃなく、作中の世界観そのものに踏み込めるなんて僕の妄想力最高か。

「分かるか？　私がどれほど会いたかったか」

絞り出された声が、ミセリアへの親愛を吐露したものならよく分かる。

ミセリアは困難な戦いのなかにあって、コルレオニスが背中を預けることを望んだ数少ない戦友だ。

獅子王の物語における、重要な登場人物でもある。

『機械仕掛けの神』は、一対の天使と悪魔が一人の人間の魂を奪い合うところから幕を開ける。時には天使の、そして時には悪魔の視点を借り、物語は長きに渡る彼らの戦いを描き出した。コルレオニスが初めて登場するのは、そうした物語の天国の門編と呼ばれる作品だ。

神を盲信するあまり天国を追われた天使が、人間の世界に天国へと至る門を生み出そうとするのだ。その際門の礎《いしずえ》とすべく奪われたのが、コルレオニスの父であり貴族と呼ばれる高位の悪魔の亡骸《なきがら》だった。天国の門が開放されれば、当然影響は地獄にも及ぶ。世界の均衡が崩れるのを防ぐため、そして奪われた父の亡骸を取り戻すため、コルレオニスは天国の門へと向かう覚悟を決めた。

ミセリアは、その同行者の一人だ。言うまでもなく、天国の門に至る道程は危険と困難に満ちていた。過酷な行軍のなかで、敵味方共に多くの血が流された。そして若き反骨の獅子は、尊い同胞《はらから》の代償を支払った代わりに真実信頼し合える多くの仲間を得たのだ。

「こんなにも、俺を待たせやがって…」

歯ぎしりするようにこぼされた声と共に、逞しい腕が佐原を引き寄せる。不覚にも、じんと鼻腔の奥が熱く痛んだ。

堕天使の目論見《もくろみ》を阻《はば》む物語は、獅子王の凱旋《がいせん》で幕を閉じた。だがその代償は、あまりにも大きかった。天国の門の崩壊と引き換えに、獅子王は心を分かち合った友を失ったのだ。

ミセリアの死は、佐原にとっても衝撃だった。小説の続刊が十数冊を数えた今でもその死を悼《いた》み、編集部宛てに読者からミセリアへの手紙や贈り物が届くことは多い。読者にとっても、そしてコルレオニスの人生においてもミセリアは特別な存在なのだ。

「長すぎた留守のつけを、支払う覚悟はあるな？」

舌打ち混じりの笑い声と共に、佐原を抱く腕に力が籠もる。

男が言う通り、ミセリアは確かに長く物語を留守《るす》にしすぎた。天国や地獄を舞台にしながらも、『機械仕掛けの神』において一度死を迎えた者が復活を果たすことはまずない。ミセリアの復帰は皆が望むことではあるが、それが叶《かな》わないことも知っていた。

読者としても編集者としても、とても惜しいことだ。感傷的な気持ちに浸りながら、佐原はあることに気がついた。

いや正確には、先程からうっすら気づいていたことでもある。

もしかして目の前の男は、僕をミセリアって呼んでるんだろうか。いやいやまさかね。自分がミセリアになった夢を見るなんて、図々《ずうずう》しいにもほどがある。理想のコルレオニスを間近で見られただけで、十分だ。登場人物になりきろうだなんて、しかもコルレオニスの親友のミセリアだなんて罰が当たる。明日も入稿作業に加え、来月刊行予定の単行本の進行と打ち合わせが入ってるけど大丈夫。この幸せな夢の余韻があれば、早朝出勤だろうが終電退社だろうが余裕で乗り切れる。だから今夜はその明日に備え、夢はこのくらいでたたんで熟睡しよう。そう再び目を閉じた佐原の唇を、笑みを含んだ息が撫でた。

「おい、私はこれ以上一秒だって待つ気はないぞ」

注《そそ》がれる声は無骨で、だからこその色気がある。深い息をもらそうとして、佐原はぴくりと瞼をふるわせた。

恐る恐る、もう一度瞼を押し上げる。

「久し振りだな、ミセリア」

嘘《うそ》だろう。やっぱり、僕のことなのか。

嬉《うれ》しそうな笑顔は、成熟した大人の男が見せる行儀のいいそれじゃない。心からの親愛に満ちた眼の色に、佐原は弾《はじ》かれたように首を横に振った。

「ち、ちち違います…！　僕、全然ミセリアさんじゃありません…！」

校正担当者がここにいれば、この誤りに赤を入れて正してくれるだろう。いや、この場面の徹底的な齟齬《そご》は、言葉がどうこう、表現がどうこうで解決できる問題じゃない。僕がミセリアなんて、あり得ない。たとえ、夢のなかであっても。そう続けたいところだけど、僕には嫌な予感があった。

これって、本当に夢なんだろうか。

夢、だろう。だって目の前の男がコルレオニスであるならば、彼は架空の人物なのだ。それが存在するなんて、夢じゃなかったらなんなのか。

状況を把握し始めた故の混乱に、ぐらぐらと視界が揺れる。そんな僕を受けとめるのは、ふっかふかの羽布団だ。帰ったら寝るだけの毎日だからと、奮発して揃《そろ》えた寝具ではあるけど、僕の寝床ってここまで豪華な寝心地だったっけ。

僕の部屋でなければ、じゃあここはどこなんだ。昨日も一昨日も、持ち帰り原稿に追われてまともに寝ていない。ゲラを手放した途端編集部で倒れ、病院に担ぎ込まれたのか。

いや、それは儚《はかな》い希望だろう。こんな豪奢《ごうしゃ》な病室、あるわけない。

頭上を覆うのは、天蓋《てんがい》だ。月の光を織り込んだような紗が、びっくりするくらい広い寝台を包んでいる。この寝台だけで、僕の寝室は埋まっちゃうんじゃないのか。紗の向こうに大きな窓が見えたが、それにもまた溜《た》め息《いき》がもれるような細工が施されていた。

豪華なホテルの、特別室だと言われても不思議はない。むしろ、映画の中で王族が住まうような城の一室か。

「間違いない。君は、ミセリアだ」

大きな掌が、動転する佐原の頬を包む。真剣な双眸で見下ろされても、頷《うなず》けることではない。

『機械仕掛けの神』好きの僕を、誰かが担いでいるのか。だけどそんなことをして、なんになる。

これほどコルレオニスにしか見えない男を用意できるなら、僕を揶揄《からか》うよりまずは映画化決定だろう。

どうなってるんだ、一体。

言うまでもないことだが、外見から佐原がミセリアと誤認されている可能性は零《ゼロ》だ。

神秘的な長い髪と、体温の低い白い肌を持つミセリアは、作中でも特に見目麗しい青年として描写された。強《し》いて言うなら、佐原もそれなりに睫《まつげ》は長い。硝子《ガラス》に覆われた黒目がちな瞳《ひとみ》を、黒く艶やかな睫が縁取っていた。

だが、それだけだ。明るい色をした瞳は、いつも少し伸びた前髪と眼鏡《めがね》に隠されている。そもそも人と視線を合わせるより、机と向かい合っている時間の方が長い毎日だ。隈《くま》浮いちゃってますよ、佐原さん。仕事と結婚する前に、恋人を作る努力とかしてみませんか。その地味なスーツと髪型を変えれば、多少はどうにかなりますよ。多少は。隣に座る同僚に、昨日もそう指摘された。

スーツを買いに行く時間があったら、持ち帰り仕事を片づけて寝てたいですね。疲れて痛む眼窩《がんか》を揉《も》みながらそう返すと、同僚は慈悲深く微笑《ほほえ》んだ。髪を切ろうがスーツを変えようが、生まれてから今日までの二十五年間、僕が地味で目立たない男でなかった日などあっただろうか。

鍛えようにも肉のつきづらい体は、存在感と同様に薄い。痩《や》せた体つきがそうであるように、顔立ちも淡白で線の細さが目立った。薄い唇には、中性的な印象すら混ざる。

やさしそうで悪くない、と言ってくれる女の子もいた。そんな時でも、地味だけど、という評価はついて回った。仕事に忙殺される今となっては、正直苦にもならない。人目を引くのも、人との距離を近く取ることも得意ではないのだ。

空気と呼びたければ、どうぞ呼んでくれ。その代わり、仕事に邁進《まいしん》する空気であればいい。そんな僕が外見は元より内面も、ミセリアに似ているなどあり得ないのだ。

「私が、ミセリアか否かを見誤ると思っているのか？」

「だ、だって、僕はただの編集者で、とてもそんな…」

容姿のうつくしさだけでなく、ミセリアは仲間への信頼と献身を貫いた。

『機械仕掛けの神』の登場人物たちは、辛《つら》い過去を背負う者も少なくない。なかでも、ミセリアの境遇は過酷なものだ。だが彼は、他者への思いやりを失わなかった。性格は穏やかで控え目。やさしく機知に富むだけでなく、魔族らしからぬおっとりとした一面まで覗かせるミセリアは、同時に武器の扱いに長《た》けた戦士でもあった。

どう引っくり返っても、自分と彼に共通点などあろうはずがない。比べるのも畏《おそ》れ多い話だ。

「いかに長く引き離されていようと、最愛の魂を見誤りはしない。我が恋人よ」

折り曲げられた中指の背で、とん、と軽く胸を突かれる。

ちょっと待って。今、なんて言った。

魂云々もそうだが、恋人と言ったのか。

恋人、と。

「誰、と誰、が…？」

繰り返すべきではない。むしろ、聞こえなかったことにすべきだ。叫ぶ声があるが、麻痺したように唇が動いた。

「君と私がだ」

違うだろう。

僕とあなたは、恋人同士なんかじゃない。

そして僕はミセリアでもないし、作中のコルレオニスとミセリアが恋人同士だったと言いたいならそれも誤りだ。

「な…。だって、あなたは…」

コルレオニスが所謂《いわゆる》異性愛者であることは、作中でも明言されている。桜庭が描いた作品において、コルレオニスとミセリアの間にあったものは身分の違いを超えた純粋な友情だけだ。

「ま、間違いです…！　僕はミセリアさんじゃないし、も、し、し、獅子王とミセリアさんが、こ、恋人だったたって言うなら…」

上擦った声で訴えた佐原の左腕に、大きな手が重なる。厚く光沢のある爪を備えた、がっしりとした手だ。節の高い男の指が、する、と佐原のシャツの袖《そで》を捲《めく》った。

「あ…」

露《あら》わになった手の甲を、爪の先が撫でる。

日に焼けづらい佐原の肌に、薄く浮かぶ痕《あと》があった。

「ミセリアにも、同じ痣《あざ》があっただろう？」

光る双眸で覗き込まれ、背中にかっと焦燥の汗が滲む。

「こ、これは、古い火傷《やけど》の痕で…」

確かにミセリアの手には、鱗《うろこ》を思わせる痣があるとされていた。うつくしいその痣は、一族の血を濃く受け継ぐ徴《しるし》だ。

指摘されてみれば、佐原の手に残る痕もミセリアのそれとよく似た位置にある。だがこれは、生まれつき持つ痣や徴などではない。なんの象徴性もない、ちいさな頃に負った火傷の痕だ。

「よく見て下さい。痣なんかじゃなくて、これ、形だって違うはずです」

なんとか、誤解を解かなければ。そう思っていること自体、この瞬間自分は『機械仕掛けの神』の世界にいることを受け入れてしまっているのではないか。その危惧《きぐ》から目を背《そむ》けたまま突き出した手を、大きな掌が包み取る。佐原の手首を一巻きにする指の長さに驚くと、男が腰を屈《かが》めて体を折った。

「コ…」

黒い髪が流れ、高い鼻梁が二の腕の皮膚を掠《かす》める。なにを、と声に出す間もなく、男の唇が手の甲へと落ちた。

正確には、薄く残る火傷の痕へだ。

「っ、ちょ…」

キス、されたのか。

唇が押し当てられたのは、二秒にも満たない時間だ。だが軽く吸いついた唇の動きに、中指の先端がびくんと跳ねた。

「な…」

慌てて手を引こうとした佐原を、闇《やみ》の色をした双眸が覗き込む。

桜庭が、描写した通りの眼だ。黒い虹彩《こうさい》に濁りはなく、暗い夜の中心では黄金色の炎が燃えていた。

地獄の深淵で永遠に咆哮《ほうこう》を上げ続ける、業火《ごうか》の色だ。こんな眼をした人間など、この世に存在しようはずがない。

「は、放して下さい…！　だ、大体、ここはどこなんです」

熱いものを押し当てられたように、佐原が男の手を振り払う。触れられていた肌が、熱傷を負ったように疼《うず》いた。

「落ち着きなさい。ここは私の居城の一つだ。今日から君の住まいともなる」

「なにを言って…」

居城って、なんだ。否定しようにも、男の言葉には奇妙な重みがあった。怖いくらい整った容貌と同じように、男の声には否定を許さない説得力がある。

「…か、帰ります。僕は…」

これ以上、ここにいてはいけない。

ともすればふらつきそうな足を叱咤《しった》して、佐原が寝台を降りようとする。前のめりになった薄い肩に、大きな掌が重なった。

「残念だが、それはできない。君にはここで、私と子作りをしてもらう」

鈍器で、殴りつけられるも同然だ。

いくら鼻筋が細くやさしげな顔立ちをしていようと、佐原が成人男性であることは見誤りようがない。目の前の男に比べれば、確かに体格は二回り以上も薄いだろう。だからといって、ミセリアは勿《もち》論《ろん》女性に間違われる可能性があるとは思わなかった。

「私は、本当に幸せ者だ。君を、花嫁として迎えることができて」

言葉通り幸福そうに笑った男が、優雅な仕種《しぐさ》でなにかを差し出す。うつくしい筆跡が連ねられた、書類だ。手元へと示された用紙には、一目でそれと分かる上質な厚みと風合いがあった。

「君、佐原深幸は我が花嫁となるべくこちらの世界…、人間が言うところの地獄へと堕《お》ちた。その責を負い、君と君の魂は未来永劫、私、コルレオニスが庇護《ひご》すると約束する」

僕はやっぱり、編集部で倒れて頭を強打でもしたんだろうか。

そうでなければ、説明がつかない。

「大丈夫だ。君は死んでなどいないし、肉体と魂が離別したわけでもない」

「…僕、は…」

「召喚されたんだ。君がよく知る通り」

全身から一遍に血の気が引いて、手渡された書付が落ちる。

それは、死の宣告と大差ない。

召喚とは、『機械仕掛けの神』において主に人間が、そして稀《まれ》には天使が生きたまま地獄へと呼び寄せられる行為を指す。花嫁と呼ばれる彼女たちは、うつくしい響きとは裏腹にただの生贄《いけにえ》にすぎない。それも極めて簡単に消費される、道具と同義語の生贄だ。

「な、なにを言ってるんですか…！　あれは全部創作で、大体、召喚って、僕は、男で…」

「貴族である私の伴侶となる者の絶対条件は、女性であることではない。君も知る通り、我々は性別を問わず懐胎させることができる」

確かに、知っている。

『機械仕掛けの神』の世界においては、まさしく男が言う通りだ。

召喚によって呼び出された花嫁とは、婚姻関係によって迎えられる妻という意味ではない。人間がそうであるように、悪魔の命にも終わりがある。だがごく稀に、飛び抜けて強靭《きょうじん》な肉体と生命力、そして特異な能力を持つ悪魔が存在した。彼らは作中において、畏怖《いふ》を込めて貴族と呼ばれた。

凡庸な悪魔たちと一線を画する彼らにも、容易にはなし得ないことがある。繁殖だ。

貴族たちは強すぎる生命力故にか、凡庸な悪魔たちのように増えはしない。そんな貴族たちにとっても、人間を懐胎させることは比較的容易とされていた。無論人間が孕むのは、平凡な子供ではない。

産み落とされるのは、この世にとっての災厄だ。

天地を揺るがす大きな嵐や、国を滅ぼす災いの種。街を焼く異形《いぎょう》の傀儡《くぐつ》が、花嫁の腹を借りて生まれ落ちる。その災厄こそを求め、貴族は誕生の道具となる腹を召喚した。

それが、花嫁だ。

作中においては、圧倒的に若い女性として描かれることが多い。だが人間と同じ仕組みで受精するわけでない以上、男性であっても手順さえ踏めば懐胎は可能とされていた。

「だからって、なんで僕が…。こんなの、夢に決まってる」

「夢であって堪るものか。私がどれだけ、君を待っていたと思う」

きっぱりと否定した男が、立ち上がろうともがいた体を引き寄せる。力の差は、歴然だ。寝台へと縫い止められた視界を、黒々とした影が覆った。

「あ…」

両手を伸ばして押し退けたいのに、重い体はびくともしない。吐き出される息が頬を舐めて、傷痕に触れたのと同じ唇が今度は佐原の口を塞《ふさ》いだ。

「っん、な…」

傷痕に押し当てられた、ただ触れるだけの口づけとは違う。あたたかな口で唇を挟まれ、べろ、と舐められた。

舐められたのだ。

自慢ではないが、この年齢に至るまで佐原の恋愛経験は豊富とは言いがたい。地味な仕事の虫が、女の子にもてまくるなんて展開はなかなか実在しないのだ。幸い好意を持ってくれる女の子もいるにはいたが、関係が深まる前に留学が決まったり、仕事が忙しくなって自然消滅してしまった。詰まるところ、会社員としての経験値は積み重ねたが、恋愛に関しては語れることがない。

こんな口づけも、唇の内側に他人の舌を感じるのも初めてだ。

ぎょっとして、頭を引こうと暴れる。浮いた唇の隙間《すきま》を、ふ、と男の息が撫でた。顔は、人の体のなかでも特に皮膚が薄く、敏感な場所だと読んだ気がする。その通り、男の息が当たるだけで、ぞくりと顎《あご》の裏側にまで痺れが走った。

「待って…」

なにが、起きているんだ。

膝で進んだ男の手が、脇腹《わき》に重なってくる。簡単にシャツを掻き分けた指が、する、と臍《へそ》を縦に撫でた。びくついた踵《かかと》がシーツを蹴《け》って、面白《おもしろ》いように膝が跳ねる。

「敏感だな」

低い声が、鼻先で褒《ほ》めた。

黙って立っていたなら、その風貌の厳しさに気圧《けお》されずにはいられない男だ。それが暗黒のように自分へと乗りかかり、嬉しそうに眼を細める様子は怒鳴りつけられるよりも恐ろしかった。

本能的に、悟る。

この男は、本当に魔物なのだ。

野性的な口元が、にた、と笑う。物腰の品のよさと、その禍々《まがまが》しさの差異はあまりにも大きい。同時に精悍な顔立ちに滲む雄の匂《にお》いに、ぐらぐらと視界が揺れた。

「違…」

「怖がらなくていい。我々に触れられれば、大抵の人間はこうなる。なかでも君は、特別感度がよさそうではあるが」

笑みを深くした男が、腹の薄さを確かめるように掌を広げる。そっと下腹を圧迫され、息が上がった。

「手を…、手を放…」

「今すぐ君に種つけしたくてどうにかなってしまいそうだが、男の君が私を受け入れ孕めるようになるには、いくらか時間と準備が必要だ」

だから、と言葉を継ぎ、男が懐からなにかを取り出す。繊細な装飾が施された、銀色の小箱だ。

ひ、と喉が鳴る。腕を振り払おうと暴れたが、無駄なことだ。果物の皮でも剝くように、容易《たやす》く着衣を引き下ろされた。

「完璧な初夜を迎えられるよう、今夜から準備を始めよう。君が身も心も、私の花嫁となれるように」

「僕は、花嫁じゃ…、あれは、小説のなかのことで…」

早く。早く、目を覚まさなければ。必死に首を振る佐原を、コルレオニスが眉を顰《しか》めて覗き込んだ。

「自分の目で見ても、信じられないのか？　全部、事実だと言っているだろう」

ごつごつした手が、剝き出しにされた踝《くるぶし》を一摑みにする。脹《ふく》ら脛《はぎ》までを撫で上げられ、鳥肌が立った。

「そ、そんな莫迦《ばか》なこと…！　全部、桜庭先生の創作です…！」

「桜庭？　彼は、ただの書記にすぎない」

平然と桜庭の名前を口にされ、物語と現実とが嫌な形で重なり合う。

「書記、って、一体」

「時々いるんだ。この世界が見えてしまう人間が」

見えるもなにも、地獄など存在しない。頑《かたく》なに繰り返そうとした言葉が、喉《のど》の奥で潰れる。

「見えるだけでなく、聞こえる者もいるな。だが大抵の場合、あの先生ほど鮮明には受信できない」

淀《よど》みなく教える声は、数式を解説する教師のようだ。その冷静な物言いとは切り離されたように、重い臑《すね》が佐原の膝をがっちりと捉《とら》え押さえつけた。

「鮮明に受信すればするほど、人間の身にはすぎたものだ。彼ほど若い頃から聞こえていると、大抵は衰弱死するか、発狂してしまう」

死という言葉が、生々しい手触りを伴って首筋を脅かす。ぞっと全身の産毛が逆立って、佐原は首を振り立てた。

「衰弱死なんて、桜庭先生は……！」

叫ぼうとした声が、男の掌で潰れる。顎ごと口元を掴み取られ、ぎゅっと心臓が凍りついた。

「そこまでだ」

ほんの少し、声を落とされたにすぎない。だがそこに混じる凄味《すごみ》に、奥歯が鳴った。

「今すぐ君の全てをもらい受けられないとしても、今夜が我々の初めての夜であることに変わりはない。他の男の名前を呼ぶのは、感心しないな」

妬《や》けるだろう。そう唸《うな》った男の眼に、冗談は混じらない。ぎらつく色を隠さないまま、男の手が佐原の下腹をさすった。臍下を撫でた手が、迷うことなく陰毛を掻き分け奥へと伸びる。

「や…！　触る、な…！」

「無理な注文だな。触れれば触れるほど、君の体は私に馴染む」

なんの反応も示していない佐原の性器が、ぺたりと厳つい手に当たった。皮膚の薄い場所に感じる他人の体温に、背筋がふるえる。逃げようにも、硬い指先で陰嚢をくすぐられると膝が跳ねた。

まるで、電流を流されでもしたようだ。あ、と引きつった声をもらした佐原に、男が笑う。

「無論、いくらか祝福の力は借りることになるが」

呪《のろ》いの、間違いだろう。怯えた佐原の視線の先で、男が先程示した銀の小箱を引き寄せた。

「ようこそ、花嫁。我らが褥《しとね》に」

恭《うやうや》しく告げた男が、薄い唇へと口づけを落とす。逃げられない。尻の割れ目を甘く掻かれ、込み上げる痺れに悲鳴がもれた。

――――『機械仕掛けの神』夜走《やそう》の章・第三節より

極限まで張り詰めた静寂が、あった。

いや、実際は頭のなかで、ありとあらゆる騒音が轟々《ごうごう》と鳴り響いている。ここは静寂と諠譟《けんそう》の両者が、共存し得る場所だ。

感覚が、歪みながら研《と》ぎ澄まされる。荒い息遣い、淀んだ空気。むっとする血の匂いが、鼻腔を満たしている。

立ちながらにして、溺《おぼ》れてゆくようだ。もぐる、のか。踏み締めたはずの地表がくねって、不安定に撓《たわ》む心地がする。

ごつごつとした岩肌が、足元に広がっていた。草地と岩とが斑《まだら》に続くそこは、沼地を右手に望む荒れ野だ。そのはるか向こう、漆黒の森とそそり立つ山脈の先で異形の門が口を開けようとしている。

理《ことわり》を破る、天国の門だ。

「失《う》せろ」

振り返ることなく、吐き捨てる。

低く曇った声音は、獣の唸りに近い。事実、獣だろう。

制止の声を聞かず、ざり、と控え目な足音が背中で鳴った。荒々しいものでもなければ、怯えたものでもない。同じ歩幅を崩すことなく、静かな足音が近づいた。

「聞こえねえのか」

繰り返した声が、喉《のど》に絡んで響く。血の味が口腔《こうくう》に染みて、男は足元に唾を吐いた。

「あなた次第です、獅子王」

応《こた》えた声は、足音以上に落ち着いている。清涼な水の流れや、湖面を渡る風が脳裏に蘇《よみがえ》った。窒息を誘《いざな》う夜の闇を照らす、月明かりかもしれない。

わずかに呼吸が楽になる錯覚があって、胸が喘ぐ。

その青年は、確かに月の光を思い起こさせた。名は、ミセリアと言ったか。不運とは、また業《ごう》深い名だ。ほんの数日前、男はこの青年に引き合わされた。

抜けるような肌の白さは、彼の出自《しゅつじ》に由来する。やさしげに整った容貌を、白金と呼ぶに相応《ふさわ》しい髪が彩った。輝く髪は、その一筋一筋が月の光そのもののように映《うつ》る。薄い瞼を下ろすと、密《ひそ》やかな輝きが長い睫の先に溜まった。

うつくしい男だ。天界に住まう輩《やから》だって、こんなにきれいな顔をしていない。だからこそ、初めて目の当たりにした時から癇《かん》に障《さわ》った。

「俺、次第？」

吐き出す声に、ざらざらとした苛立《いらだ》ちが混ざる。

苛立つほどの理由など、ありはしない。頭では理解できていても、そんなものは無意味だ。苛立ちは、否、怒りは、常にこの身の内で渦巻いている。びりびりと全身の毛が逆立って、叫び出すのを待っていた。それなのに頭の芯《しん》は静まりかえり、冴《さ》え冴《ざ》えと冷えている。

「俺の都合じゃねえだろう。お前はのこのこ、面倒を押しつけられやがったにすぎねえ」

ゆら、と巨軀《きょく》が揺れた。

荒れた土地に、影が落ちる。いや、男の存在そのものが影なのだ。

振り返ったコルレオニスの双眸を、深く傾いた日の最後の明かりが照らす。彫りの深い容貌は、驚くほどに精悍だ。歪みのない鼻梁と鋭さを感じさせる眼窩を持つそれが、今は赤い血でぬれていた。顔だけではない。胸と言わず腕と言わず、全身が赤黒い血に染まる。

浴びるほど、という言葉の通りだ。夥《おびただ》しく降り注いだそれは、男自身が流したものではない。びちゃ、とぬれた音が鳴るほど、足元がぬかるんでいた。重なり合い、累々《るいるい》と倒れた男たちの体から流れ出たものだ。

「…敵を掃討した以上、ここに留《とど》まる理由はありません。あなたを本隊に連れ帰るよう命じられ、私は同意いたしました。私自身、それが必要だと思ったからです」

は、と笑いがもれそうになる。

おかしいことなど何一つなかったが、怒りの発露が笑うような声になった。

「断れたのか？」

必要がないと思ったなら、お前は断れたのか。

汚れた唇が、嫌な形に歪む。ぎらぎらと光る眼で見据えられ、ミセリアは静かに口を噤《つぐ》んでいた。応えは、否だからだ。こいつには、選択肢がない。このうつくしく、なにを考えているか判じがたい男は白蛇《しろへび》なのだ。

地上に暮らす人間たちは、コルレオニスたちを悪魔と呼んだ。人間は、悪魔を世界を脅かす災厄そのもののように考えた。だが、もし悪魔が死に絶えたとしても、世界には暗闇と恐怖が残るだろう。

神は最初に光を、そしてその後に人間を創《つく》った。

神は姿形こそ自分に似せたが、人間を完璧なものとして創りはしなかった。聖なる者たちでさえ、そうだ。人間が天使と呼ぶ存在ですら、誘惑に負ければ罪を犯す。神に背《そむ》き地に堕ちた天使が悪魔になると、そう考える者もいた。確かに、天使と悪魔は根源を一つにする存在だ。人間もまた、例外ではない。人間よりも少しだけ強靭な肉体を持った者たちに、神は特別な祝福《しゅくふく》を授けた。神の怒りを体現する悪魔には破壊の呪いを、神への愛を具現化する天使には暗闇を凌《しの》ぐ輝きを与えたのだ。

全ては、遠い遠い時代の話だ。

だがどれほど時間が流れようと、呪いは消えない。

それは白蛇の受難においても同じだ。神を出し抜き、人間に終わりのない試練を与えた蛇は地獄において英雄視されている。だが高位を約束された赤い蛇に対し、白蛇と呼ばれる者たちは対照的な運命を辿った。稀に生まれる銀の髪の子供を、悪魔たちは天使と同様に嫌うのだ。

ミセリアもまた、その例にもれない。

天国の門へと向かう一団に白蛇が加わると聞いた時、コルレオニスもまた眉をひそめた。

「収まりがつかねえ俺を宥《なだ》めるために、お前は連れて来られたってのか？」

端的に言ってしまえば、そういうことだ。

地上で嗅ぐ血の匂いは、コルレオニスを必要以上に高揚させた。本来暮らす世界と地上とでは、世界の構造そのものが違う。より複雑な構造を持つ世界から地上に降りた悪魔のなかには、自らの能力の制御を欠く者がいた。強大すぎる力の持ち主であればあるほど、箍《たが》が外れた自らの力に振り回されるのだ。

「私の務めは、天国の門までの道案内です。ただ道中必要な役目があるなら、果たす覚悟はあります」

それこそ、お前に拒む余地はあったのか。吐き出すまでもない問いを、コルレオニスは奥歯で嚙み殺した。

「俺は失せろと言ってるんだぜ」

繰り返した警告が、唸りに変わる。本能的に、姿勢が低く前のめりになるのが分かった。

獲物を狙《ねら》う、それだ。そもそも口では警告を発しながら、ぎちぎちと軋《きし》む爪が求めているのは別のものだ。首筋の毛が、逆立つ。爛々《らんらん》と光っているだろう眼を思い描くだけで、奥歯が軋んだ。

「私ごときではご不満と存じますが、お許し下さい」

阿《おもね》る響きも、皮肉もない。嘲笑《ちょうしょう》や、緊張すら混ざらなかった。

肚《はら》が据《す》わっているのか、それとも諦《あきら》めきっているのか。静かに立つ青年の手が、自らの腰裏へと伸ばされる。

「忠告はしたぞ」

吐き捨てると同時に、血溜まりを蹴る。

空気を裂いて進む体は、奇妙なほど軽かった。血の匂いも風の音も、なにもかもが鮮やかに体の内側に飛び込んでくる。自分という存在が吹き飛んで、本能こそが剝き出しになった。ぐ、と視野が狭《きょう》窄《さく》する感覚に、全身の血がざわつく。

「ッ！」

一息に詰まった間合いに、ミセリアが身構えた。次の瞬間、がきん、と重い音がぶつかる。ミセリアが抜いた短刀が、コルレオニスが振り上げた鉤爪《かぎづめ》を捉え、弾いたのだ。衝撃の大きさに、互いの体が吹き飛ぶ。

細身のミセリアに比べ、上背でも体重でもコルレオニスが勝《まさ》った。それにも拘《かか》わらず、男の足元が大きく揺らぐ。力を受け流す間合いが、ミセリアは格段に上手いのだ。その上、速い。半歩で踏み留まったミセリアが、間を置かずコルレオニスへと短刀を振るった。的確にうなじを狙ったそれを、拳《こぶし》で打ち払う。

「っ、てめ…」

がつ、と鈍い音が響いて、痩《そう》軀《く》が飛び退《の》いた。

強い。

直感的に、悟る。

やさしげなミセリアの容貌は、とても荒事に向いているとは思えない。だが真《ま》っ直《す》ぐにコルレオニスを捉える視線は、彼がくぐり抜けてきたものを明示した。白蛇として生まれた者が辿る運命がどんなものかは、コルレオニスですら想像がつく。今ここに、ミセリアが立たされていること自体がそうだ。

地上で初めて拳を振るった日、コルレオニスは今日と同じように我を忘れた。ほんの、数日前のことだ。制御を欠いた力に振り回され、相手が挽《ひ》き肉になっても拳を収められなかった。あの日よりも多くの血が流れた今日、味方でさえ男の咆哮《ほうこう》に恐怖した。

行く手を阻んだ敵の全てが肉塊となった今も、コルレオニスは収まることのない血潮を滾《たぎ》らせている。先を急ぐ一団にとって、コルレオニスが鎮まるのを悠長に待つ余裕はない。鎮まるどころか、その拳が味方を食らうかもしれないのだ。そうかと言って下手《へた》に手を出せば、擂《す》り潰《つぶ》された敵と同じ末路を辿るのは目に見えている。

誰が、荒れ狂う獅子王を鎮めるのか。

白羽の矢が立ったのが、白蛇であるミセリアというわけだ。

反吐《へど》が出る現実の一端を握るのは、他でもないコルレオニス自身だ。舌打ちの音がもれそうになると同時に、にた、と歪む唇を意識した。

否定しがたい歓喜が、ぞわぞわと首筋を舐める。足元に転がる愚か者たちより、目の前の青年は余程強い。凶暴で純粋な喜びに、コルレオニスは右足を踏み締めた。

身構えると同時に、閃光が走る。

白刃を閃《ひらめ》かせたミセリアが、身を低くして飛び込んだのだ。

柔軟に沈んだ体が、コルレオニスの脇腹を狙う。半歩身を翻《ひるがえ》して肘《ひじ》を振り下ろすと、一瞬早く痩躯《そうく》が岩場を蹴った。飛び上がった体が、男の後頭部へと短刀を突き出す。

「くそがッ」

速いだけでなく、ミセリアには十分な力と持続力があった。辛《から》くも上体を捻《ねじ》ってかわした姿勢から、コルレオニスが右腕を振るう。低い唸りを上げて空気を裂いた拳が、ミセリアの顳顬《こめかみ》を捉えた。

「っが」

頭部を撲《う》ったはずの拳が、短刀を握る腕をぶち抜く。咄嗟《とっさ》に右腕を持ち上げ、庇《かば》ったのだろう。鈍い音を立てた腕ごと、瘦軀が吹き飛んだ。

どっと仰向けに落ちた体へと、コルレオニスが身を躍らせる。

「白蛇かなにか知らねえが、俺が構うなと言ったらおとなしく引っ込んでやがれッ」

背筋に力を込めたミセリアが、飛び起きようと身をもがかせた。だが、逃さない。突き出した拳が、うつくしい容貌へと真上から振り下ろされる。

「っ！」

がぎ、と不吉な音を立てて、拳が固いものを砕いた。

悲鳴すら、上がらない。

飛び散る血と肉片の代わりに、砕けた岩の欠片《かけら》が瞼を掠めた。

「な…」

驚きの声が、薄い唇からもれる。見開かれたミセリアの瞳は、澄んだ薄水色だ。

「じゃねえと、余計な怪我《けが》させちまうだろうがッ」

吐き捨てた咆哮は、八つ当たりに近い。そうだとしても、呑み込めなかった。

コルレオニスが炎を食う竜であったなら、剝き出しの歯の隙間から骨をも焦がす業火が吐き散らされていたに違いない。燃え盛《さか》る炎の代わりに、獣じみた怒号がもれた。肺が、焼けるようだ。ぎりぎりと全身の骨と筋肉が軋んで、解放を熱望している。それでも拳は、ミセリアの顔面を打ち砕きはしなかった。

月明かりにも似た、淡い髪の輝きのせいか。火を呑んだような肺の奥に、ふとなにかが解《ほど》ける感覚がある。それは脳幹を這《は》い、若き獅子の首筋を慰撫《いぶ》した。

「…くそが」

もう一度、血にぬれた唇が呻《うめ》く。

大きく肺を膨らませると、少しだけ意識が鮮明になった。衝動は、いまだ全身を痺れさせている。それでも指の先にまで、自らの意志が通う実感があった。

正気とやらが、戻ってきたのか。

急速に広がりつつある視野ごと、軽く頭を振る。視線を下げると、喉元へと突き出された白刃が見えた。あとほんの拳一つ分高く振り抜かれていたら、その柄《え》は間違いなくコルレオニスの喉を撲っていただろう。男の拳が岩場を砕いた瞬間、ミセリアが腕の動きを止めたのだ。

くそが。

繰り返した罵声《ばせい》は、コルレオニス自身へと向けられたものだ。ぎりぎりと奥歯を嚙んで、立ち上がる。乾ききらない血と汗とが鼻先から伝って、コルレオニスは犬のように首を振った。

「お前は水先案内人で、戦士だ。下衆《げす》どもの言いなりになって、貧乏籤引《びんぼうくじ》かされる必要はねぇ」

高い位置から見下ろすと、仰向けに転がるミセリアが息を呑む。

呆気に、取られているのか。ぽかんと開かれた唇の無防備さは、初めて目の当たりにするものだ。

こいつは、こんな顔もできるのか。尤《もっと》も、コルレオニスがミセリアについて知ることは少ない。白蛇だ、という噂《うわさ》はすぐに耳に入ったが、実際目にしたミセリアは物静かでうつくしい男にすぎなかった。

薄く形のよい唇はいつでも笑みを含んで、隊の誰に対しても穏やかな声で応える。だが感情の読み取れない双眸はどこか冷たく、柔和な笑みさえ作りものめいて見えた。誰とも距離を詰めることのない空気こそが、この青年が風を凌《しの》ぐための術《すべ》なのだろう。

初めてその横顔を眼に映した時から、そう感じてきた。だが今見下ろす、目の色はどうだ。こぼれそうに見開かれた瞳が、まじまじとコルレオニスを映した。

「…初めて、見た」

ミセリアの唇から、呆然とした音がこぼれる。

「あ?」

「…私を傷つけることを怖がる悪魔なんて、初めて見た…」

それはミセリア自身、意図していなかった呟《つぶや》きかもしれない。己の唇から落ちた声に、ミセリアがぎょっとしたように視線を迷わせる。

「す、すまない…! 怖がるだなんて…」

動揺、しているのか。

行儀のよい敬語が吹き飛んで、焦る声音が謝罪する。

たった今まで、最上の位と能力を持つとされるコルレオニスを相手に一歩も引かない姿勢を見せていた青年とは思えない。詳しくは知らないが、彼はほとんど自分と歳も変わらないはずだ。王立学院に籍を置いていると言われても、不思議のない年頃だろう。その彼が心底からの焦りを映す様子に、コルレオニスはにたりと唇を歪ませた。

「確かに、おっかなかったぜ」

頷いたコルレオニスに、ミセリアが目を瞠《みは》る。率直な驚きと混乱に揺れる双眸は、コルレオニスの心臓を掻き毟《むし》る炎を不思議と落ち着かせた。

「貴族の俺がぶち切れてるって時に、お前はそいつを鈍《なまくら》一つで仕留《しと》めようとしたんだぜ？　十分おっかねえだろうが」

「っ、な、違う…！　そういう、意味じゃなくて…」

無論、ミセリアが言わんとすることは分かっている。ただ懸命に言い募る生真面目《きまじめ》さが面白くて、コルレオニスは肩を揺らした。

「大方、下衆《げす》な副長あたりが真剣は持たせなかったんだろう？　そうだとしても、お前にはそいつ一つで俺を黙らせ、役目を果たす自信があった。腕の一本くれぇは持っていかれる覚悟だったたろうがな」

違うか、と問うまでもない。

コルレオニスが共に進むのは、天国の門の出現を阻むため亡父の盟友が派遣した部隊だ。隊長である男とのつき合いは長く、気心も知れている。制御しがたいほど大きな力を身の内に飼うコルレオニスは、隊にとって扱いやすい存在ではない。だが若くして獅子王と渾名され始めたコルレオニスの能力は、進軍には不可欠だ。なにより貴族である事実が、隊のなかでのコルレオニスの立場を保障した。下らない。実に愚かしいが、同行者たちにとって獅子王の身柄に比べれば白蛇の命など取るに足らないのだろう。万が一にもコルレオニスに傷を負わせることがないよう、ミセリアには身を守る十分な武器すら与えられなかったのだ。

「自信があろうと、盆暗《ぼんくら》なら一発でぶちのめせる。運がよければ、殺さずすむかもしれねえ」

だがな、と続けたコルレオニスを、立ち上がれないままのミセリアが見上げる。稜線に隠れつつある太陽が、銀色の髪を暁の星の色に照らした。

「だがお前くらいの腕だと、ただでさえ加減できねえ上にこっちも躍起になる。折角頼りになる野郎を見つけたってのに、怪我させたら困るって思うのは当然だろうが」

白蛇であるミセリアが傷を負おうと、誰も気になど留めない。白蛇とは、そうした存在だ。ミセリア自身、正気を欠いたコルレオニスを前に無傷で帰れるとは思っていなかったに違いない。だがこいつがそんな運命を受け入れているなら、腹立たしいことだ。初めてこの男の美貌を目にした時感じた苛立ちも、同じものだった。

尤もそれ以上に腹を立てるべきは、コルレオニス自身がこれほど肝の据わった男に恭順を強いる世界の一部であることだ。舌打ちをしたい気持ちで、腕を伸ばす。ミセリアの鼻先に右手を突き出すと、薄水色の瞳が瞬いた。

「立て。それにしたって、利《き》き腕を犠牲にする奴《やつ》があるか」

「い、いや、確かにものすごく効きましたが、防具のお蔭《かげ》で折れては…、と言うか、あの…」

突き出した手で促しても、ミセリアは動かない。信じられないものを見る目で瞬かれ、コルレオニスは自らの右手に眼をやった。

男っぽく節の高い手は、べったりと血でぬれている。だがミセリアが転がる地面も、誰かの血で汚れているのだ。文句を言うな、と顎で示すと、ミセリアが首を横に振った。

「わ、私は、白蛇ですよ…？」

「らしいな」

「だったら…」

赤い蛇と違い、白い蛇は裏切りの穢《けが》れを持つとされている。迷信だ。蛇になど唆《そそのか》されずとも、悪魔も人間も他者を裏切る生き物だ。それにも拘わらず、白蛇に触れることさえ忌《い》む者は多かった。

「お前は、俺を裏切るのか？」

首を傾《かし》げれば、ミセリアが益々《ますます》大きく目を見開いた。

「まさか！」

「それなら問題ねえだろ。さっさとしろ。隊に戻って飯にするぞ」

腹が減った、と声にすれば、ミセリアがまだなにか言いたそうに唇を喘がせた。白い手が怖《お》ず怖《お》ずと持ち上がりはするが、それはすぐに伸びてはこない。

この逡巡《しゅんじゅん》の深さこそが、彼が白蛇として生きてきた時間の長さなのだろう。待つ気などなく、コルレオニスは男の左腕を摑んだ。

「っあ…」

「食いっぱぐれてたら、お前がなんか作れ」

「わ、私がですか⁉　だから、私は白蛇で…」

白蛇を忌む者のなかには、彼らに触れるどころか彼らが触れたものすら蔑《さげす》む輩もいた。食事に触れさせたがらない者は、少なくないはずだ。毒を盛られることを怖れるなら分かるが、それは自業自得《じごうじとく》というやつだろう。

「知るか。とにかく帰って飯にするぞ。その前に、その腕をどうにかしねぇとな」

一人で決めたコルレオニスに、ミセリアが再び声を詰まらせる。

「……き、切り落とす、とか、ですか…？」

「なんでそうなる。おら、立ちな」

どうやらなかなかに、ミセリアという青年は疑り深いらしい。きっと手当の段になれば、それをコルレオニスが手伝おうとすることに動転するだろうし、並んで食事を取り始めればまた目を白黒させるのだろう。自分の想像に、舌打ちしたい気持ちが込み上げる。同時に、先程より安楽な息が胸の奥で解けるのか分かった。

悪くない。取りつく島のない笑顔より、素直な驚きを目の当たりにするのはずっと気分がよかった。

「いくぞ」

白い手を、握る。彼が生まれ育った土地のものだろうか。青年の左手で、銀の腕輪がうつくしい音を立てた。

『機械仕掛けの神』の著者である桜庭涙骨は、謎《なぞ》の多い作家とされている。

雑誌の取材やテレビ出演といったものに、桜庭はまるで関心がなかった。そもそも作品を書き上げる以外に、桜庭が関心を寄せるものなどあるのだろうか。

自分が桜庭を担当することになったと聞かされた時、一番驚いたのは佐原自身だ。言うまでもなく、入社以前から佐原は桜庭の熱心な読者だった。あまりに熱心すぎて、担当を任される日など来ないと頭から信じていた。だが当時桜庭の担当者であった編集長から、ある日突然後任に指名されたのだ。

桜庭先生には、佐原君が向いてると思って。

理由らしい理由が、あったとは思えない。驚きつつ吐きそうなほど緊張して対面した桜庭は、予想した通りやや神経質そうな顔立ちをした男だった。

年齢は、佐原よりいくらか年長といったところか。執筆歴を考えれば、驚くほど若い。だがそれも、処女作が高校在学中のものだったことを思えば当然だった。『機械仕掛けの神』の一作目は、当時著者が高校生であることを伏せて発行された。そんな話題性などなくとも、分厚い単行本は売れに売れた。『機械仕掛けの神』が出版されたきっかけは、桜庭の親類が出版関係者の友人に原稿を読ませたことにある。桜庭自身は出版どころかインターネットに掲載することなどもまるで考えず、ただ原稿を書き続けていたらしい。その姿勢は、多分今も変わらないものだ。桜庭の原動力は、他人からの賞賛でも増え続ける通帳の残高でもない。書くことそのものが、桜庭の目的なのだ。

なんて言うか、桜庭先生はいつも違う世界の音楽を聴いていらっしゃる、そんな印象の方かな。

前担当者である編集長は、親愛を込めて桜庭をそう評した。これは、驚くほど的を射た表現だった。取材も写真撮影も嫌いな超人気作家とくれば、誰だって気難しい人間を想像するだろう。しかし世間や佐原が思い描いていたほどに、桜庭は扱いづらい男ではなかった。むしろ生活の中心は執筆にあり、それ以外には趣味やこだわりを持たない人間だった。

君が、僕の新しい担当者か。

自宅近くの喫茶店で初めて会った時、桜庭はそう言って僕を見た。視線が合った瞬間、編集長の言葉の意味がなんとなく理解できた。

それまでの桜庭は、椅子《いす》に体を預けながらなにかにぼんやりと耳を傾けていた。店内に流れる、無害なジャズを聞いていたんじゃない。彼は確かに、僕らとは違う世界のなにかを耳に入れていたのだ。心ここにあらずと、そう感じる者もいるだろう。実際、そうなのかもしれない。桜庭が関心を持つのは、僕らが目に映しているものとは限らなかった。

だが初めて目が合った時、彼は確かに僕を捉えた。

僕を見て、そして彼は二三度ちいさく瞬いた。

本当の意味で、佐原がそこにいることに気づいたとでもいう仕種だ。それから喫茶店のテーブルに肘をついて、彼はまじまじと僕を観察し始めた。

後で聞いたことだが、同行した編集長はこれで万事大丈夫と確信したらしい。僕はどういうわけか、桜庭の興味を引いたのだ。それどころか、今では桜庭の生存確認を兼ね、自宅に出入りするまでになっていた。僕は、桜庭の仕事場に初めて足を踏み入れた編集者となったのだ。

先生、ちゃんとご飯食べてるかな。

金曜日には打ち合わせにお邪魔する約束をしてたけど、今日も一度連絡を入れた方がいいだろう。斉藤《さいとう》先生にも、企画書の件で連絡しなきゃ。浦和《うらわ》まで校正を受け取りに行って、オペレーターさんに時間の確認をして、今日は少し早い電車で出よう。

頭のなかで予定を組み立てて、目を開いた。

波の音が、聞こえる。

雨音、だろうか。そう認識した途端、悟った。

悪夢はまだ、消え去ってはいないのだ。なめらかな絹地に痩軀を預け、佐原は声を上げることもできずに息を呑んだ。

「…っ…」

ここは僕の、六畳しかない寝室じゃない。私鉄だけど駅から近いのが自慢の、少しくたびれたマンション。就職と同時に引っ越した、僕の部屋ではないのだ。

鼻先に、ひどく整った顔貌がある。

非現実的とも思えるほどに、端整な顔だ。天蓋の紗が透かすやわらかな光が、彫りの深い顔立ちを厳《おごそ》かに浮かび上がらせている。やや癖のある黒髪が、形のよい額に落ちていた。下ろされた瞼とそれを縁取る睫から、目を逸《そ》らせない。

眠って、いるのか。

『機械仕掛けの神』に登場する悪魔たちは、人間と同じく休息を必要とした。人ならざる身であっても、彼らは神ではないのだ。

しかし今、目の前で眠るコルレオニスはまるで大理石で作られた神像を思わせた。完璧な造形と、力強さ。鋭利な眼光が、隠されているからだろうか。閉じた瞼と眉間には、思いがけない無防備さがあった。

年齢は、二十代後半だろうか。

弛《ゆる》みなど微塵《みじん》もない容貌は、若々しい力強さに満ちている。引き締まった体つきも同様だ。だがもし男が三十歳を超えていると言われても、納得はできただろう。

纏《まと》う空気の、厚みというのか。年月を重ね磨き上げられた凄味のようなものが、男にはあった。

作中のコルレオニスも、外見こそ若いが二十代の若造とは違う。初めて物語に登場した時、コルレオニスは頭角を現したばかりの若い貴族だった。粗雑な口調と協調性を欠いた傲慢《ごうまん》さは、コルレオニスの本質であり魅力だ。巻を重ね物語が進むにつれ、そんな獅子王も経験と年齢を重ねていった。

強大すぎる自らの能力を持て余し、荒れ狂う野獣のようなコルレオニスを偏愛する読者もいれば、立場を得ることを嫌い偏屈な孤高の戦士として描かれる時代の彼を好む者もいる。さしずめ目の前の男は、収まるべき立場に収まり辣腕《らつわん》を振るっていた頃のコルレオニスか。

上司にするなら、どれも大変そうだな。

寝起きの混乱が、妙に現実的な嘆息を誘う。大体こんな顔のいい上司がいたら、男の僕でも緊張しそうだ。なんと言っても、圧がすごい。眼を閉じていても、これなのだ。

指を伸ばして眼窩に触れたら、それはひんやりとした冷たさを伝えるのだろうか。あるいは、熱さを。想像し、状況も忘れ見入っている己に気づく。同時に昨夜の記憶が蘇り、喉の奥がぎゅうっと締まった。

僕は、なんてことを。

そうだ。昨夜、なにが起きたのか。忘れられるものなら、永遠に頭から消し去っていたかった。

寝台に投げ出され、裸に剝かれた。この、寝台でだ。そして僕を花嫁と呼ぶ男は、銀の小箱から歪《いびつ》な真珠を取り出した。貝が育んだ、真珠ではない。男性や未熟な花嫁の体を作り替えるため、主《あるじ》となる貴族の血と薬とを固めたものだ。

うつくしい真珠は、佐原の腹で溶けた。口から、飲まされたわけではない。疼痛《とうつう》にも似た熱を思い出し、冷たい汗が浮く。込み上げた吐き気に、佐原は下腹へと手を伸ばそうとした。

だが身動ぐよりも先に、視線の先で睫が揺れる。その気配に、佐原ははっと目を閉じた。狸寝入りを決め込んだ佐原の間近で、籠もったような息がもれる。

覚醒したのだ。コルレオニスが。

固く閉じた瞼の向こうで、男が身を起こすのが分かった。

大柄な体軀《たいく》が作る影が、易々《やすやす》と自分を吞み込む。

みっしりと筋肉を纏ったあの体が、昨夜自分をどう扱ったのか。蘇りそうな記憶に、冷たい汗が掌に滲む。いっそ緊張のまま、意識を失えたらどんなにいいか。懸命に寝息を装《よそお》うとする佐原の手首へと、あたたかなものが触れた。

「っ…」

起きているのが、ばれたのか。

息を詰めた佐原に反し、コルレオニスは気づいた様子もなく引き寄せた左手へと唇を押し当てた。

今はもう痛みもしない、古い火傷の痕だ。

ミセリアの痣と同じ位置にある傷痕を、男の唇が静かに辿った。唇だけではない。高い鼻梁が、そして頬が、する、と擦りつけられる。

まるで、祈りでも捧《ささ》げるような仕種だ。微かな音を鳴らした唇が、惜しむように離れる。

掬《すく》い上げた時と同じ慎重さで、男が寝台へと佐原の左手を下ろした。

次に、なにが起きるのか。

緊張に冷える佐原の顳顬へと、あたたかな唇が落ちた。そのまま寝具を引き上げ、男が寝台から降りる。

そう、寝台を降りたのだ。

薄く開いた瞼の向こうに、紗をくぐる広い背中が映る。がっしりとした背は、羨望《せんぼう》を差し挟む余地もないほど逞しい。発達した僧帽筋《そうぼうきん》の盛り上がりが目に飛び込み、佐原は再び強く目を瞑った。

床からなにかを拾い上げた男の気配が、遠のく。かたん、と微かな音を立てて扉が閉ざされた時、佐原は大きく息を吐き出した。

「っ、あ…」

心臓が、倍の大きさに膨らんだみたいにうるさい。破裂しそうな鼓動を抱え、佐原は弾かれたように身を起こした。

閉ざされた扉は静まりかえり、コルレオニスが戻ってくる気配はない。安堵を覚えるより先に、寝台から飛び降りる。

改めて考えるまでもなく、ここは佐原が暮らす部屋ではない。それどころか、自分が生きてきた世界ですらないらしいのだ。

不意に冴えた痛みが鼻腔へと迫《せ》り上がり、喘ぎながらも奥歯を嚙む。落ち着かなければ。できる限り。

自分自身に言い聞かせ、広い部屋へと視線を巡らせる。

文字通り、城と呼ぶに相応しい造りだ。磨き上げられた壁板は重厚で、精巧な彫刻が惜しみなく施されている。建築や装飾に明るくない佐原にすら、ここがどれほど贅沢《ぜいたく》に作られた部屋かよく分かった。だが雨音だけが響く室内は、どこか寂寥《せきりょう》として目に映る。まるで、うつくしい廃墟のようだ。

「僕の、服…」

踏み出そうとして、自分の衣服が見当たらないことに焦る。幸い、眼鏡だけは寝台脇の小机に置かれていた。

昨夜どんな状況で衣類を引き毟られたのか、脳裏を占めそうになる記憶を首を横に振ることで追い払う。

今体を守ってくれているのは、寝間着に近い薄手のガウンだけだ。寝台の足元には、刺繡《ししゅう》が施された室内履きが辛うじて用意されているが、靴らしい靴はない。見知らぬ場所で、たった一枚の布以外頼るものがないことが、これほどまでに心細いとは。ガウンの前を掻き合わせ、佐原は縺《もつ》れそうな足で窓辺へと向かった。

「把手《とって》が…」

年代を感じさせる歪んだ硝子の向こうに、石造りのバルコニーが広がっている。その更に下は、庭だ。窓を開けようとして、本来そこにあるべき把手がないことに気づく。把手を取りつけるための溝はあるが、外されているらしい。慌ててコルレオニスが消えた扉を確かめるが、こちらも似たようなものだ。把手こそ残るものの、鍵《かぎ》がかかっているのかまるで動かない。

「…くそ」

当然と言えば、当然だ。罵《ののし》り、佐原はもう一度広い部屋を見回した。

窓を割れば、外に出られるかもしれない。だがバルコニーから庭までは、それなりの高さがある。奥歯を噛んだ佐原の視線が、部屋を彩る油彩画の一つに留まった。

黒と金が印象的な、うつくしい女性の絵だ。暗い色調のなかに、両手を広げた女性と吹きこぼれる薔薇《ばら》とが浮かび上がっている。

果たして、ここはどこなのか。

改めて湧き上がった疑問に、佐原は視線を巡らせた。

地獄だと、コルレオニスは言う。信じがたいがもしも、もしも本当にそうだとすれば、ここは男が所有する館の一つということか。すぐ頭に浮かぶのは、コルレオニスが拠点の一つとしていた王都アスケンシオにある城だ。だがそれにしては、窓から見える景色は辺鄙《へんぴ》すぎはしまいか。同時に、飾られた絵を見て思い出すことがあった。

コルレオニスが所有する古城の一つには、黄金の薔薇を抱く乙女の絵があったはずだ。そこは誰からも忘れられたような、森の奥の城だった。

「そうだとすれば…」

自分の思いつきを、呆《あき》れる気持ちもある。だが他には術がなくて、佐原は椅子を引き寄せると絵が収められた額縁へと手を伸ばした。

長らく誰からも触れられなかったのだろう。やや埃《ほこり》っぽい額縁を探ると、紐《ひも》状のなにかが触れた。

まさか、と思う気持ちを堪え、強く引く。かちゃ、と乾いた音が背後で響き、佐原は息を呑んで壁を確かめた。

「これ…」

一見すると、変化は見られない。だが駆け寄って強く引けば、壁板の一つが微かな軋みを上げて手前へと開いた。

古風な、隠し扉だ。

息を呑み覗き込んだその先には、幅の狭い通路が長く伸びている。

「桜庭先生が、書いてらした通りだ…」

壁板の隙間から差し込む明かり以外、通路を照らすものはない。だが迷ってはいられず、佐原は庭に面した窓の方向を確認すると通路へと身を翻した。

もう何年も、そこは存在を忘れられてきたのだろう。コルレオニスでさえ、こんなものの所在は知らないのかもしれない。桜庭から教えられていなければ、佐原も全く知りようのなかったものだ。

佐原が出入りを許された桜庭の仕事場は、編集者にとっても読者にとっても宝の山だった。至る場所に作品に関する走り書きや原稿、図解などがあふれているのだ。桜庭が収集した資料もあるが、圧倒的に多いのは彼自身が記したものだった。

今目の前にある、この隠れ家じみた城についてもそうだ。

森の奥に建つこの古城が初めて作品に登場した際、桜庭は内部の克明な間取り図を作製した。まるで玄人が線を引いたような地図や建物の外観、衣装の柄などを、桜庭はここに限らず気紛れに書き散らした。

図を添えて、自身の作品の設定資料を作製する作家はそれなりにいる。作家自身は勿論、編集者や校正者が舞台を正しく把握できるための資料とするのだ。しかし桜庭の仕事場に散る紙たちは、そうしたものの域を超えていた。無論、作中に登場する建物や街、衣装の全てが図にされているわけではない。

頭に浮かぶから、仕方なく。

積み上げられた資料の数々に感嘆すれば、桜庭はそう言って息を絞った。

書かずには、いられない。

そんな作家は多いのだろうが、桜庭のそれは佐原の目から見ても突出していた。稀有《けう》な作品を生み出す、稀有な才能。

一種偏執的ともいえる桜庭の執筆姿勢は、『機械仕掛けの神』という作品の魅力を微塵《みじん》も裏切ることがなかった。

自宅を訪ねるたび、桜庭の許しを得て佐原が資料たちを読み漁ったのは言うまでもない。正確には床を埋める資料を拾い集め、設定資料集の発行を夢見ながら一つ一つ分類した。その際目にした古い城の見取り図が、強く記憶に残っている。

何作か前の作品に登場したそこは、城内に秘密の通路を持っていたのだ。

作中では、隠し通路の存在には触れられていない。本編に直接関係しない部分まで、桜庭は緻密《ちみつ》に作り込んでいるのかと驚かされた。コルレオニスの言葉の通りであれば、正確にはあれらは桜庭が作ったものでないことになる。桜庭自身が口にした通り、全ては頭に流れ込み、紙に書かずにはいられなかったものたちか。

俄《にわか》には、呑み込みがたい。だがコルレオニスの言葉を、否定するのも難しかった。符合する桜庭の言動は、多くある。桜庭だからこそ人の世ならざるものに触れ、それを毒々しいまでの筆力で紙に書き写せたのだと言われれば頷ける点もあった。

そんな桜庭が描き出した通路が、今目の前にある。

半ば夢のなか《なか》を進む心地で、佐原は狭い廊下を急いだ。桜庭の資料を、それこそ穴が開くほど眺めてきたが、いざその場所に立つと薄暗さも手伝ってまるで方向感覚が摑めない。懸命に頭のなかの地図を辿り、佐原はようやく見つけた把手の前で足を止めた。

注意していなければ、見落としてしまいそうな把手だ。覗き穴から確認すると、古びた棚が並ぶちいさな部屋が見えた。使用人が使う、倉庫の一つか。慎重に扉を開いて踏み出すと、佐原は縺れそうな足で奥の戸棚を検《あらた》めた。

「右側の、一番下」

呟き、探り出した重い鍵束の一つに、蔦《つた》が彫られた鈍色《にびいろ》の鍵が下がっている。これもまた、資料に記されていた通りだ。心臓が大きく胸を叩《たた》く音を聞きながら、再び踵《きびす》を返して通路を急ぐ。城の端を目指し進んだ先に、錆《さび》が浮く鉄の扉が見えた。

「…そんな…」

鍵を開いて扉の先へ踏み出した時、佐原の唇からもれたのは低い唸りだ。

重い扉の向こうには、幅の狭い階段が上下に続いている。だが地下へと繋《つな》がるはずのそれは、数段下から大きく崩れ落ちていた。

「嘘だろ…」

階段は貯蔵庫と古い井戸に続き、その先には庭へと出られる扉があったはずだ。しかし朽ちて崩れた階段は、どう危険を冒しても降りられそうにない。

どう、すべきか。

乱れた呼吸の音を聞きながら、佐原は進んで来た通路を振り返った。

戻るべきか。あの部屋に。

頭を過《よぎ》った考えに、ぶるっと大きく体がふるえる。

左の手に、焼かれるような熱さが蘇った。押し当てられた、コルレオニスの唇の熱さだ。喘ぐように、佐原は上へと続く階段に足をかけた。すぐにでも、佐原の不在は露見してしまうだろう。一刻も早く、逃げなければ。

薄い胸を喘がせ、意を決すると佐原は狭い階段を駆け上がった。

壁に設けられたちいさな明かり取りから、光の帯がぼんやりと差し込んでいる。わずかに磨り減った石の形が、かつてここが使用されていたことを教えていた。だが今は、通路と同様に誰からも忘れられているのだろう。

階下へと降りる階段と同じく、ここもまた崩れはしまいか。不安はあったが、立ち止まることはできない。

この城から出たい、その一心で長く長く続く階段を上へと急ぐ。破裂しそうな心臓の音と、荒い息遣いが繰り返し耳に届いた。会社と自宅を往復するだけの日々を送る体には、相当堪える。そうでなくても、昨夜大きな手で固定され、常にない形で開かされていた体は節々が痛むのだ。込み上げる記憶を振り払おうと、懸命に足を動かす。螺旋《らせん》を上《のぼ》るたび、平衡感覚を失った足元が大きく縺れた。肺が、破れる。そう思った頃、唐突に階段が終わりを告げた。

扉だ。

くぐってきたものより、緻密な蔦飾りが施された扉が目の前に迫る。

がくがくとふるえる腕を叱咤して、佐原は握り締めていた鍵を鍵穴へと差し込んだ。

「あ…」

雨粒を含んだ風が、吹きつける。

一息に広がった視界の眩《まぶ》しさに、くらりと目眩《めまい》がした。

瞬いた視界に、灰色の空が映る。正確には、六本の円柱で支えられた大理石の天井の向こうに、空が広がっていた。

細い雨を降らせる雲が、どこまでも続く空を流れてゆく。くすんだ光をこぼすそこからは、今が朝なのか昼なのかも正確には読み取れない。水平線まで見渡せる空の下に広がるのは、同じくらい広大な緑だ。

森。あるいは、かつては庭だったものか。

茂る緑のなかに、崩れた建物とその基礎だったものが点々と覗いていた。辛うじて形を残す四阿《あずまや》を呑み込み、迷路のような植え込みが崩れかけた幾何学模様を描いている。荒れ果てた庭は、だがそうなってすらうつくしい。純粋に、そう思った。

自分の置かれた状況も、そして呼吸すら忘れ立ちつくさずにはいられない。桜庭が描写した通りの世界が、完璧な形で眼下に広がるのだ。

そう、はるか眼下に。

強い風が、ごう、と音を立てて佐原のガウンを揺らす。押されるままに体がふらつき、佐原は扉に縋《すが》ることで痩躯を支えた。

高い。

これだけの階段を駆け上ってきたのだから、当然だ。

見開いた視界に、並び立つ二つの塔が映る。

庭だけでなく、佐原が立つ石組みの城もまたうつくしかった。無骨でありながらも、三つの塔を持つ城は翼をたたんだ竜を思わせる。真っ直ぐに伸びた尖塔から、隣の塔へと渡るための通路が骨のように伸びていた。

「こんなことって…」

佐原が辿り着いたのは、一つの塔の最上部だ。瀟洒《しょうしゃ》な天井と、ぐるりと床を取り巻く手摺《てすり》以外はなにもない。まるで止まり木のようなそこには、本来なら隣の塔へと渡る通路が伸びているはずだった。だが今、目の前に残るのは半ばから崩れ落ちた通路の残骸にすぎない。

「なん、で」

嘆いたところで、どうにもならないと知っている。それでも、声にせずにはいられなかった。

地下に降りることも、この塔から抜け出す道もない。

いや、もし隣の塔に渡れたとして、その後はどうするつもりだったのか。地下に降りたとしても、同じだ。地下から庭へ抜け、荒れた森まで進めたとしてその先は。

諦めることなく歩き続けて、河を渡る手立てを探すなど、ここから抜け出る道はあるかもしれない。だがこうして見下ろす世界はあまりにも広く、そして大きすぎた。

「っ…」

鼻腔の奥に冷たい痛みが込み上げ、喘ぐ肺がぎしぎしと痛む。だが絶望に浸ってはいられない。懸命に自分自身に言い聞かせるが、疲れきった体は重く膝がふるえる。引き摺るように通路へと進んだ体を、一際強い風が撲った。

「あ…」

踏み締めようとした足が崩れて、上体が大きく傾く。

落ちる。

そう思った瞬間、大きな影が頭上を横切った。

翼を持つ、なにかか。あるいは、空そのものが翳《かげ》ったのかもしれない。振り仰ぐ間もなく、風に押される。呆気なく宙を舞おうとした体に、強い指が食い込んだ。

「な…」

見開いた視界に、黄金色に光る眼が映る。

漆黒よりも、今は燃える黄金の色合いこそが勝った。声を上げることもできない体を、強い腕が引き寄せる。どん、と鈍い衝撃を伴って、痩せた体が厚い胸板に当たった。

「っ、あ」

雨の匂いを、昨夜嗅いだ肌の匂いが押し退ける。

わずかに薬っぽい、乾いた匂いだ。

すぐに伸びた両腕が、痩軀に絡む。みっしりと筋肉を纏った二本の腕で締め上げられ、火のような息が耳元を舐めた。きつく嚙み締められた、奥歯の軋みか。咄嗟に顎を上げた佐原の耳に、階段を駆け上がるいくつかの足音が届く。

見つかって、しまったのだ。

理解した途端、落胆とそれにも勝る恐怖が込み上げる。身動ぎすらできない佐原の痩軀を、コルレオニスの掌が確かめるように撫でた。

「鍵の管理者は、誰か」

頭上で響いた声は、今まで聞いたどんなものよりも冷静だ。

息遣いは、わずかほども乱れていない。平坦な声に、ぞく、と腹の底が冷える。

それは階段を駆け上がり、追いついた従僕たちも同様だったのだろう。三人の男たちが、コルレオニスの声にたじろいだ。

彼らが男であると分かるのは、『機械仕掛けの神』の作中にそう記されているからに他ならない。コルレオニスに仕える従僕たちは、大抵の場合皆長い嘴《くちばし》を持つマスクを身に着けていた。ペストを治療する医師が使ったマスクにも、烏のようにも見える。従僕とはいえ、彼らもまた悪魔であることは言うまでもない。並の者より余程能力を持つだろう彼らですら、主の声に恐怖しているのがよく分かった。

「もう一度聞く。この鍵の管理者は誰か」

佐原の髪を撫で、コルレオニスが体を折る。拾い上げたのは、床へと落ちていた鍵束だ。

「ぁ…」

どんな経緯で、この鍵が佐原の手に渡ったのか。ここまで佐原が逃げ果《おお》せたのは、鍵の管理が不十分であったからだと、コルレオニスはその責任を問うのだ。

動揺を浮かべながらも、従僕の一人が息を呑んで進み出る。

申し開きも許されない従僕を、漆黒の双眸が一瞥《いちべつ》した。佐原自身が、その視線を受けたわけではない。それにも拘わらず、背筋が凍った。

心臓まで凍てつくとは、このことだ。

吹きつける風に足元をふらつかせることもなく、コルレオニスが従僕へと向き直る。なんの躊躇《ちゅうちょ》もなく持ち上げられた右腕とその爪を目にした時、佐原はぬれた床を蹴っていた。

「ま、待って下さい…！」

叫びが、掠れる。そんな自分自身の声に、ぎょっとした。

僕は、なんてことを。

気がつけば、満足に動かない体でコルレオニスへとしがみついていた。鋼《はがね》のような筋肉の確かさに、奥歯が音を立てる。

まさか佐原が声を上げるなど、誰も予想していなかったのだろう。当然だ。この城内において、いやこの世界において、獅子王に逆らう愚か者などいようはずがない。しかもそれが、地味で無力な編集者となれば尚更《なおさら》だ。

佐原自身、恐怖に頭のなかが白くなる。

鍵を持ち出したのは、言うまでもなく佐原だ。そのために他の誰かが叱責されるなど、理不尽極まりない。だからといって、怒れる獅子王の前に自らの身を投げ出すことができるのか。硬直する佐原に、ゆっくりと男が向き直る。

牙《きば》を剝き、殴られるのか。

一喝されただけで、佐原など簡単に吹き飛ばされるだろう。今度こそ手摺《てすり》を越え、塔から転がり落ちるかもしれない。身構える余裕もなく、痩せた体に衝撃がぶつかった。

「な…」

急《せ》くように突き出された二本の腕に、掻き抱かれる。驚く体を、苦しいくらいの力で締め上げられた。

「獅…」

懸命な、力だ。先程までよりも強く、厚い胸板へと押しつけられる。近くなった肌の匂いと、なにより抱き締める腕の熱さにくらくらした。

昨夜、自分を自由に扱った腕だ。それに恐怖するより、抱き竦《すく》めてくる腕の確かさに驚かされる。二度と放すまいと、縋りでもするようだ。あるいは、胸のなかに留め置きたいと願うのか。

自分の想像に、首を振る。もがいた佐原に鼻面を押し当て、コルレオニスが深く息を絞った。

「君は、心臓に悪すぎる」

軋るようにもらされた声に、皮肉はない。言葉の通り、痛みを吐露する響きに佐原はもう一度首を振った。

悪魔が口にする、心臓の痛みとはなんだ。

噛みついてやりたいが、桜庭が描く悪魔たちには確かに心臓が存在する。呻いた佐原に鼻面を擦りつけ、コルレオニスがようやくその腕の力をゆるめた。ほっと息がもれるより先に、爪先が浮き上がる。

「あっ」

息を呑む痩軀を、逞しい腕が抱え上げた。背中と膝裏に腕を差し入れられ、仰向けに持ち上げられる。これって、所謂《いわゆる》あれだろう。お姫様抱っことかいうやつか。

痩せているとはいえ、佐原は特別小柄ではない。それを易々と抱き上げてさえ、コルレオニスは足元をふらつかせることもしなかった。

「待っ…」

吹きつける風雨をものともせず、大股に男が進む。慌てて道を譲った従僕たちに一瞥だけを残し、コルレオニスは真っ直ぐに階段を下りた。今し方佐原が苦労して上った、長い長い螺旋階段だ。一息にそれを下り、佐原がくぐったものとは違う扉をいくつか越えて辿り着いたのは、見覚えのある部屋だった。

「お、下ろして下さい！」

薔薇を抱いた乙女の絵が、佐原を迎える。

目覚めたものと同じ部屋へと連れ帰られ、抱えられた痩軀をもがかせた。大きな寝台が、嫌でも視界に飛び込んでくる。

あそこで、昨夜なにが起きたのか。尖った声をもらした佐原を、コルレオニスが迷うことなく寝具へと下ろした。

背中から、投げ落とされたのではない。そっと寝台の端へと座らされ、驚きに身構えた。

「か、勝手に抜け出したことは、謝ります。ですが…」

上擦る声で訴えようとした佐原の視界を、大柄な影が覆う。深く体を屈めたコルレオニスが、膝を折ったのだ。

「な…」

寝台に用意されていた布を手に取り、男が跪《ひざまず》く。

獅子王がだ。

この世界の誰よりも冷徹で、気高い悪魔。同時に獰猛《どうもう》な怪物でもある男は、相手が誰であろうと膝を折ったりなどしない。それがたとえ、神であってもだ。

そんな獅子王が、躊躇することなく汚れた佐原の足へと手をかけた。絨毯へと膝をつき、筋肉の塊のような腿へと踵《かかと》を載せたのだ。

「ちょ…！　な、なにをしてるんですっ！　あなた、獅子王なんですよ⁉」

足を引き抜こうにも、男の手の力は強い。砂埃と雨、跳ねた泥で汚れた足を、大きな手がやわらかな布で拭《ぬぐ》った。

あり得ない。なんてことを。

昨夜から何度、そう思ったたか。だがそのなかでも、跪く獅子王など反則中の反則だ。

あの、獅子王が。卑劣な手段でコルレオニスの尊厳を傷つけようとした仇《かたき》が、どんな最期《さいご》を迎えたか。『機械仕掛けの神』の担当編集者である以前に熱心すぎる読者でもある佐原は、十分に知っていた。

その男が自分の手や足が汚れるのも厭《いと》わず跪き、佐原の足を拭っている。使い捨てられる運命にある、花嫁の足をだ。

「安心しなさい。今回の件で、誰かを罰するつもりはない」

佐原の動揺に顔色一つ変えることなく、コルレオニスが約束をする。ごつごつとした男らしい手が、踝を汚す泥を拭った。

「人の身となった君を…、大切な花嫁を、危険に晒した責任は私にある。君は城内に詳しいようだから、今後は同じ事故が起きないよう私も管理者も一層の注意を払うことを約束する」

事故とは、この部屋から佐原が抜け出したことか。

無論、あれは事故などではない。そんなこと、コルレオニスにだってよく分かっているはずだ。咄嗟に視線を巡らせれば、先程佐原が開いた隠し扉は何事もなかったかのように閉ざされていた。

佐原が脱走を図ったと理解した上で、同じ部屋に身柄が戻された理由は一つしかない。すでに通路は塞がれ、二度と同じ過《あやま》ちは起こらないと男は言うのだ。

「何度も言いますが、僕はミセリアさんじゃありません。だから今すぐ、僕を帰して下さい。仕事だってあるんです」

隠し扉を塞がれてしまえば、他に脱出の手段など思いつかない。懸命に訴えた佐原を、金色の輝きを隠す双眸が低い位置から仰ぎ見た。

「こちらの世界にも、仕事はある」

無骨な手が、雨で重くなったガウンを捲る。当然のように腰紐を引いた男に、佐原は声を上げて後《あと》退《ずさ》った。

「し、仕事って」

「私の、花嫁になることだ」

真顔で応えた男が、剝き出しの膝へと唇を落とす。ちゅ、と高い音を立てて口づけられ、二重の驚きに痩軀が跳ねた。

「そ、そんなこと…！　今週は、桜庭先生との打ち合わせもあるんです。次の新作に関する大事な打ち合わせで、他にも天国編の企画も控えてるんです。こっちは熱狂的な読者さんがついてるヴェルギリウスの過去編を含んだ企画で、それ以外にも他の作家さんの原稿が二本、入稿間近なんです。校正の受け取りもぎりぎりで…。だからお願いです。今すぐ僕を帰して下さい…！」

「君が大変仕事熱心なのはよく分かった。だが君を手放すことはできない」

揺るぎのない声が、踝を撫でる。若き日の獅子王のように、黙れと一喝する真似《まね》はしない。だが年齢を重ねた男は、静かに耳を傾けこそすれ説得などされてはくれないのだ。

「お、お願いです。なにかの間違いなんです、僕は…」

「こちらでの仕事にも、君に同じ意気込みで取り組んでもらえるよう私も努力する。いずれにせよ、君が無事で本当によかった」

僕の抗議なんか、わずかほども耳に届いていないのか。懇願を重ねた佐原に構わず、男が懐《ふところ》へと手を伸ばした。ぎくりと息を詰めた佐原の目の前で、コルレオニスがちいさな箱を取り出す。

昨夜目にした、あの銀の小箱ではない。それよりも一回りちいさな、瀟洒《しょうしゃ》な箱だ。

「な…」

「昨夜のうちに渡しておくべきだったのに、すまなかった。若造でもあるまいに、間近で見た君があまりに美味《おいし》そ…魅力的すぎて、気が急いてしまった」

恥じ入るべき点は、そこじゃないでしょう。抗議しようにも、叶わなかった。

ぱかりと開かれた小箱から、目を逸らせない。眩しいと、誇張ではなくそう思った。

黒い天鵞絨《ビロード》が張られた小箱で光るのは、指輪だ。見たこともないほど澄んだ宝石《いし》が、銀色の指輪の頂《いただき》で輝いている。ダイヤモンド、だろうか。あまりの眩しさに、目が痛くなりそうだ。

「君なら、分かるだろう？　庇護の指輪だ。これがあれば、君はどんな時も守られる。君自身からさえも」

指輪を掲げたコルレオニスが、恭《うやうや》しく佐原の左手を取る。息を呑むほどうつくしい指輪を突きつけられ、佐原は我に返って薬指を庇った。

「う、受け取れません…！　そんな大事なもの…」

庇護の指輪とは、貴族の力の一部が封じ込められた宝石のことだ。魂の欠片《かけら》とも、死の婚約指輪とも呼ばれている。魂や死というのはあくまでも比喩《ひゆ》だが、効果は同じだ。

作中において、これを悪魔から贈られたのはセツという青年だった。非情な協定を結んだセツのため、悪魔は自らの力の半分を指輪に封じて貸し与えたのだ。指輪を授けられた者は、文字通り贈り主の力に守られる。同時に、贈り主は指輪へと注いだだけの力を失うことになるのだ。

「指輪より、ピアスの方が好みだったか？」

首を傾げた男が、鼻先にある佐原の腿へと顔を寄せる。んあ、と口を開いて性器を探られ、驚きに声がもれた。

「な、やめ…！」

「必要があれば、いつでも作り直させよう。だが、こちらも君によく似合っている」

腿を閉じようと、暴れたのが災いした。意識が逸れた左手を引いて、男が器用に指輪をくぐらせてくる。なにをするんだ、この悪魔。動転する佐原に構わず、男が自らの刻印を施した薬指へと唇を押し当てた。

「は、外して下さい…！　これは、あなたの力そのものなんですよ!?」

曇り一つない指輪は、まるで誂《あつら》えたように佐原の薬指に馴染んだ。事実、それは佐原のために作られたものなのだろう。慌てて指輪を引き抜こうとした右手を、大きな手が押しとどめた。

「だからこそ、いいんだろ？」

立ち上がった男が、自身が作る影のなかで唇を歪める。

にた、と笑ったその形に、不覚にも首筋の産毛が逆立った。

意地が悪いだけじゃない。上目遣いに佐原を見た、コルレオニスの眼の色はどうだ。昨夜自分を見下ろした双眸の輝きが脳裏に蘇り、ぞわりとした痺れが込み上げる。

「ところで、式の日取りについてだが」

「し、式？」

引きつる声で繰り返した佐原を、男が不思議そうに見下ろした。

「君と私の、結婚式だ」

なに言ってるんですか、あなた。呆気に取られた息と悲鳴が喉で鬩《せめ》ぎ合い、げほ、と噎《む》せる。動転する背中を、大きな掌がやさしく撫でた。

「そんなに感激してくれるとは、面映《おもは》ゆいな」

「こ、これが感激してるように見えますか!?　て言うか、な、なんですか結婚式って！　花嫁と式を挙げる悪魔なんていないでしょう!?」

地獄における花嫁の立場は、名前も持たない消耗品だ。顔すら描かれないモブと婚姻を結ぶ貴族など、どこにいる。そんな展開、桜庭が書きたがっても首を縦に振れないぞ。大声で否定した佐原に、コルレオニスが形のよい顎に手をやった。

「花嫁を娶《めと》るなら、正統な手順を踏めと言い出すのは君の方だと思ったんだが。…しかし、確かにそうだな」

いくらかでも、正気を取り戻してくれたのか。頷こうとした佐原を、漆黒の眼が覗き込んだ。

「指輪の件といい、君と再会できたことに私は少々舞い上がりすぎたようだ。昨夜は一刻も早く君に種つけできるようにと、気が急いてな。挙式の件を一人で決めたことも、深く反省する」

「だから再会なんかじゃ…」

聞き捨てならない言葉は他にもあったが、抗議は最後まで声にならなかった。

伸ばされた男の手が、佐原の肩から重たくなったガウンを剝《は》ぐ。同じ手際のよさで、驚く体を真新しいガウンでくるまれた。

「ちょ…」

「罪滅ぼしにはならないが、式は君の希望通りのものにしよう。少しばかり辺鄙な場所だが、君が望むものはなんでも用意することを約束する」

「待って下さい。式なんて必要ありません…！」

好みもなにも、そもそも大前提が間違っていると何度言えば分かる。

叫んだ唇に、ちゅ、と軽やかな音が落ちた。場違いなほど機嫌のよいキスを与えられ、目が回る。

「挙式の夜が、私たちが迎える文字通りの初夜となるはずだ」

楽しみだな、とひそめられた声にぞくりとする。

生々しい男の舌が、れろ、と佐原の唇の隙間を横に辿った。

「ひ、必要ないって言ってるでしょう…！　し、式も…」

初夜も、という単語は口に出しがたい。喉を鳴らした男が、いやらしい動きで薄い腰をさすってくる。

「っあ…」

「君は式の準備に、私は君の準備に励むとしよう」

聞く耳など、ないということか。

官能的に歪んだ上唇を、コルレオニス自身の舌がべろりと舐める。誘惑に満ちた男は、悪魔らしいと言えばこの上なく悪魔らしい。厚い掌に下腹を圧され、佐原は為《な》す術もなく声を上げた。


眼鏡越しの視界が、滲む。

息が苦しくて、全力疾走したみたいに肺が軋んだ。大きく口を開こうとして、もれそうになった声に怯《ひる》む。辛うじて声は呑み込めても、急き立てられるような息遣いは隠せない。ぐり、と弱い場所を圧迫され、反り返った佐原自身の性器が跳ねた。

「ひァ、あ…」

ぎゅうっと、自分の尻が入り込んだ指を締めつけるのが分かる。満足そうな息が首筋を舐め、その熱さに爪先が悶えた。

深々と、押し込まれている。

逞しい大腿に載せられ、大きく開かれた足の間から尻をいじられていた。

我が身に降りかかる現実を、脳味噌が上手く理解しきれていない。いや、理解以前に、認めたくないのだ、こんなこと。

剝き出しにされた膝頭や爪先が、ゆす、と揺れる。佐原自身の意図でも、力でもない。背後から伸びた腕が、がっしりと左の膝裏を摑んでいた。丁寧に、そして不規則に揺すられるたび、まるで深々と陰茎を埋められているような錯覚が腹に響く。

「っあ、ぅん、あ」

唇を嚙み続けたいのに、息が苦しくて顎が弛んだ。どうしようもなくて右手で口を塞ぐと、咎《とが》めるように指を回された。

「ううあ、ぐ…」

抱えられた左足は、完全に浮いてしまっている。右足にも、体を支える力はない。他人の腕に体重を預ける姿勢は、それだけで不安が募る。なにより、揺れる爪先の向こうに映る男の姿に目眩がした。

「こっちのも似合いそうじゃね。ミセリアちゃん、白がよく映《は》えそうだし」

朗《ほが》らかな声が、天井の高い部屋に響く。

湿った佐原の息遣いとは、相容《あいい》れない声だ。だが声の主には、なんの動揺もない。目の前で半裸に剝かれた佐原がコルレオニスに尻をいじられていてさえ、ソファに座る男は顔色一つ変えなかった。

こんなこと、とても現実とは思えない。

ソファが置かれたうつくしい部屋で、コルレオニスに尻を開かれていることも、それを初対面の男に見られていることも、なにもかもがあり得なかった。

首筋から汗が噴き出て、ぐらぐらと視界が揺れる。

せめて膝を閉じたいのに、膝裏を摑むコルレオニスの手がそれを許してくれない。辛うじて左手を股間《こかん》に伸ばしてはいるが、ぬれて揺れる性器を隠せているとは言えなかった。

正面に座る男が、上気する佐原の肌を無遠慮に眺める。

心臓に悪いくらいの、美男子だ。薄い茶色をした双眸には、なんとも言えない甘さがある。男っぽく、ともすれば近づきがたいほどの厳つさを漂わせるコルレオニスとはまるで違った。もっと柔軟で、人懐っこい容貌は人好きがする。年齢は、コルレオニスとほぼ変わらないだろうか。しかしそれがあくまでも外見上の印象でしかないことを、佐原は十分に知っていた。

ティグリスと名乗った通りであれば、男は狡悪《こうあく》の王と囁《ささや》かれる貴族だ。彼もまた、『機械仕掛けの神』の重要な登場人物の一人だった。

コルレオニスとティグリスは、義兄弟に近い親しさで育ったとされている。天国の門編の始まりこそ二人は対立する立場だったが、目的を同じくしてからは再び深い信頼で結びついた。ティグリスはコルレオニスと対等な関係を築く数少ない理解者の一人であり、彼を主人公にした作品もいくつか執筆されている。そのどれもを、佐原は夢中になって読み耽った。

そのティグリスが、何故《なぜ》今こんな形で目の前にいるのか。呻いた佐原を、コルレオニスがゆるく揺すり上げた。

「んあ、あっ」

「余計な世話を焼くな、ティグリス。自分の花嫁の身の回り品くらい、私が見繕《みつくろ》ってやれる」

不機嫌そうにもれたコルレオニスの声は、驚くほどに平坦だ。先程佐原の尻に歪な真珠を詰め込んだ時も、男は息一つ乱してはいなかった。

「素直に礼を言っとけよな、レオン。こんな僻地《へきち》まで業者ごと連れてきてやったんだぜ？」

コルレオニスの声に怯むことなく、ティグリスが顎をしゃくる。その傍らへと、古風な上着を身に着けた男が膝を折った。頭には本物の兎そっくりのマスクを被っているため、表情は分からない。そもそもやわらかそうな毛の生えたそれが、本当にマスクだという確証はなかった。寸分違わぬマスクを被った者が他にも二羽、広い部屋で手際よく荷物を広げている。

商品、と言うべきか。あられもない姿を晒す佐原に視線を送ることなく、兎たちが恭しく商品を差し出した。

「お、いいんじゃゃねこれ。あと、そっちの服とピアスも見せて。青い石が入ったやつね。ミセリアちゃん耳の形もよさそうだから、なんでも似合っちまうだろうけど」

機嫌のよいティグリスの声が、脳味噌を上滑る。頭のなかも背骨もどろりと溶けて、崩れてしまいそうだ。ふるえた膝を大きく引き寄せられ、ぐぽ、と恥ずかしい音が鳴る。そんなふうに、指を捻らないでくれ。宙を掻いた爪先を視線で撫で、薄い耳殻《じかく》へと嚙みつかれた。

「あぁっ、ひ、や」

　掻き回され感度を増した前立腺を、二本の指で転がされる。腹側の敏感な器官をごりごりと圧迫されるのも辛いが、それより深い場所を指先が掠めるのはもっと苦しい。親指の先ほどもある大粒の真珠を、含まされた場所でもある。

　尻を振って指の刺激から逃れたいのに、腰を引くこともできない。大きく指を押し込まれると、まだ形を残す真珠がなかで動いた。

「っあ、駄目、だめ、そこっ」

　堪えきれず、子供みたいな声がもれる。できる限りちいさな声で訴えたつもりなのに、高い響きが掠れて跳ねた。

　見られて、いる。薄茶色のティグリスの眼が、興味深そうに泣きじゃくる佐原を、そして大きく広げられた場所を眺めていた。ぬれて赤く色づいた穴の縁が、どんな形に捲れてしまっているか。思い描くと、鳥肌が立つ。顎を上げて喘げば、首筋へと厳つい鼻面を擦りつけられた。

　求愛する、獣みたいだ。深く肌の匂いを吸い込んだコルレオニスが、佐原の尻へと腰を押しつける。

「あっあ、や」

　尻に当たる男の陰茎は、ごつごつと硬い。

　駄目だ。そんなふうに、動かないでくれ。まるで腹の底を、太い肉で突き上げられているみたいだ。そうされた経験は、勿論ない。それでも指を呑む場所を、もっと大きなもので埋められる想像に声がもれた。

僕は、どうなってしまったんだ。僕の体は。

恐ろしさに、息がふるえる。同時にとろりと、唇がゆるんだ。甘く垂れた涎《よだれ》を、呑み込めない。にゅぶ、と前立腺を圧迫されると、どうしようもない性感が足裏を包んだ。

こんなこと、間違いだ。こんなふうに扱われて、気持ちいいなんて。そう思うのに、快感を逃すまいと爪先が丸まる。その健気《けなげ》さを笑い、男がふっくらと腫《は》れた器官を殊更丁寧に捏ねた。

「ひ、ァ、あ…」

息切れし、前のめりに逃げようとした体を引き戻される。苦しいくらい弱い場所を転がされ、目の前で幾度目かの光が散った。

「あっ、あ」

性器を握り込もうとしたが間に合わず、熱い飛沫《しぶき》が手にかかる。射精、してしまったのだ。腿を汚した精液が、高価な絨毯《じゅうたん》にまで飛ぶのが分かる。その事実に打ちのめされる間もなく、視界が回った。抱えられ、ソファへとうつぶせに下ろされる。力なく突き出した尻へと、ぬれたものが当たった。

「あ…」

ずっしりと重い、コルレオニスの陰茎だ。

指を引き抜かれた穴へと、裏筋を擦りつけられる。ひ、と反り返った背中を見下ろし、男が握り込んだ肉を扱《しご》いた。

「んあ…、う、あ」

声をもらしたのは、佐原だ。

湯のような熱さが、尻にかかる。吐き出されているのだと、いやでも分かった。ぶるっとふるえた体に、重い体が伸しかかる。耳鳴りがして、全身が心臓になったみたいにうるさい。

「ちったあ手加減してやれよ。かわいそうに」

荒い息のまま身動ぎもできない佐原を眺め、ティグリスが男を咎めた。兎が差し出した布を当然のように受け取り、コルレオニスがゆっくりと身を起こす。佐原の股座《またぐら》へと伸びた腕が、丁寧に汚れを拭った。

「っ、あ、自分、で…」

自分でやると、訴えさせてもくれない。大きく一度息を吐いた男が、まだ湿っている佐原の尻をつるりと撫でた。

「ティグリス、お前は私が加減していないと、本気でそう思っているのか？」

「加減してこれかよ」

眉を引き上げた男に、ティグリスが肩を竦める。まるで、天気について論じてでもいるかのようだ。

どうして、こんなことになったのか。

思い返してみても、甲斐《かい》はない。

うつくしい居間で、日の高いうちからコルレオニスに裸に剝かれた。艶やかな調度品で飾られた、広い部屋だ。この世界に召喚されてから今日まで、男は驚くほど執拗《しつよう》に佐原へと触れた。男性の花嫁には必要な手順だとしても、度がすぎている。作中では性欲なんかありませんって顔をしていたのに、どうなっているんだ。

しかもコルレオニスは、いまだ佐原がミセリアであると主張して聞かない。

親友相手に、あなたは一体なにをしているのか。小説に描かれた獅子王の素晴らしさを、切々と訴えても無駄だった。変態と罵っても同じだ。寝台に連れて行かれることもあれば、今日のようにそれ以外の場所で裸にされることもある。場所も時間も選ぶことなく、男は最初の夜がそうであったように、丁重に、しかし否を許すことなく佐原に触れた。今日も結局、広いソファで尻へと禍々《まがまが》しい真珠を詰められた。ずるりと進む感触に悶えた時、唐突に部屋の扉が開かれたのだ。

明るい声と共に、居間に入り込んで来たのがティグリスだった。

迎えたコルレオニスにも、驚きはない。そんな男も、商品を携《たずさ》えた兎たちを引き連れソファへと陣取ったティグリスの騒々しさには苦情をもらした。どうやらコルレオニスが花嫁を召喚したと知った旧友が、佐原のために外商たちを手配し城を訪ねてきたらしい。

膝に抱えられ、深々と指を含んだ佐原が混乱を極めたのは言うまでもないことだ。だが誰一人、その現実を問題視する者はいなかった。

悪魔の倫理観は、どうなっているのか。

いや問題にすべきは、コルレオニスとティグリスの倫理観か。いずれにせよティグリスは当然のようにソファに座り、コルレオニスは慌てもせず佐原に口づけを贈った。

「がっつきすぎる男は嫌われるぜ? あ。こっちのブレスはどう。ミセリアちゃん絶対似合うんじゃね」

呆れた声を出したティグリスが、なにかに目を留める。その手が引き寄せたのは、うつくしいブレスレットだ。

まともに開けられない視界に、銀色の石が映った。透明度の高さは、硝子を思わせる。だがきっと、石をくり抜き磨き上げたものだろう。角度によってはきらきらと光る、細身の腕輪だ。

「どうよレオン。悪くなくね」

ティグリスを一瞥し、コルレオニスが腕のなかの肢体《したい》にガウンを巻きつける。

一秒でも早く、部屋に戻りたい。眼鏡を整えると同時に、気づくことがあった。

『機械仕掛けの神』の作中で、ミセリアが愛用していた装身具も銀の腕輪だ。痣のある左腕で、軽やかな音を立てる腕輪は特徴的な存在だった。『機械仕掛けの神』関連のグッズ製作依頼が来る際、必ず企画書に登場するものの一つでもある。

コルレオニスもまた、同じ考えに至ったのかもしれない。視線を留めた男に、ティグリスがいくつかの腕輪を手に取った。

「俺の好みはもうちょっと華やかなのだけど、指輪との相性を考えると…」

続けようとしたティグリスの声に、控え目な合図《ノック》が重なる。開かれた扉から、鳥の頭をした従僕が音もなく現れた。

「おっと、仕事の時間だってよレオン。行ってこい。ミセリアちゃんのお相手は俺がしてっから」

気軽な仕種で、ティグリスが顎をしゃくる。待ってくれ、そんなこと困る。足をばたつかせた佐原を抱え直し、コルレオニスが眉間を歪めた。

「放《ほう》っておけ。どうせまたイエレミヤの奴だろう」

「うぜえのは認めるが、諦めな？　ミセリアちゃんからも言ってやって。たまには働けってよ」

薄茶色の双眸を向けられ、別の驚きに瞬く。はっとコルレオニスを振り仰ぐと、男が大儀そうに息をもらした。

「もう十分働いてきたつもりだが」

「確かにお前にしちゃあよくやってきたぜ？　だけどお前は獅子王様だかんな」

口吻《こうふん》は軽いが、それはいかにもティグリスらしい皮肉なのだろう。

『機械仕掛けの神』において、ティグリスは飄々《ひょうひょう》とした策士として描かれた。飛び抜けて朗らかで、誰もが魅了される。女性との失敗談が多いのも、彼に完璧すぎない魅力を与えていた。目の前の男も、その通りなのだろう。作中よりも一層さばさばとして倫理観に欠けて見えるが、肩の力が抜けた物言いには響き以上の重さがあった。

さっさとしろと促され、コルレオニスが渋りながらも腰を上げる。本気で僕を、ここに置いて行く気か。焦る佐原のガウンを入念に整え、コルレオニスが口づけを落とした。

ティグリスと二人きりで残されることにも、コルレオニスが男の言葉に従ったことにも驚かされる。同時に、その顔に浮かんだ渋面《じゅうめん》にもびっくりした。

取り繕った、大人の顔ではない。むすりと唇を歪めてみせる程度には、二人の間柄は近いのだ。

「てことでミセリアちゃん、こっちのアクアマリンのピアスはどうよ」

たった今し方まで、自分とコルレオニスがここでなにをしていたのか。余すことなく視界に収めていたはずの男が、まるで何事もなかったかのように声をかけてくる。実際ティグリスにとっては、取るに足らないことなのかもしれない。だが佐原にとっては、一大事だ。それを訴える虚しさと現実のあり得なさに、佐原は喘ぐように息を吸い込んだ。

「聞いて、下さい。僕は…、ミセリアさんじゃありません」

ガウンの襟元《えりもと》を掻き合わせ、掠れそうな声を絞る。可能な限り落ち着いた声を作ろうとした佐原に、ティグリスがからりと笑った。

「や。レオンの奴がミセリアだって言うんだぜ？　ミセリアなんでしょ」

「ティグリスさんは、ミセリアさんを直接ご存じのはずです。だったら僕がミセリアさんじゃないってことも、ちゃんとお分かりになるんじゃないですか」

コルレオニスが生まれ変わりだと主張するから、無条件に信じるとはどういうことだ。呆気ない物言いが理解できず、佐原は語気を強くした。直接ミセリアを知る人物が否定してくれれば、コルレオニスも耳を貸してくれるかもしれない。縋るように言い募った佐原に、ティグリスが逞しい首を傾けた。

「だから、あいつがミセリアだって言う以上、ミセリアなんだろうって」

「ご心配じゃないんですか？　獅子王がいきなり僕みたいなのを連れて来て、ミセリアさんだって言い出したりして」

自分の推しが、どこからどう見てもただのモブキャラを捕まえて今は亡き親友の名前を呼び始めたら、僕だったら心配する。そのモブが自分となれば、尚更だ。

「正直、あいつが初めて花嫁を召喚したってだけで驚いてる身としては、それがミセリアだ、結婚するって言われてもおめでとうとしか言えねえわけ」

「どうしてそうなるんですか！　そこは間違いを正すべきでしょう！」

通常、悪魔は複数の花嫁を娶った。花嫁を娶れるほど強力な貴族は、そうすることで自らの力を誇示する。だが作中と同様に、コルレオニスは一人の花嫁も娶ってはいないらしい。初めての花嫁が自分で、それを親友の名で呼んでいるとなれば益々《ますます》心配ではないか。

「どうしてって、実際こうして来てくれたミセリアちゃんが体の相性もばっちりそうな上にすげえいい子だし？　聞いたぜ？　こっから逃げようとして塔から飛びかけたんだって？」

「な…、違います…！」

面白そうに覗き込まれ、羞恥《しゅうち》に頭が煮えると同時に背中が薄ら寒くなる。

他人の心を摑むことに長《た》けたティグリスは、それと共に世の中の噂話にも精通していた。地獄耳と怖れられる彼らしく、佐原が先日起こした脱走騒ぎはすでに耳に入っているのだろう。

「飛ぼうとなんて、してません。ただ、隣の塔に渡りたかっただけです」

実際、飛ぶつもりなど微塵もなかった。

そんなこと、できるわけがない。ただどうしようもなくて、崩れた通路を覗き込もうとしただけだ。

「でも鍵の管理を怠《おこた》った従僕を、コルレオニスのお仕置きから庇ったのは本当だろ？」

にやにやと笑うティグリスが、並べられたピアスを手に取る。本当に、この人には全てが筒抜けなのだ。

「…残念ですが、それも違います。庇うなんて、とても…」

鍵を勝手に持ち出したのは、佐原自身だ。ティグリスが言う通り、本来なら従僕には非がないと佐原こそが主張すべきだったただろう。だが衝動的に声を上げたものの、その後は一言も続けられなかった。そんな勇気、逆さに振っても僕からは出てこないのだ。

「嘘。身を挺《てい》して庇ったたって聞いたぜ？」

「誤報です」

断言できてしまうのが、辛いところだ。苦く絞り出すと、余程驚いたのかティグリスがぱちぱちと瞬きした。その唇が、次の瞬間大きな笑い声に解けた。

「…なにが面白いんですか」

明るい目の色で笑うティグリスを、兎の頭をした外商たちが驚いたように振り返る。兎たちと同様に、佐原もまた瞬いた。

「ごめん。だって正直すぎでしょ。適当に頷いとけば、自分の手柄になったはずなのに」

「そんなこと…」

手柄とは、何事か。確かに僕には勇気がないが、嘘をついてまでそれを隠してなんになる。思わず寄せた眉根に、ティグリスが笑みを深くした。まだ揺れる声で、ごめん、と男が謝罪する。

「本当、ごめん。正直で、高潔。ちょい融通《ゆうづう》利かないかもしんねえけど、俺まで惚《ほ》れちゃいそうだなと思って。あ、今のは嫉妬《しっと》深い獅子王様には内緒だぜ？　俺にとっちゃミセリアちゃん…いや、佐原ちゃんって呼んだ方がいいのかな？　君が何者であろうと、コルレオニスに害を為さない限りなんの心配もしてねえの」

快活な声を重ねて、ひらひらとティグリスが手を振る。

たとえ不心得な意図があったとしても、花嫁ごときが獅子王に害をなせるはずがない。なにかを拗《こじ》らせてしまったコルレオニスが、親友の生まれ変わりを花嫁として迎えたと口走ったところで、心配するには値しないということか。いや、心配してほしい。

「……獅子王とミセリアさんは、その…、本当に恋人関係にあったんですか？」

それはずっと、疑問に思っていたことだ。

何度も言うが、小説内にはそんな描写は存在しない。コルレオニスが言う通り、桜庭が本来人間が覗き見ることができない世界の出来事を受信し、物語を執筆していたとする。そうだとしても、こちらの世界で起きていた物事の全てを描写できるわけではないだろう。それと同時に、どれほど事実が劇的だったとしても、ただ漫然と描写したところであれほど素晴らしい作品に仕上がるはずはない。物事を取捨選択し、適切な演出を加える桜庭の筆力があってこそ『機械仕掛けの神』は華々しい成功を収めたのだ。そのなかで、コルレオニスとミセリアの関係が簡略化されていた可能性は勿論ある。だがそれは、純粋に創作作品としての『機械仕掛けの神』を愛してきた佐原にとって、いまだ信じがたいことだった。

「さあな。レオンとミセリアがデキてたとしても驚かねえけど、そうじゃなかったから拗らせちまったのかもしんねえし？　いずれにしたって、レオンにとって特別な相手だったのは確かだろうな」

飄々とした口振りは、どこまでも他人事と言いたげだ。眉間に皺《しわ》を寄せた佐原に、ティグリスが広い部屋を顎で示した。

「佐原ちゃん、気づかねえ？」

「…なにがですか」

「この城、獅子王の居城にしちゃあ従僕も少ねえし閑散としてんだろ」

確かに、それはずっと佐原も気になっていたことだ。

何故獅子王が王都を離れ、こんな森の奥ですごしているのか。社交的とは言いがたいコルレオニスの気質を思えば、雑踏を離れた暮らしは好みに適《かな》うものだろう。だが周囲の期待を一心に集める立場上、そんな自由が許されるとは思えない。短い休暇を楽しむ場所かと考えてもみたが、それにしてもここは荒涼としすぎていた。

「今回佐原ちゃんを花嫁に迎えるまで、従僕も烏が二羽しかいなかったんだぜ。あいつがここに引き籠もって、もう何年になるか」

短く嘆息され、耳を疑う。

「な…、引き籠もるって、なんです。しかも何年もって」

驚きのあまり、ソファから跳ね起きそうになった。だってそうだろう。獅子王がこんな古城に退くなど、一体なにがあったのだ。

「隠居と言えば聞こえはいいかもしんねえけど、有《あ》り体《てい》に言えば引き籠もりだよなあ」

隠居。そして引き籠もり。

それは、比喩ではないのか。

思いがけない言葉に、口腔がからからに乾いた。

「待って下さい。だ、だって獅子王は要職をいくつも兼ねていらしたじゃないですか。サポートして下さる方は勿論多いと思いますが、でも引退なんて」

佐原が知る限り、コルレオニスは所謂貴族院に身を置いていたはずだ。他にも王立の研究施設やフルグルと呼ばれる王直属の近衛《このえ》とも関《かか》わりを持っていた。非世襲制である王は、自らの私兵を近衛に持つことを許されている。正確には、コルレオニスはこのフルグルの一員ではない。だが亡父の盟友だった王に請《こ》われ、フルグルと行動を共にすることも多かった。時には彼らの先頭に立ち、天使や悪魔、狂信者などの脅威に立ち向かってきたはずだ。

「もしかして、なにか問題でも？　目覚ましく活躍される方だからこそ、敵も多いとは思いますが……」

「あいつが誰かに追い落とされた結果かって？　そりゃねえから安心して。あいつが自主的に引き籠もってんの。引退前に実務的な根回しは十分してやがったし、どうしても外せねえ仕事だけは今も片づけてくれるし、なんと言っても天国の連中とは一応休戦中だし？　どうにかはなってるけど公の場には一切出ねえわ、せっつかねえと誰にも会わねぇわで俺もほとほと困ってんのよ」

なんだ、それ。

動揺しすぎて、声にならない。

獅子王は、物語において常に眩《まばゆ》く輝く存在だ。

『機械仕掛けの神』は、ただ一人の主人公の視点でのみ語られる物語ではない。だが他の誰かを主人公とした場合でも、コルレオニスはいつでも特別な存在感を放っていた。それは僕の贔屓目《ひいき》あってのものじゃない。その獅子王が、引退とは何事だ。

百歩譲って、引退という展開があると仮定しよう。天使との争いも、常時全面的な戦争状態が続いているわけではない。今が休戦中であり、次の大きな物語までの休養期間だとすればそれもありだ。

だがその場合も、こんな場所で引き籠もりと称されるものであっていいはずがない。引退展開など、その後の復帰劇への布石としてのみ許されるべきものだ。

「その引き籠もり王のレオンがよ？　久し振りに自分から知らせを寄越したと思ったらこれなわけ。すげえヤる気みたいだし？　祝福以外できることはないでしょ？」

「ヤ…。ぎ、逆ですよ！　祝福してる場合じゃないじゃないですか！」

　全てが、間違っている。

　大体、どんなやる気だ。コルレオニスは引き籠もってなどいていい男ではないし、僕はミセリアでも花嫁でもない。テーブルを打ち鳴らさんばかりの佐原に、ティグリスは機嫌よく眼を細めた。

「いいや、正解だぜ？　突然連れて来られて納得できねえのも分かるけど、レオンが仕事から離れて引き籠もってたのは事実。でも佐原ちゃんのために、快適な巣を作ろうって今のあいつも必死なの。だから逃げ出すのだけはマジ勘弁してやって」

　ティグリスの視線が、佐原の左手の薬指を撫でる。ぎゅっと手を握り締めると、その代わり、と男が笑った。

「逃げる手助けだけはしてやれねえけど、それ以外の望みならいくらでも言って？　結婚祝いにばんばん叶えちゃうから」

「…なんでも、ですか？」

「勿論」

　迷わず首を縦に振られ、喉の奥に熱が広がる。

最大の望みは、無論この悪い夢のような世界から逃げ出すことだ。それが許されないなら、せめて今すぐ元の世界と連絡が取りたかった。

僕は忽然《こつぜん》と、姿を消したはずだ。仕事は、どうなっているのか。無事、入稿はできたのか。編集会議だってある。週末には、桜庭の自宅を訪ねる約束だった。打ち合わせをすっぽかされ、桜庭はきっと困っているに違いない。

考えまいとしてきた現実が、一息に込み上げる。じっと見詰めてくるティグリスに、衝動的に唇が動いた。だが結局は声にすることができず、佐原は力なく首を横に振った。

「…折角ですが、大丈夫です」

「本当に？」

離れて暮らす両親にだけでも、無事を伝えたい。しかしそれを、目の前の悪魔に強請《ねだ》るのはあまりにも無邪気で無防備だろう。叶えられる確証はなく、またどんな代償を求められるかも分からない。

唇を噛んだ佐原に、ティグリスがもう一度肩を揺らした。

「益々気に入った。真面目で、賢い。警戒心が強いのも、悪くねえ。でもやっぱ、必要だと思うもんがあればいつでも言って」

頷いたティグリスが、ソファから立ち上がる。警戒する佐原の手を取った男が、その左の手首に銀色の腕輪をくぐらせた。二連に重ねられた、涼しげな腕輪だ。

「…ここでは、みんな式を挙げるんですか？　花嫁と」

ミセリアの左腕を飾るに相応しい装身具が、自分に似合うとは思えない。だが毟り取って突き返すわけにもいかず、胸にあった疑問を声にする。

『機械仕掛けの神』の作中において、過去に消耗品たる花嫁と結婚した悪魔などいない。コルレオニスが特殊なのか、あるいは実際のこの世界では珍しいことではないのか。尋ねた佐原に、ティグリスが呆気なく首を横に振った。

「まっさか。花嫁と式挙げる悪魔なんていねぇな。俺もレオンから聞かされた時はびっくりしたぜ。あ、こっちのピアスはどうよ。揃いの貞操帯もあるぜ」

隣に腰かけたティグリスが、金属製の装身具を引き寄せる。宝石で飾られたそれを両手で示され、佐原は深い息を絞った。

「…いえ、僕は…、あの、すみませんが少し風に当たってきていいですか」

できることなら、一人になれる部屋に駆け込んでしまいたい。そこまでの自由を許されないのなら、せめて山積みにされた華やかな品々の前から逃げ出したかった。

「大丈夫？　横になる？」

気遣うティグリスに礼を言って、ふらつきそうな足で窓辺へと向かう。

踏み締める絨毯は、しっかりと目が詰まって厚い。きっと価値を知れば、怖くて足でなど踏めなくなるのだろう。絨毯に限らず、目に映る調度品はどれもが重厚でいかにも高価そうだ。

『機械仕掛けの神』の描写によれば、地獄における文化様式は十九世紀の西洋に近いとされている。人間界と同様に、地域によってその特色は異なるらしい。より前時代的な生活を送る場所も多いとされるが、コルレオニスが暮らすこの城は建物にせよ服装にせよ古風で豪華な映画さながらだ。

悪魔、という時点で、すでに夢かお伽噺《とぎばなし》の領域か。思わず溜め息がこぼれるが、桜庭が描写したままの世界が目の前に存在するのは、この瞬間ですら感慨深かった。

意識せず動かした左手で、しゃらりと涼しげな音が鳴る。気がつけば、左手がガウンに包まれた腹へと重なっていた。平らな下腹をさすった自らの手に、眉間が歪む。

慌てて手を引っ込めたその時、開かれたままの扉が目に映った。

遊戯室へと通じる、扉だ。象牙色の絨毯が敷かれた部屋には、カード用の円卓が置かれている。奥にはビリヤード台も見えたが、他の部屋と同様に活気は感じられない。もう長いこと、主人や客人を迎えてはいないのだろう。

だが佐原の目を引いたのは、そうした寂しげな様子ではない。思わず足を止めた佐原の背後に、不意に黒い影が落ちた。

「あ…」

「どうした。気分が悪いのか？」

男っぽい声が、耳元を撫でる。近づく気配に、まるで気がつかなかった。だが身動げば背中が触れてしまいそうな近さに、コルレオニスの巨軀があった。

「ち、違い、ます」

振り返った視界に、筋肉の厚みを感じさせる胸板が映る。

ほんの少し前まで、ソファで重なっていた男の体だ。

上着も羽織らず、来客に対応したのか。釦《ぼたん》が外されたままの襟元から、鎖骨が作る濃い影が覗いていた。

落ち着いた双眸には、下世話なことなど何一つ許しそうにない厳しさがある。それなのに間近にある肌や逞しい首筋には、目を逸らしがたい色香が滲んだ。雄が持つ、色気だ。

そんな言葉を意識した自分自身に、ぞくりとする。狼狽《うろた》え、後退ろうとした佐原の肩口を追い、影が動いた。広い背を屈ませたコルレオニスが、鼻面を寄せたのだ。

「な、ちょ…」

すん、と形のよい鼻で、肌を嗅がれる。

まるで自らの痕跡を確認する、動物だ。あるいはそうすることで、佐原の言葉の真偽が測れるとでも言うのだろうか。

「っ、あ…」

ふ、と犬のように鼻を蠢《うごめ》かせた男が、顔を上げることなく佐原を見た。

なんて、眼だ。

血気盛んな若造のように、無闇にがっついて食い荒らしたりはしない。そんな取り澄ました顔をしているくせに、双眸ばかりはぎらりと光るのだ。

この色こそが、コルレオニスの本質なのか。

食べられる。喉笛から、頭の先から、ばりばりと嚙み砕かれる。

その想像は、どうしようもなく恐ろしい。だが同時に、吐き気がするほど甘美だった。これが、貴族に魅入られた花嫁の恍惚《こうこつ》というものか。

ぶるっとふるえた痩躯を、逞しい腕が引き寄せた。雄じみた口が、あ、と開かれる。そのまま唇を塞がれた時、溜め息混じりの声が響いた。

「おいおい、ちゃんと用件は終えてきたのか？　途中で投げ出したりしてねえだろうな」

心臓が、口から飛び出すかと思った。

声にならない悲鳴を上げた佐原の鼻先で、舌打ちの音がもれる。落ち着いた物腰からは想像もつかない、背筋が凍るような音だ。

「存分に喋《しゃべ》って帰って行った。私の署名がいるっていう、面倒な書類仕事を押しつけてな」

議会か、もしくはフルグルに関わる来客だったのか。動転する佐原を胸に抱き、コルレオニスがティグリスを振り返る。

ソファから立ち上がった男が、大きな溜め息で応えた。

「お前にそんな面《つら》されてたら、誰だって立て板に水で用件喋りまくるしかできなくなんだろ？」

ティグリスが言う通り、こんな眼をしたコルレオニスを前にしたら誰であれ肝を冷やさずにはいられない。職務とはいえ、面会を果たした者は賞賛されるべきだ。つい社畜根性で同情を寄せた佐原を、コルレオニスが鼻面を寄せて覗き込んだ。

間近に迫った容貌に、怯む。

相変わらず、すごい美形だな。

つい先程も同じ距離で対峙《たいじ》したが、目にするたび驚かずにいられない。息を呑んだ佐原に、コルレオニスが当然のように顎をしゃくった。

「キスしてくれないのか？」

真顔で催促され、瞬く。

ぱちぱちと大きく睫を上下させた佐原を、漆黒の双眸が心底不思議そうに見た。

「面倒事を終えてきたというのに、君からキスしてもらえないなんてことがあるか」

なに言ってるんだ、この人は。

ソファでの出来事といい、全くどうかしている。呆気に取られる佐原の視界の端で、ティグリスが手を振る。

やっちゃって。さっさと、やっちゃって。

烏を従えたティグリスが、ひらひらと手を振って佐原を促した。

やっちゃってって、なにをだ。

あんぐりと口を開いた佐原へと、コルレオニスが尚も整った鼻面を突きつけた。

「め、面倒事もなにも、獅子王のお仕事でしょう！」

「今の私の仕事は、君と子作りすることだけだ。勝手に来て大切な初夜の準備を邪魔しておいて、仕事も糞《くそ》もあるか」

迷わず断じられ、考えるより先に右手が動く。

ぽかっと、音がしそうだ。右腕が、コルレオニスの頭を叩いていた。獅子王の、頭をだ。

現実を悟り目を剝いたのは、佐原だけではない。

成り行きを眺めていたティグリスもそして烏たちも、声をなくしている。ただ一人、叩かれたコルレオニス自身だけが、きょとんと眼を瞬かせていた。

「子作りが仕事だなんて、どれだけ仕事と子作りを莫迦にしてるんですか！　て言うか、あなたは生きてる限り獅子王なんですよ！　獅子王の名誉を守ることが仕事と心得て下さい。キャラ崩壊はファンとしても編集者としても許せません！」

右手には、コルレオニスを叩いた感触が生々しく残っている。

謝る、べきだ。頭では分かっているが、抗議の言葉が口を突いて出た。だって、これは看過できない。こんな発言は、これまでのコルレオニス自身の努力を否定するものだ。解釈違いでは、すまされない。

固く拳を握り締めた佐原を、漆黒の双眸がまじまじと見下ろす。花嫁に殴られる貴族など、こちらの世界始まって以来の珍事ではないのか。さすがのコルレオニスも我に返り、拳の一つも返すかもしれない。ぐ、と奥歯をふるわせた佐原の隣で、明るい笑い声が爆《は》ぜた。

「全く佐原ちゃんが言う通りじゃねえか、レオン。お前がいくら怠惰で色惚けた隠居の身だとしても、管理能力を問われるのは従僕だけじゃねえと思うぜ？」

げらげらと声を上げて笑ったティグリスが、コルレオニスの肩を叩いて遊戯室へと入る。真っ直ぐに飾り棚の一つへ向かったティグリスが、そこに置かれた本を手に取った。

「それ…」

それは先程、佐原の視線を惹きつけた一冊だ。

『機械仕掛けの神』。

装丁の細部どころか、本文の書体すら克明に思い出せる。職場は無論、佐原の日常にはいつだってこの本が存在した。それが今は、堪らなく懐かしい。ほんの何日か、離れていただけだ。それは本に限らず、これまでの日常の全てについて言えることだった。

数日前まで当然のように存在していた世界が、今は絶望的に遠い。冷たい痛みが鼻腔を刺して、佐原はちいさく唇を嚙み締めた。

「こいつが気になってたんでしょ、佐原ちゃん」

本当に、ティグリスはよく人を観察している。頷くこともできずにいた佐原に、ティグリスが笑みを深くした。

「俺みたく、セクシーで頭の切れる悪魔が登場すんだから当然だけど。地下監獄《エルガストゥルム》での俺の活躍は読んだ？　次の新作あたり、俺が主人公なの間違いなしだよな」

次の、新作。

気軽に投げられた言葉に、喉の奥の苦さが増す。

こちらの世界に至る直前まで、それは佐原が抱えていた問題の一つだった。編集者として、締め切りを前に気を揉んでいたという意味ではない。

全く、書けないんですよ。

先日自宅を訪ねた際、桜庭は淡々とそう告げた。懊悩《おうのう》は、ない。溜め息混じりに桜庭が口にした通り、半年前に天使を主人公とした上下巻を発行して以来、彼はぴたりとその筆を止めていた。

構想は、あるんです。佐原さん、次は地獄編がいいんじゃないかって、言ってくれてたでしょ。懐かしい登場人物が出てくる、そんな話になりそうなんですが。

長い腕を組んで、桜庭は静かにそう続けた。

桜庭が、物語の展開について言及することは珍しい。それ以前に、彼の筆が止まるなどこれが初めてだった。

桜庭の生活の中心は、執筆にある。

コルレオニスの言葉を借りるなら、桜庭が受信している世界は人の身にはすぎる情報だ。本来であれば正気を保《たも》てないほどのそれを、桜庭は紙に焼きつけることによって征服してきた。桜庭自身が、どこまで自覚しているかは分からない。だが自分がなにを受信していたか知ったところで、彼はそうだったんですか、と頷くだけかもしれない。桜庭が関心を持つのは物語の出所ではなく、自分がそれをいかに描くかだけではないのか。

そう思わせるほど、桜庭は書くことに執着し没頭した。

その彼が書けないとは、どれほどの苦しみなのか。

この世界に召喚される以前、桜庭の不調を知らされた佐原は当然その原因を取り除《のぞ》こうと腐心してきた。残念なことだが、どれほど安定して見える作家でも、唐突に書けなくなるのは珍しいことではない。休暇や気分転換も提案したが、桜庭の反応は芳《かんば》しくなかった。

物語の筋は、決まっているんですよ。でも、書けない。

眉を寄せる桜庭は、どこか静かにそう唸った。

今思えば、構想があると言うからにはこちらの世界の出来事を桜庭は受けとめているのだろう。受信が途絶えたから、書けないわけではないらしい。ではなんらかの理由で、それを紙に写せずにいるのか。

書くことは、職業である以上に桜庭にとって不可欠な行為だ。

絶え間なく流れ込む囁きに押し潰されないよう、吐き出すことで狂気を凌駕《りょうが》してきたと聞けば尚更心配だ。尤も、最後に会った桜庭は、特別情緒不安定でも取り乱してもいなかった。常に冷静な彼らしく、自分自身を俯瞰しているように見えた。だが桜庭自身、かつてない事態に当惑しているのは事実だろう。

こんな時こそ、担当編集者として彼を支えなければいけないのに。

勿論、彼の執筆活動に自分が積極的に寄与できるとは思い上がっていない。ただ桜庭を励まし、作品の方向性を探っていく手伝いができれば嬉しかった。

担当編集者としてだけではない。一読者であり、そして図々しくも桜庭の友人の端くれとして、彼の支えになりたかった。それが今は、食事の世話を焼くどころか電話の一本も入れられないまま、こんな遠い場所にいる。

「次巻の発行予定は、春だっけ？」

「……どう、でしょう。桜庭先生のご体調次第ですし…」

平時の桜庭は、比較的筆が速い。集中して執筆に取り組めば、瞬く間に書き上げてしまうこともあった。だが資料作制や完成原稿には含まれない習作も多く制作するため、発刊速度自体は平均的だ。

続刊を熱望する読者に応え、ここ数年は年に一度、年度末に併せて発行されていた。しかし今の桜庭の様子を思えば、今年度の発行は難しいかもしれない。

「体調？　超よさそうじゃん？　なんかここ数日は寝食を忘れてるって話だからその点は不安だけど」

ちいさく首を傾げたティグリスに、佐原が瞬く。

「なんの話です？」

「書記さん。最近ずっと調子悪かったでしょ？　でもここ何日か、スイッチが入ったみたいに机に向かってるって連絡が」

連絡って、なんだ。

そもそも何故ティグリスが、まるで同僚の編集者でもあるかのように桜庭を話題にするのか。

「連絡って、なんですそれ」

「書記の先生には、警護がついている」

佐原の旋毛に唇を落とし、コルレオニスが静かに教えた。

厳めしい横顔の大男が書記の先生、だなんて丁寧に口にするのは、なんだかやたらと品がいいな。場違いな感慨が、胸に湧く。現実逃避的な感想だと分かってはいるが、ティグリスの言葉はそれほどまでに驚きだった。

「警護っちゃ聞こえがいいけど、不可侵協定って言うの？　天使と悪魔、そのどっちもが書記さんや作品を独占できねえよう、お互いでお互いに目を光らせてるってわけ」

だから、仕事ぶりも分かる。

当然のように教えられ、驚愕に喉が鳴った。

「原稿を書いてるかどうかまで、分かるんですか？　内容は…、内容はどうなんです」

「そこまではさすがに」

首を横に振ったティグリスが、手を上げた。すぐに従者の一人が、銀色のなにかを差し出す。

艶々《つやつや》とうつくしい画面を持つ、携帯端末だ。ノート大のそれを、ティグリスが楽器でも奏でるように操作した。

「ほら。書記さん頑張ってる感じでしょ？」

示されたのは、やはりどう見ても薄型の携帯端末だ。何故、この世界にこんなものが。そんな驚きも、映された画像の前に吹き飛ぶ。見慣れた桜庭の自宅が、そこにあった。近所からは幽霊屋敷と囁かれる建物の一角で、桜庭が机に向かう姿が映し出されている。

先生、いくら集中してるからってﾠ夜中はカーテンくらい引いて下さい。不用心ですよ。世話焼きな編集者らしく突っ込みたくなるが、それ以上に喜びが勝った。

桜庭が、机に向かっている。一文字たりとも書けず、毎日ぼんやりと椅子にかけていると言っていた様子からは程遠い。もしかしたら不調を抜けて、原稿に取り組み始めているのか。どっと込み上げた安堵に、喉の奥が熱くなった。

「あの、この写真はどうやって？」

尋ねる声が、不覚にも揺れてしまう。

「監視…じゃねえや、護衛の悪魔からの状況報告が来るの。書記さんが、どんな様子か」

「……報告って、メールが届くってことですか？」

まさか、そんなわけがあるだろうか。地球上だって、全ての場所に電波が届くわけではないのだ。違う世界となれば、尚更だろう。

「そ。便利だよねえ」

呆気なく頷かれ、唸る。ここ、本当に地獄なんですか。真顔で問い質《ただ》したくなるが、それよりも別の願いが口を突いて出た。

「……あの、このタブレットを、お借りすることはできませんか？」

断られても、不思議はない。それどころか、男たちの不興を買いかねない願いなのはよく分かっていた。

「書記さんに連絡取りたいってこと？　さすがにそれは難しいかな」

「ネットやメールの閲覧だけでも、お願いできませんか」

食い下がった佐原に、ティグリスがちらりとコルレオニスを見る。表情を変えることのない男に、ティグリスが首を縦に振った。

「オッケー。結婚祝いになんでもあげるって言ったの俺だしね」

強請りはしたが、本当に触れるとは驚きだ。焦り、手を伸ばした佐原にティグリスが念を押す。

「ただし、できるのはネットの閲覧だけ。どんな手段であれ、こっちから向こうに発信はできねえから」

「ありがとうございます……！」

声を上擦らせて受け取ったそれは、艶消しが施されてうつくしい。見たことのない機種だが、表示を頼りに指をすべらせると窓が開いた。

本当に、回線が繋がっているらしい。それらしい画面を呼び出し、佐原は迷いながらも記憶にあるアドレスを打ち込んだ。

「なにそれ？　書記さんのＳＮＳ？」

開いた画面を覗き込み、ティグリスが首を傾げる。確かに、桜庭に関連したサイトであることに間違いはない。だがそこに並ぶのは、飾り気のない文字ばかりだ。

「…書記の先生の、原稿か？」

コルレオニスが、指摘する通りだ。辿り着いた頁《ページ》には、日付が添えられた文字データが並んでいる。最新と思《おぼ》しきものを開くと、黒い文字があふれ出た。

「うっそ。佐原ちゃん、書記さんの最新原稿とか読めちゃうの？」

心底驚いた様子で、ティグリスが目を瞬かせる。

確かに、通常担当編集者といえど、作家と書きかけのデータを共有する者は少ないだろう。桜庭はなんの前触れもなく、推敲《すいこう》まで終えた原稿を送ってくることで有名な作家だった。執筆前に構想を打ち合わせることも、途中経過を送って寄越すこともまずない。そうした桜庭独自のやり方を、佐原も歴代の担当編集者から引き継いだ。

だが親しくなるにつれ、桜庭は佐原に自宅の鍵を渡し、書きかけの小説にアクセスする手段を教えた。教えられはしたが、しかし佐原が制作途中の文章にアクセスしたのは今日を含めて数えるほどしかない。桜庭は好きに読めばいいと言ってくれたが、編集者として必要だと判断した時以外、逐一経過を覗き見る必要性は感じなかった。

締め切りについては勿論、内容に関しても桜庭に対する信頼は絶対だ。桜庭が僕に見せると判断した時にだけ、あるいは相談したいと思った時にだけ、原稿を確認させてもらうのが最善だと思っていた。

その気持ちに、変わりはない。なにより職場を離れているにも拘わらず、職務を通じて手に入れた手段で桜庭の文書に触れていいのか。迷いはあったが、しかし本当に桜庭が再び筆を執《と》れているのか、自分の目で確かめずにはいられなかった。

「先生…、本当に書いていらっしゃるんだ…」

開いた文書は、本格的な執筆に入る前の習作なのだろう。内容は断片的で、物語の始まりを示唆しているようには見えない。だがそこに描かれているのは、地獄の風景だと思われた。込み上げる喜びに、喉の奥が熱くなる。

「レオン、お前知ってたわけ？」

口元を手で覆った佐原を眺め、ティグリスが首を傾けた。応えないコルレオニスに、はっと佐原が我に返る。つい喜びのあまり、映し出される文章に没頭してしまっていた。

「ありがとうございました。これ、お返しします」

もっと、じっくり内容に目を通したい。他にも閲覧したい情報はあったが、今は桜庭の近況の一端を垣間見られただけでよしとしなければいけないだろう。端末を返そうとした佐原に、ティグリスが首を横に振った。

「言ったでしょ。そいつは結婚祝い。閲覧しかできねえことに変わりはねぇけど、好きに使ってくれていいぜ」

「ほ、本当ですか…!?」

思いがけない言葉に、高い声がもれた。

気楽に強請り、受け取っていいものとは思えない。だがこの状況においては、素直な喜びが唇からこぼれた。発信はできなくても、これがあれば地上との繋がりを得られるのだ。

「分かってると思うけど、こいつは誰にも触らせちゃ駄目だぜ。書記さんの未発表作を覗けるって話も内緒」

唇に人差し指を当てられ、はっとする。

「あ…、もしかして…」

「協定があるって、言ったでしょ？　桜庭さんだっけ。今回の書記さんは感度がよすぎて、こんなことまで？　ってくらいこっちの世界の事情が細かに書いてあったりするからさ。書記さんを囲い込むことも、手を出すことも、出版前に原稿を覗き見すんのもお互い禁止なわけ」

舞い上がっていたとはいえ、迂闊《うかつ》だった。

指摘されるまでもなく、『機械仕掛けの神』は天使と悪魔、その双方の視点を借りて進む物語だ。すでに起きた出来事が中心に描かれていたとしても、本来であれば当事者以外知り得ない情報も記されているだろう。それぞれの陣営の内情や人間関係、あるいは建物の間取りなども然《しか》りだ。自らの過ちに、遅まきながら血の気が引いた。

「どうしよう、僕、大変なことを…」

「佐原ちゃんが気にすることはなんにもねぇって。予想外っちゃ予想外だったけど、ま、読めちまうもんは仕方ねぇし」

「し、仕方なくないですよ！　お、お返しします。アドレスもパスワードも履歴を抹消して…」

天使と悪魔との取り決めを、軽々しく反故《ほご》にしていいはずがない。現在天使との関係は、一定の休戦状態を保っているとティグリスは言った。作中においても、全面的な衝突を回避すべく、両者が協力してそのきっかけとなり得る問題に対処することもあった。だからといって、天使と悪魔は親しく結びついているわけではないのだ。

「俺からの結婚祝いを突き返すって？」

焦る佐原を、薄茶色の双眸が覗き込む。

よく光る、眼だ。光の加減か、一瞬瞳孔《どうこう》が猫のように細く尖って見えた。

「っ…」

息を呑んだ佐原に、にっとティグリスが唇を笑わせる。

「協定を結んでんのは、俺らと天使であって人間の佐原ちゃんは無関係でしょ？　そもそも向こうにだって、こいつを読む手段があんのかもしんねぇし。何事も、起こるべくして起こるもんだ。レオンの花嫁として、書記さんの新作を覗ける佐原ちゃんが遣わされた。全ては神の御心《みこころ》ってやつだ」

神、という言葉に特別な皮肉が混ざった。

とてもではないが、頷けない。だが言い募ろうにも、これ以上取り合う気はないのだろう。佐原の手へと、ティグリスが改めて端末を押しつけた。

「レオンも異論はねえだろ。こいつの所有者は佐原ちゃん。俺たちは協定通り覗き見はしねえし、口外もしねえ」

視線を向けられ、それまで口を挟まずにいた男が頷く。

「異論はない」

だが、と、コルレオニスが短い息を吐いた。

「不満はある」

はっきりと告げた男が、困惑する佐原を見た。

「君は私の花嫁だ。ここに来て以来、花嫁である君がこんなにも嬉しそうな顔をするのを、私は初めて見た」

舌打ちしたそうな男の唇に、喉が鳴る。確かに僕は、協定に思い至らないまま喜びすぎた。身を固くした佐原を見下ろし、コルレオニスがするりと端末を撫でる。

「こいつを贈ったのが、私ではなくティグリスだという点は大いに不満だ」

忌々しげに歪められた眉間の形に、目を疑った。

それは一体、なんの話だ。あなた、下唇が尖ってるじゃないですか。そんなの、獅子王がする顔じゃないでしょう。

「な…」

「それにまだ、キスもしてもらえていないのだが」

真顔で咎めた男が、もう一度鼻面を突きつけてくる。大きな手で頭を引き寄せられ、佐原は足元を縺れさせた。は、と唇を掠めた息の生々しさに、口腔がむず痒く痺れる。

「も、もらうもなにも、あなた、今そんな話をしてる場合じゃないでしょう…っ」

「獅子王に嫉妬されるとは、僥倖《ぎょうこう》だな」

佐原の悲鳴に、ティグリスの笑い声が重なる。大きく肩を揺らしたティグリスが、軽やかに手を振った。

「じゃ、俺はそろそろ退散するわ。佐原ちゃん、今度一緒にウェディングドレス見に行こ。レオンはタブレット壊して、大事な花嫁泣かせたりするんじゃねぇぞ」

「ちょ…！　ティグリスさ…」

このまま、僕を見捨てて行く気ですか。尤も、ソファで好き放題されていても助け船を出してくれなかった男だ。期待する方が愚かだと分かっていても、声がもれた。

「私がそんな狭量な男に見えるか」

「じ、十分狭量でしょう⁉」

この状況のどこが、寛大な男のすることとか。僕の推しはこんな執着心を剝き出しにした、嫉妬深い男じゃなかったはずだ。叫ぼうとした佐原の鼻先で、コルレオニスが深い皺を眉間に刻む。

「あいつに君を見ることを許してやった時点で、私は十分寛大な男だと自負しているが？」

「ま…」

間違っています、そんな認識。

抗議は、言葉にはならなかった。腰を這い降りたコルレオニスの手が、ガウンに包まれた尻をぎゅっと摑む。肉に食い込む指の感触に、痛みと紙一重の痺れがびりびりと下腹に浸《し》みた。尻の割れ目に入り込んだ指を動かされれば、尚更だ。あ、と声をもらした唇を、熱い口が塞いでくる。

「んぅ、あ」

遠慮もなく伸ばされた舌が、唇の隙間を横に舐めた。噛み締めようにも、力が抜けてしまいそうな顎が恐ろしい。僕の体は、どうなっているのか。

冷静に振る舞いたいのに、たった今まで捏ねくり回されていた体の芯はいまだにどろりととろけたままだ。節の高い指で尻を揉まれ、叫ぼうとしたはずの舌がじんじんと痺れた。

「あ、やぁ」

鼻にかかった自分の声に、背筋が冷える。それでも吸われた舌は、溶けてしまいそうに熱い。

「君は私以上に寛大だろう？　君がやさしくしてくれないと、午後からの仕事に響く」

口腔に注がれる声は、腹が立つほど楽しそうだ。品のいい物言いに反し、にたりと歪んだ唇の卑猥《ひわい》さに膝がふるえる。喘いだ唇に、笑う唇が重なった。


ふわふわして、きらきらして、なにもかもが眩い。

目を開けているのも難しくて、佐原は何度目かの瞬きを繰り返した。

綿菓子みたいに膨らんだレースの裾《すそ》が、揺れる。惜しみなく散りばめられた真珠が、銀糸の刺繍《ししゅう》と並んで光を弾いていた。

なんて、贅沢な。そして、なんて場違いな。

いつの間にか、僕は頭を抱えていたらしい。視線を落とすと、世界の色彩がほんの一時やわらいだ。

「駄目。全っ然駄目。ボリュームが欲しいとは言ったけど、レースが山盛りならいいってもんじゃないでしょ？　もっとこう、品のいいドレスが必要なわけよ。ヴェールも駄目。不合格。もっとゴージャスなの持って来て！」

迷いのない声が、断じる。白い兎のマスクを被った女性たちが、慌てた様子で白い塊を引っ込めた。

有り体に言えば、ドレスだ。それも純白の、花嫁衣装だった。

「刺繍は凝った感じで悪くなかったけど、あんま甘すぎない雰囲気の方が佐原ちゃんには似合うと思うんだよねって、ちょ、佐原ちゃん、大丈夫？」

気遣わしげに、覗き込まれる。

数日前にも、似たようなことがあったはずだ。あの時は状況はともかく、閉鎖的な城の居間だった。だが今日の前にあるものは、瀟洒《しょうしゃ》で趣味のよい店舗の一角だ。特別な顧客のための、特別な個室というやつか。僕の薄給では、到底近づけないような場所だ。花やたっぷりとしたレースが氾濫《はんらん》する白い部屋に、ドレスを抱えた兎たちが忙しそうに出入りしていた。

「もしかして寝不足？　レオンの野郎、嫁入り直前の佐原ちゃんになに無茶させてんだ。佐原ちゃんとセックスしたすぎてやべえんだろうけど、ちったあ自重しやがれ」

毒づくティグリスは、今日も絶好調だ。

ここに佐原を連れ出したのは、言うまでもなく目の前の男だった。先日の別れ際の言葉通り、ティグリスはコルレオニスから佐原を借り受け城を出たのだ。焦げ茶色のフロックコートに身を包んで現れたティグリスを、今日の僕はちゃんと服を着て迎えられた。数日前の失態を思い出すだけで、塔の天辺《てっぺん》から飛びたくなる。本当は会わせる顔などなかったが、ティグリスは相変わらずの笑顔で佐原を馬車へと詰め込んだ。

そう、馬車だ。

作中にも、それは度々登場する。迫力のある栗毛の馬に引かれた馬車に揺られ、辿り着いたのがこの店だった。

「…あの、できればティグリスさんにも、もう少し自重していただけると嬉しいんですが」

ドレスや宝飾品を手に行き交う店員の誰しもが、好奇心を隠せない様子でこちらを盗み見てくる。僕が何者であるかは、皆知っているのだろう。下馬評に反し、現れたのがふわふわとは無縁のモブ男子とくれば、誰だって驚かずにはいられまい。どうせ空気なら、この瞬間も空気でいたかった。願い叶わず、店内での僕は地味すぎてむしろ注目の的だ。支配人と思《おぼ》しき兎もまた、先程から鏡の横でにこにこと僕たちを見ていた。

兎たちの笑顔も真っ白なドレスたちも、全てが幸福を形にしたみたいに輝いている。ここはウエディングドレス専門の仕立屋だそうだから、当然か。声を落としてくれと頼んだ佐原に頓着《とんちゃく》せず、ティグリスがシャンパンのグラスを傾けた。

「黙ってられねーって。性欲なんかありませんって面して城に引き籠もってやがったくせにあの野郎。佐原ちゃんが現れて色んなもんが爆発してんのは分かるけどさ、大事な花嫁に肌荒れさせるほどサカんなっての」

忌々しげに舌打ちをした男が、佐原の顎を摑む。くい、と漫画みたいに引き上げられ、視線の近さに驚かされた。

「ウエディングエステ、追加しとくか。佐原ちゃん、元がいいからって手ぇ抜きすぎだぜ？　もう少し髪を切って、クリームとかも揃えねえとな」

「元って…」

こんな台詞《せりふ》、益々少女漫画の王子様みたいじゃないか。確かにティグリスならば、普段は意地悪でふざけてばかりいるくせに、いざとなったら格好よく決める少女漫画のヒーローにもなれるだろう。だけど、僕は違う。髪を切って肌を磨いたところで、名前のないモブが名前のあるモブに昇格できるかどうかだ。

自分を、卑下しているつもりは全くない。だがこれまでの人生において、僕の空気っぷりはなかなかのものだった。よく言えばそつがなく、悪く言えば嫌われない代わりに誰の印象にも残らない。同じ編集班の人間はともかく、他班となればすぐ後ろで働いていても僕の顔を覚えていない社員は多いはずだ。

「可愛いって自覚ねえの？　まあ確かに、仕事漬けじゃあ身の回りに構う時間もなかっただろうけどさ。でも安心して。結婚式までには全部間に合わせっから。それに運命のドレスは必ず見つかるって超有名ウエディング・プランナーも言ってたでしょ？　心配いらねーから少し休憩しようぜ」

誰です、その超有名ウエディング・プランナーって。疑問に思ったが、休憩を挟むのには賛成だ。

グラスを置いたティグリスに促され、ふかふかの絨毯を踏んで店を出る。

扉の外に広がる街並みは、目に馴染んだ都内のそれとはまるで違った。灰色の石畳が長く伸び、その両脇には洒落《しゃれ》た窓や扉を持つ建物たちが軒を並べている。商店の窓はどれも飾りつけを競い、職業に関連する凝った看板を掲げていた。

だがそうした大通りの華やかさに反し、脇に伸びる路地はぞっとするほど薄暗い。建物の壁に挟まれた小道をうっかり覗き込んだなら、そこから見返すなにかと目が合ってしまうのではないか。

実際、ここはそうした世界なのだろう。馬車が走る通りは雑踏にあふれているのに、街全体には不思議な静けさがあった。

春の匂いを感じさせない冷たく湿った空気を横切って、ティグリスが一際豪奢な建物へと佐原を促す。真っ赤な絨毯が敷かれたそこは、カフェらしい。慌てて駆け寄ってきた給仕長に目配せすると、すぐに眺めのよい席が用意された。

「でもさあ、佐原ちゃんの寝不足の原因って、レオンの野郎が所構わずサカりまくるからだけじゃねえんだろ？」

向かいの席に座ったティグリスが、頬杖をついて佐原を見上げる。

「それは…」

「貴族のちんぽも悪くねーって、佐原ちゃんもレオンを寝かせない勢いで頑張っちゃってるとか？やだ激しい」

明るい薄茶色の目で笑われ、佐原は大きく首を横に振った。

「違いますっ」

「じゃあ桜庭先生の例のアレがすごすぎて夜も眠れねえってやつ？」

誤解を招く物言いだが、しかしそれは全くの図星だ。

昨日も、大理石作りの浴室でコルレオニスに触れられた。日が高いうちから弱い場所を虐《いじ》められた挙げ句、浴室に連れられて入念に洗われたのだ。思い出すだけで脳味噌が煮えそうな場所に舌を入れられ、苦しくて泣き言を言うまで湯を注がれもした。どれほどの時間、恥ずかしい姿を男に晒していたのか覚えていない。そのまま寝台へと崩れ込み、朝まで眠ってしまいたかったが結局そうはできなかった。

何時間かは眠ったものの、その後誘惑に負けて携帯端末を開いたのが間違いだった。コルレオニスが席を外していたのを幸いに、結局夜が更《ふ》けるまで桜庭の文章を読み耽った。仕方ないだろう。『機械仕掛けの神』の新作なのだ。

描かれているのは、やはり断片的な場面が中心となっている。それでも文章が更新されるたび、桜庭の筆が進んでいるのだと知ることができた。天使と悪魔の協定に抵触《ていしょく》する行為であることは、自覚している。だが元いた世界と繋がれる、唯一の手段なのだ。その上更新される文章は、どれも読み終えてしまうのが惜しいほどに面白い。駄目だと分かっていても、眠い目を擦って端末に向かわずにはいられなかった。

「書記さん、順調に書きまくってるみたいじゃん？　どんなことになってるわけ？」

気軽な様子で尋ねられ、思わず口を開いてしまいたくなる。

愛する作品について話題を振られて、黙っていられる読者などいない。覚え書きとしか思えないメモに至るまで、桜庭の新作は新たな発見に満ちているのだ。これらが一体どうやって、一つの物語になっていくのか。本当なら自分の予測を交え、大いに語ってしまいたかった。

「物語、というより、場面の抜粋のような文章が中心です」

だから展開を含め、なにが描かれているかは僕にもまだ分からない。事実を交えて明言を避けるが、実際のところ桜庭のデータにアクセスできるのが自分一人とは限らないのだ。佐原の端末がティグリスから与えられたものである以上、最初に接続した時点で男に全てが筒抜けになっていてもおかしくはなかった。

「俺、活躍してる?」

尋ねる男の口調は、あくまでも軽い。佐原の口からその応えを聞き出せるとは、思っていないのだろう。

「そこは、お応えできません。そもそも、いつの時点の話なのかも、判然としませんし」

「既出の物語の間を埋めるような話か、全く新しい話なのかも分からないってこと? どっちにしろ、俺様が主人公だったらネタに事欠かねーと思うけど。あ、レオンがミセリアを亡くした直後、霊廟《れいびょう》をどうすっかで長老連中と揉めた話する?」

なんですか、それ。小説において、ミセリアを失った後のコルレオニスに関する描写は限られている。思わず身を乗り出した佐原の耳に、馴染んだ音が届いた。ティグリスの胸元で、ちいさな端末がふるえたのだ。

「悪い。ちょっと外していい？　すぐ戻るから」

隠しから取り出したそれを確認し、ティグリスが顔を顰める。懐古主義な映画さながらの店内に、黒色の端末を手にしたティグリスは不思議と馴染んだ。もしかしたら、地上からの連絡なのだろうか。尋ねてみたいが、それを口にすることはできなかった。

「絶対ぇこの席から動かないで。こいつがある限り、普通の奴らは佐原ちゃんに近づくこともできねえけど、何事も過信は禁物だから」

左手を掲げたティグリスが、薬指を示して見せる。自らの左手に目を落とすと、大粒のダイヤモンドが光を弾いた。

古風な台座に収まるそれは、直視するのが怖いくらい眩い。コルレオニスの力の半分近くが収められているのだから、当然か。強く光るそれは、禍々しさを通り越していっそ無垢《むく》なうつくしさすら感じさせる。

これが、自分を守るのか。

実感はないが、言葉の通りなのだろう。そっと指輪を引いてみるが、それはやはり微動だにしない。込み上げる溜め息を呑み込むこともできず、佐原は自らの下腹へと掌を重ねた。

左手に陣取るコルレオニスの存在も、そもそも自分が地獄にいるのだという現実も、いまだにどこか実感を伴わない。正気を保つための、防衛本能なのだろうか。しかし悪い夢だと思いたがる反面、逃げ場がないことも理解できていた。

はっと目が覚めたら、読みかけの原稿や書きかけの企画書が積み上げられた編集部の机だったりしないだろうか。甲斐のない想像に、切りもなく溜め息が込み上げる。

許されるならふわふわした花嫁衣装のことも全て忘れて、桜庭が更新する文章にだけのめり込んですごしたい。現実逃避以外の何物でもないが、正直な気持ちはそれにつきる。だが同時にここ数日、佐原の心にかかる疑問もあった。

更新から見る、桜庭の執筆速度に関してだ。

端末を手に入れてから今日まで、佐原が見る限り桜庭の執筆状況には斑《むら》があった。どんな作家でも、それ自体は当然のことだ。桜庭は長く不調に悩まされてきたのだから、筆が乗らない日があっても不思議はない。

だが端末を確認するうち、佐原は奇妙な連動性を見出した。

例《たと》えば、昨日だ。コルレオニスに浴室で散々恥ずかしい格好を強いられた数時間後、眠い目を擦って開いた端末では文章が怒濤《どとう》の勢いで更新されていた。昨日に限った話ではない。居間の鏡の前で立ったまま真珠を詰められた日にも、寝室で死ぬほど恥ずかしい言葉で強請らされた時にも似たことがあった。

それに対し、コルレオニスが行儀よくすごした日には桜庭の更新が途絶えるのだ。

まさか僕が声が嗄《か》れるまで喘がされた日に限って、桜庭の筆が冴えるなんてことがあるのか。そんな仮定が頭を過る時点で、僕も相当どうかしている。だがまさかと笑ってやりすごすには、両者の連動性は正確すぎた。

こんなの、全部僕の妄想だと言ってくれ。

『機械仕掛けの神』に描かれたコルレオニスの物語は、壮大な英雄譚だ。それなのに毎日毎日あの性欲と体力の塊みたいな悪魔に淫蕩《いんとう》の限りをつくされているお蔭で、僕の脳味噌はすっかり官能小説仕様になってしまったのか。

全く、笑えない。新作について尋ねてくるティグリスにだって、それについては絶対に口を割ろうとは思わなかった。何度目かの溜め息を吐いて、両手に額を埋める。こんな眺めのいい席で、眉間に深い皺を刻んでいるのは僕くらいだろう。

「失礼、ミセリア様でいらっしゃいますか」

唐突に降った声に、ぎくりと心臓が跳ねる。上げた視界に、こちらを覗き込む二人の青年が映った。ぞっと、首筋の産毛が逆立つ。冷たい手で胃を握られたような感触に、佐原は声をなくした。まだ若い貴族たちが二人、笑いながら佐原を見下ろしている。

「驚かせてしまったようで、申し訳ありません。私はイエレミヤと申します。王都ではフルグルの一員としてコルレオニス様のお側《そば》で働かせていただいておりました。まさかこのような場所で、獅子王の花嫁にお目にかかれるとは」

興奮を隠すことなく、青年が深く息を吐く。

佐原がコルレオニスの花嫁であり、そしてミセリアの生まれ変わりと信じられていることはやはり広く知られているらしい。声をかけてきた青年に限らず、先程からいくつもの視線が佐原たちを盗み見ていた。

「私は…」

イエレミヤという名前には、覚えがあった。コルレオニスが要職に就《つ》いた後に、彼の連絡係として登場した男だ。すらりとして背が高く、容貌は思い描いていた以上に品がいい。主要な登場人物とは言えなかったが、コルレオニスに心酔する有能な貴族として作中には描かれていた。

「先日コルレオニス様の元をお訪ねした際には、ミセリア様へのお目通りは叶いませんでした故。今日は、コルレオニス様は？」

先日の訪問とは、ティグリスと初めて会ったあの日のことだろうか。確かにあの日、イエレミヤの名を聞いた気がする。

「今日は、私一人です。ティグリス様に、ご一緒いただきましたので…」

コルレオニスの関係者とはいえ、相手は悪魔だ。応えてよいものか迷った末、佐原は短く返した。不覚にも、声がふるえてしまいそうになる。

これが、貴族というものか。コルレオニスやティグリスも、言うまでもなく悪魔であり、王と渾名されるほどの貴族だ。持ち得る力でいけば、イエレミヤのそれより余程強大だろう。しかし二人共、佐原の前でそれをひけらかすことはしなかった。むしろ佐原が力に押し潰されてしまわないよう、注意を払ってくれていたのだと気づかされる。今目の前に立つ男には、当然そうした様子はまるでない。

いかにも悪魔らしい無邪気さで、イエレミヤが肩を落とした。

「そうですか、コルレオニス様はご一緒ではないのですね。ご挨拶《あいさつ》をさせていただきたかったのに、残念です」

この人、本当にコルレオニスが大好きなんだな。駆け引きのない物言いには頷きたくなってしまうが、そんな余裕は勿論ない。座ったまま動けずにいる佐原を、嘆息したイエレミヤがまじまじと見た。

「ところであなたはミセリア様の生まれ変わりと聞き及びましたが、以前のことはご記憶で？」

「て言うかこの花嫁、全然ミセリア様に似てないよね？」

イエレミヤの隣に立っていたもう一人が、高い声を上げる。こちらは青年というより、少年と呼んでいい外見だ。細身の体に、イエレミヤと同じような洒落たフロックコートを身に着けている。猫のように濃い褐色をした目が、いかにも好奇心旺盛そうに瞬いた。

「やめなさい、エル。失礼だろう」

イエレミヤに窘《たしな》められても、少年はどこ吹く風だ。じろじろと佐原を眺める目に、遠慮はない。花嫁に向ける態度としては、むしろこれが普通なのだろう。エルと呼ばれた少年に限らず、馬車を降りた時からいくつもの視線が無遠慮に佐原を刺した。

貴族のなかでも、花嫁を召喚できる者は限られている。花嫁は力の象徴であると同時に、目に見える財産として扱われた。どの貴族が、何人の花嫁を所有しているのか。そしてその花嫁たちは、どんな味がするのか。花嫁を召喚できない悪魔は勿論、召喚できる貴族にとっても、花嫁は常に欲望の対象にされた。

絡みつく視線の不快さに、指先が冷たくなる。嫌な汗が浮くのを自覚し、佐原はちいさく胸を喘がせた。

「イエレミヤだって似てないと思ってただろ。…でもこのコルレオニス様の花嫁、瞳はすごくきれいだよ。よく見れば、肌だって悪くないよね。真珠みたい」

しげしげと佐原を観察した少年が、手を伸ばす。する、と眼鏡を撫でる素振りで指を動かされ、肩が跳ねた。

「っ…」

傷つけようとする意図は、ないのだろう。実際、指先は佐原の産毛を掠めてもいなかった。それでも息を詰めた佐原に、イエレミヤが眉を吊《つ》り上げる。

「いい加減にしろエル！　ミセリア様、申し訳ありません。口の利き方を知らない奴で。確かに、ミセリア様はうつくしく魅惑的な肌と香りをしておいでですが…」

取りなそうと身を乗り出したイエレミヤが、初めて気づいた様子でくん、と鼻を鳴らした。無意識の動きだったのだろう。自分自身の挙動に驚き、イエレミヤが慌てて口元を覆った。

「し、失礼いたしました。コルレオニス様が掌中の珠《たま》同然に慈しまれておいでの方に、私は…！」

「おいおい、コルレオニス様に見つかったら殺されるよ？」

せせら笑う少年を睨《にら》みつけ、イエレミヤが眉間に皺を寄せる。

「私としたことが…。しかしミセリア様、獅子王はいつ王都へお戻りになられるのでしょう。あなた様という盟友をお迎えになり、これまで以上に目障りな天使どもを駆逐下さることを私を始め皆が心待ちにしているのですが」

本来であればイエレミヤにとっても、花嫁など敬意を払うべき対象ではないはずだ。だがコルレオニスがミセリアの生まれ変わりと呼び、寵愛《ちょうあい》すると聞くからこそ礼をつくすのだろう。どこまでもコルレオニスを信奉するイエレミヤの熱意に、佐原は逃げ場もなく目を伏せた。

「私には、なにも…」

なにも知り得る立場ではない。そう応えようとした佐原の肩を、強い力が摑んだ。

ようやく、ティグリスが戻ってきてくれたのか。ほっと全身の力を抜こうとしたその時、目に飛び込んできたのは眩い輝きだ。

金髪、なのか。

驚きに瞬いた視界を、光が掻き乱した。まるで澄んだ空気を貫く、朝焼けの色だ。茫然《ぼうぜん》とする佐原の鼻先で、蜂蜜《はちみつ》みたいな髪が揺れた。なにより、それに縁取られた顔貌のうつくしさはどうだ。氷を思わせる冴え冴えとした美貌が、硝子を隔てたすぐ間近にあった。

「…な…」

声を失ったのは、佐原だけではない。イエレミヤたちは勿論、店にいた全ての者がぎょっと息を呑むのが分かった。

こんな男を目の当たりにすれば、当然だろう。長い睫が上下するたび、その先端で光のしずくが跳ねた。少しだけ幅広の唇から、薔薇の花弁がこぼれたとしても不思議はない。翼を備えた神々しいまでの姿は、まさに天才の筆が描き出した大天使そのものだ。

「…ヴェルギリウス、様」

イエレミヤが絞り出した名前に、二度驚く。

その名前を、佐原が知らないわけがない。大いなる慈悲の天使と呼ばれるヴェルギリウスは、『機械仕掛けの神』において熱狂的な人気を誇る者の一人だ。悪魔贔屓《びいき》の佐原にとってすら、ヴェルギリウスを中心として描かれた物語は特別な一冊だった。

天国の門編でも、ヴェルギリウスは天使の立場から活躍を見せてくれる。コルレオニスとも深い因縁で繋がれたその天使が、今目の前にいるのだ。

直視するのも困難な豪奢さと動揺に、息が詰まる。身動ぎもできない佐原に、歪み一つない鼻梁が近づいた。

「花嫁の匂い、か。確かに見た目は随分と地味だが、いい香りがするな」

想像より少しだけ低い声が、鼓膜を揺らす。それだけでなく、すん、と品よく鳴らされた鼻に背筋が凍った。

まさか僕、嗅がれているのか。ヴェルギリウスに。

「氷竜《ひょうりゅう》の心臓を磨いて作られたダイヤモンドと、無垢な白銀の匂い。それに、清らかなる者の魂の匂いだな」

椅子にかけた佐原の肩を引き寄せ、ヴェルギリウスが旋毛へと鼻先を埋めてくる。僕が熱狂的なヴェルギリウス推しだったら、この時点で心臓が止まってるんじゃないのか。肩を摑むヴェルギリウスの手は、やはり思い描いていたよりいくらかがっしりとしている。天使らしい中性的な魅力は勿論あるが、容貌の彫りの深さや目元の冷たさには男っぽい艶があった。

「お前たちのような薄汚い輩には、涎が垂れて仕方ない匂いなのだろう。だが、所詮《しょせん》は悪魔が欲しがる腹だ。それによく嗅げばこの匂い。欠けるところなく清らかな乙女のものとは言えないな」

乙女って、なんだ。

だがそこに異議を唱える以前に、純潔か否かを吟味された事実に脳味噌が煮える。今更とはいえ羞恥が込み上げて、佐原は肩を抱く男の腕を振り払おうとした。

「おっと。随分乱暴な花嫁だな。その点だけは、あのミセリアの生まれ変わりだと言われれば納得もいくが」

花嫁花嫁って、さっきから皆何度口にすれば気がすむんですか。喚《わめ》き散らしたい気持ちで、佐原は大きく首を横に振った。

「ぼ、僕は花嫁でもなければ、ミセリアさんの生まれ変わりでもありませんっ」

「確かにミセリアであれば、人間の、それも花嫁に生まれ変わる愚を犯しはしないだろう。永劫の孤独は我らにとっても最大の毒とはいえ、自己幽閉の末幸福な夢に救いを求めるとは獅子王も随分情けない悪魔だな」

鼻を鳴らしたヴェルギリウスが、佐原の左手に手を伸ばす。薬指に指輪は輝くものの、先日ティグリスに贈られた腕輪は身に着けていない。腕輪のない左手を、ミセリアらしからぬものと思ったのだろうか。しげしげと見下ろしたヴェルギリウスが、歪な火傷の痕を指で辿った。

「な…」

するりと円を描いた指が、薬指のつけ根へと動く。コルレオニスが贈った指輪に、触れられるのか。慌てて引こうとした佐原の手を、横から伸びた腕が摑んだ。

「ティグリスさん…！」

強い力で引き寄せられ、声がこぼれる。振り仰いだ視界で、薄茶色の双眸が光を弾いた。見たこともない冷淡な輝きに、安堵を覚える前に背筋がふるえる。

「無礼な悪魔だな。私はこやつを助けてやったんだぞ」

これ見よがしに肩を竦めたヴェルギリウスが、立ちつくしているイエレミヤたちを視線で示した。

そんなものに、無論ティグリスの関心はないのだろう。金髪の天使から目を逸らすことなく、男が舌打ちの音を響かせた。

「わざわざコルレオニスの花嫁を検分しにここまで来たのか？　俺に席外させるために、小細工までしやがって。天使ってのはどうしてこう暇でいやらしいのかね」

嫌悪を露わにしたティグリスが、携帯端末を示して見せる。

先程の呼び出しは、ヴェルギリウスが手を回した結果だと言うのか。ティグリスの指摘にも、ヴェルギリウスは優雅に笑うばかりだ。

「言いがかりをつけるな。どうして私が獅子王ごときの花嫁に興味を持たねばならん。煉獄《れんごく》を訪ねるついでに立ち寄ってみたら、人間を見かけたので慈悲をかけた。それだけだ」

煉獄は、地獄にも天国にも、そして人間の世界にも属さない場所だ。天国と地獄との均衡が、表向きであれ保たれている状況下では、煉獄での職務に就く天使たちには特別に地獄への出入りが許されていた。

「天使の慈悲とは、質《たち》の悪ぃ話だぜ」

心底嫌そうに、ティグリスがヴェルギリウスとその背後を睨《ね》めつける。気がつけば、金髪の天使の後ろにはうつくしい容姿をした男たちが数人控えていた。彼らもまた、天使なのだろう。感情の読めない目が、静かにティグリスたちを捉えていた。

「自分の不注意を棚に上げて吠《ほ》えるな悪魔。お前たち流に言えば、花嫁を助けた私には相応の報酬をもらい受ける権利があるはずだ。違うか？」

ヴェルギリウスの指が、宙を辿る。なにを。そう思った時、光が瞬いた。ささやかな火花のようにも、細かな光の反射のようにも見えたのは一瞬のことだ。警鐘が頭蓋で響いたが、動けない。熱を感じた瞬間、ティグリスが佐原の左手を摑んだ。

「ッあ！」

ばちんと、大きな音が間近で弾ける。殴りつけられたような衝撃に、椅子に座る佐原の体が大きく揺らいだ。

床に、投げ出されたのか。咄嗟にそう錯覚したが、逞しい腕が佐原を支えた。だが自分を庇った男こそが、低く呻く。

「ティグリスさん…！」

「邪魔をしてくれたな、悪魔めが」

「だ、大丈夫ですか!?　なにが…」

テーブルに腕を突いたティグリスを助け起こそうとして、佐原が息を呑む。

がっしりとしたティグリスの右手に、光るものがあった。白銀に輝く光の輪が、甲にはっきりと浮いている。うつくしい植物を思わせるそれは、決して人間の世界では目にすることができないものだ。

「これって、聖別の…」

「ほう、人間のくせによく知っているな。それよりお前、それが見えていたのか？」

声を上擦らせた佐原を眺め、ヴェルギリウスが首を傾げる。怪訝《けげん》そうに眉根を寄せた男が、自分自身の言葉を否定した。

「いや、違うな。お前、今なにが起こるか分かっていたのか？」

どちらも正解で、そしてどちらも不正解だ。応えることもできず、佐原はティグリスの腕に触れようとした。

「っ…。やめときな、佐原ちゃん。レオンの指輪があっても、火傷くらいはしちまうぜ」

舌打ちをしたティグリスが、テーブルを摑んで体を起こす。いつもは飄々と冗談を重ねる口元が、今は否定しがたい痛みに歪んでいた。

当然だろう。ティグリスの右手に浮かぶのは、聖別の徴だ。本来であれば、聖別とは褻《け》の状態にある品物や人を神聖な状態へと変化させることを指す。なんの変哲もない葡萄酒が、救い主の血となるあれだ。

だが『機械仕掛けの神』において、高位の天使が行う聖別はより苛烈《かれつ》だった。自らの正しさと神への愛を疑わない彼らは、全ての汚れを光と炎で焼き払う。全てを、だ。

「地獄の瘴気《しょうき》で汚れた花嫁を、折角清めてやろうとしたのに邪魔をする奴があるか。だが私は寛大な天使だからな。言いがかりをつけてきた不届きな悪魔に、灸《きゅう》を据えてやるいい機会だと思うことにしよう」

「なにが清めてやるだ。指輪をしてなけりゃあ、徴ごと腕が焼け落ちるだろうが」

「それが分かっていて、代わりに己が身で引き受けたのか。奇特な悪魔だな」

鼻を鳴らしたヴェルギリウスに、今更ながらに血の気が下がる。

世俗的な存在が聖なるものへと作り替えられる過程においては、清らかな炎が汚れの全てを焼きつくした。狡悪の王と呼ばれるティグリスにとってさえ、ヴェルギリウスが施す聖別は厄介だろう。コルレオニスの指輪で守られているはずの佐原ですら、徴を残されていたならどうなっていたかは分からない。

「当たり前だろうが。こんな可愛い子に、ほんの少しでも怪我なんかさせられるかよ」

「その無垢な花嫁を汚したのは誰だ。そんな不届き者は、お前を含め万死に値する。なあ、花嫁よ」

にや、と笑ったヴェルギリウスが、ティグリスへと腕を伸ばす。その指がなにかを描き出すのを待たず、佐原はふるえる声を張り上げていた。

「ま、待って下さい…！　ここで争うのは、ルールに反するんじゃないですか…？」

煉獄に出入りをする天使に悪魔が手出しできないように、天使もまた悪魔に危害を加えることは許されていない。悪魔同士の私闘ですら、立て前上は禁じられているのだ。裏返った声を上げた佐原に、ヴェルギリウスが秀麗な眉を上げる。

「私は正当な代償として、お前の左手を所望した。ルール云々を言うならば、やはりお前が代償を差し出すか？」

青い双眸で左手を舐められ、ひく、と喉が鳴る。先程ヴェルギリウスに触れられた左手には、うっすら赤い痕が浮いていた。あのままティグリスに庇われることなく、全てを身に受けていたらどうなっていたのか。考えるだけでも恐ろしくて、とても首を縦になど振れない。

「あ、あなたが、僕を救おうとして下さったことには、お礼を申し上げます。でも、だからって、それを口実に、ティグリスさんや僕を傷つけようというなら、頷けません」

イエレミヤたちに囲まれ、困惑していたのは事実だ。だからといって、高すぎる代償には応えられない。会社員生活において、呑み込むことを余儀なくされる不条理は山とある。同時に、会社員であるからこそ、主張を迫られる場面もあった。打ち合わせの緊張感を蘇らせながら声にすると、こちらを注視する悪魔たちからどよめきがもれた。

ミセリアの生まれ変わりと噂されようと、所詮はただの道具にすぎない花嫁だ。取るに足らないそんな存在が、大天使に声を上げるとは思わなかったのだろう。ヴェルギリウスの目が、初めて本物の興味を浮かべて瞬いた。

「随分変わったことを言う花嫁だな。自身を差し出す代わりに、私と交渉しようとでも？　面白い。益々お前の腕がほしくなった」

うつくしい金髪をやわらかに揺らし、天使が佐原へと向き直る。その指が伸ばされようとした時、空気が動いた。

息を呑む、音か。波のように広がった気配に気づくより先に、首筋が冷えた。空気そのものが重さを増して、ずっしりと体に伸しかかる。

なにが。

はっとして巡らせようとした視界へと、影が落ちた。重みを伴う影が、頭上を覆う。いや、正確には伸ばされた腕が、佐原を引き寄せたにすぎない。黒い外套に包まれた男の腕が、ひりつく左手を取ったのだ。

「獅子王…」

茫然とする声が、ここにはいないはずの男の名を音にする。

信じられない思いだったのは、こちらを注視する者たちも同じだろう。はっきりとしたどよめきが、広い店内を揺らした。

何故ここに、獅子王が。いやそもそもあれは、本当に獅子王なのか。

ティグリスの言葉を借りれば、コルレオニスは何年もの間あの古城に籠もりきっているらしい。この場に居合わせた者たちにとっても、それは久方ぶりに目にする獅子王の姿だったはずだ。

黒い外套を纏った男は、暗く威圧的な影のように目に映る。丈の長い外套は簡素で、隠遁者という言葉の通り派手さはない。だが巨軀を取り巻く空気そのものが、男が何者であるかを如実に語った。

「し、獅子王、これ、は…」

佐原の左手を、そしてティグリスの右手で揺らめくうつくしい徴を、男の視線が撫でる。気づくと同時に、左手を引っ込めようとしたが無駄だった。男の横顔に、変化はない。だが瞬くこともしない双眸の奥に、仄暗《ほのぐら》い怒りの影が過るのが見えた。

ぞっと、全身の血の気が引く。体ごとティグリスへと向き直った獅子王が、外套に包まれた腕を伸ばした。

「あっ」

揺らめく白銀の徴に、コルレオニスの指が重なる。

じゅ、と熱い鉄の上で水分が蒸発するのに似た音が鳴った。止める間もない。顔色一つ変えることなく、コルレオニスが揃えた指で光る徴を捉えた。

「獅…」

悲鳴を上げた佐原の視線の先で、徴が動く。二本の指に引き摺られ、ずずず、とうつくしい徴がすべった。まるで木の葉を拾い上げるように、男の指が徴を握り込む。

大天使が錬った聖別の徴を、摑んだのだ。

どっと、店内の空気が揺れる。上った歓声に構うことなく、厳つい手が徴を握った。なにかが焼ける音がはっきりと上がり、握られた拳から灰と火の粉とが舞い散る。

「大丈夫ですか。怪我は…」

我に返った佐原が、声を上げて男に飛びつく。傷ついているだろう手を確かめようとしたが、逆に左手を摑まれた。白い佐原の甲には、掻き傷のような赤味が残っている。だがそんなもの、傷とも呼べない。怪我を負った二人こそを気遣った佐原の左手を、熱い舌がべろりと舐めた。

「っ、ちょ」

やわらかくした舌で包むように甲を覆われ、その熱さに驚く。赤く浮き上がった痕を辿り、舌先が薄い皮膚を引っ搔いた。

「なっ、なにするんですかっ」

まるで肌の質を確かめ、乳首を転がすのと同じ動きだ。

場違いな自分の想像に、かあっと首筋が熱く焼ける。そうでなくても、ぬれた音を立てるコルレオニスの舌に容赦はない。ぞわりとした性感が二の腕へと這い上がり、声がこぼれるかと思った。

「っあ、放…っ」

尖らせた舌先が、逃げようとする指の股までをぐりりと抉《えぐ》る。そんな場所が気持ちいいのだと、コルレオニスにいじられて初めて知った。膝をふるわせた佐原を、店中の視線が注視している。見られて、いるのだ。逃れようもなく、佐原はぬれた手で彫りの深い容貌を押し返した。

「全く、犬の方が余程躾《しつけ》ができているな」

呆れきった声に、血の気が下がる。悠然と腕を組んだヴェルギリウスが、文字通り犬でも見るような目でコルレオニスを睨めつけた。

「てめ」

呻いたのは、ティグリスだ。踏み出そうとしたティグリスの傍らで、コルレオニスが顔を上げる。べろりと舌で唇を拭った男の眼の色に、もう一度店内の空気が揺れた。

獅子王が、天使に吠え面の一つでもかかせてくれるのか。歓喜と期待が、客たちの間に入り混じる。だが漆黒の双眸に宿った光に、それはすぐに息を呑む音へと変わった。

「待…、獅子王…」

どんな理屈を捏ねようと、ヴェルギリウスの行いを褒めることはできない。しかし所詮、諍《いさか》いの発端は花嫁だ。そんなもののために、本気で大天使と衝突する悪魔などいない。無論、花嫁を傷つけるのは、その所有者である貴族の体面に泥を塗る行為だ。腹を立てるのは当然だが、しかし怒りのまま獅子王が拳を振るえばどうなるか。

野次馬の幾人かは、賢明にも店から逃げ出そうとしている。コルレオニスが咆哮を上げれば、こんな店など一溜まりもないことを皆知っているのだ。

「やめ…」

ヴェルギリウスへと体ごと向き直った男を、ふるえる腕で摑もうとする。そんな佐原を腕に抱き、コルレオニスがちいさく顎を引いた。

「珍しい場所でお目にかかるものだな、ヴェルギリウス殿。息災《そくさい》でなにより」

静かな声が、頭上に落ちる。

感情のない、平坦な声だ。それでもそれが、形通りの挨拶であることに佐原は耳を疑った。

「…貴殿もな、獅子王。花嫁と挙げる婚礼の準備に忙しいと聞いていたが」

応えるヴェルギリウスもまた、慇懃《いんぎん》だ。だがその声には、明らかな嘲《あざけ》りが滲んでいる。

花嫁ごときとの婚儀を真剣に検討する阿呆めと、罵られたも同然だ。分かりやすい蔑みにも、しかしコルレオニスは眉一筋動かしはしなかった。

「念願叶って、このたび最高の伴侶を迎えられることになった」

真顔で告げた男が、佐原の眦《まなじり》へと唇を落とす。ちゅ、と場にそぐわない愛らしい音が鳴り、込み上げる混乱に視界が揺れた。

「すでにティグリスから挨拶はすませたものと思うが、我が伴侶は人の身。貴殿の祝福が助けとなる日も来るだろう」

淀みなく続け、コルレオニスが自らの懐へと手を伸ばす。

なにを、取り出すのか。身構え、固唾《かたず》を呑んだ視線たちの先で、男が隠しから封筒を引き出した。

雪のように白い、招待状だ。金の蠟印が施されたそれを、コルレオニスが天使へと差し出した。

「貴殿が忙しい身の上であることは承知している。だが是非、我々の婚姻の儀にはご足労を願いたい」

ざわ、と空気が揺れる。

今までのどよめきとは、まるで違った。花嫁に対する行いはともかく、友人であるティグリスへの愚行は決して看過できないはずだ。それにも拘わらず、コルレオニスは侮辱を不問に付すどころかヴェルギリウスに自身の婚礼への出席を願い出たのだ。

なにも、男は大天使に額《ぬか》ずいたわけではない。だが、そうしたも同然だ。

「なにを言ってるんですか、獅子王…」

茫然と呻いた佐原に、は、と笑い声が当たる。驚いたのは、ヴェルギリウスも同様だったはずだ。

だが大きく目を瞬かせた大天使は、すぐに肩を揺らした。

「よい心がけだな、獅子王。是非貴殿と花嫁の婚礼の儀には出席させていただこう」

鷹揚《おうよう》に応えたヴェルギリウスが、コルレオニスの指から招待状を毟る。表情を変えることのない男に笑みを深くし、天使が部下へと顎をしゃくった。

蜂蜜のようにうつくしい金髪が、揺れる。豪奢な輝きを残したヴェルギリウスが、部下たちを引き連れて店を後にした。

「な…、どうして、こんな」

何故。胸に浮かぶのは、それだけだ。何故、ヴェルギリウスになど膝を折るのか。何故、ここにいるのか。そして何故、そんな落ち着いた顔をしていられるのか。

込み上げる疑問がぐちゃぐちゃに混ざり合って、言葉にならない。喘ぐ佐原の手を摑み、コルレオニスが再びその左手へと口を寄せた。

「っあ…」

やわらかな唇が、まだ赤味の残る甲へと押し当てられる。引く気配のないその赤さに、男の眉間が深い皺を刻んだ。

「すまねえな。俺がついてたってのに」

苦い謝罪が、傍らに落ちる。ヴェルギリウスの背中を視線で追ったティグリスが、痛々しい痕が残る右手を振った。

「私こそ、世話をかけたな」

短く応えたコルレオニスが、自らの右手に視線を落とす。徽を握り潰したそこは、佐原の手などよりも余程はっきりと焼け爛《ただ》れていた。

「ち、治療をしないと、お二人とも…!」

なにか、傷口を冷やせるものはないか。周囲を見回した佐原を、がっしりとした腕が引き寄せる。肉体の痛みになどまるで頓着しない眼が、思いがけない近さで瞬いた。

「かすり傷だ。あの性悪天使も、本気ではなかったようだな。すぐに治る」

忌々しげにもらされた通り、確かにそれは大天使が残したにしては軽い傷と呼べるのかもしれない。

ヴェルギリウスにとって、これはただの質の悪い戯《たわむ》れだったと言うのか。そうだとしても、許されることではない。

「でも、こんな…。早く手当を」

ハンカチを取り出そうとした佐原の腰を、大きな手がぞろりと撫でる。驚きに顔を上げると、指を絡めた左手にもう一度歯を当てられた。

「っ、獅…」

「こちらが先だ」

れろりと、動脈が走る手首の内側を横に舐められる。皮膚の薄い関節の内側は、きっと誰にとっても敏感な場所に違いない。ぞわっと首筋にまで性感が走って、佐原は声を上擦らせた。

「ふ、ふざけないで下さい。ここを、どこだと…」

周囲の視線は、いまだこちらへと注がれている。

佐原が抱いたものと同じ疑問の応えを、彼らも知りたがっているのだ。ざわつく悪魔たちに、コルレオニスが気づいていないはずはない。だがそんなものはまるで森の木と同じだと言いたげに、男が佐原の親指を甘く噛んだ。

「…っ」

「他に傷がないか、しっかり調べなければな」

自らの責務だとでも言うように、声はどこか淡々と響く。だが佐原を見下ろす、その眼はどうだ。周囲の雑音などないもののように、漆黒の双眸が暗く光った。

「やめて下さい、他にはどこも、問題ありませんから…」

過日、居間で強いられた羞恥が否応《いやおう》なく背骨を焼く。まさか、そんなこと。ぶるっとふるえた首筋を、高いコルレオニスの鼻梁が撫でた。

「安心しなさい。終わり次第、すぐに馬車を用意させる」

耳元で請《う》け負った男の手が、背中をさすり尻へと動く。言葉通り、異変がないかを確かめる動きだ。同時にそれは、佐原をとろかし性感を呼び起こす手つきでもある。

「っ、や…」

今すぐ打ち払いたいのに、ぎゅうっと尻へと食い込む指の強さに顎が上がった。舐められ、齧《かじ》られた左手がじんじんする。こんな場所で、視線を浴びながら感じるべきものではない。分かっているのに、逃れがたい甘さがどろりと下腹に溜まる。

込み上げる痺れと緊張に、息が速く、短く揺れた。

「手早くすませられるよう、協力してくれ」

請う声に、揶揄《やゆ》はない。その真剣さが恐ろしくて、革靴のなかで爪先が悶えた。


――『機械仕掛けの神』夜走の章・第七節より

乾いた音を立てて、薪が爆《は》ぜる。

黒々と頭上を覆う木々の向こうに、暗い空が見えた。今夜はいくらか雲が出ているのか、星の瞬きは疎《まば》らだ。それでも月明かりは眩しく、鬱蒼《うっそう》と続く森を照らしていた。

「約束通り、持ってきました」

揺れる炎の隣に、わずかに緊張した声が落ちる。

「覚悟はできてるってことか？」

朽ちた倒木に凭《もた》れ、ティグリスが差し出された包みを覗き込んだ。羽織った毛皮が、豪華な鬣《たてがみ》のようにティグリスの容貌を彩っている。彫りの深い顔立ちは、十分に男っぽい。だが明るく輝く双眸が、男を飄々としたものに見せていた。

「…勿論です。これはギウルさんが分けて下さいました。ティグリスさんにお願い事をするには、代償が必要だって」

そっと、ミセリアがティグリスの隣に膝を折る。

揺れる炎が、二人の影を浮かび上がらせた。今夜のミセリアは、銀の髪を長く下ろしている。輝くようなそれに縁取られた容貌は、相変わらずうつくしい。炎の色を映すせいか、白い頬がいつもより紅潮して見えた。

「そりゃあ俺は、地獄にも数えるほどしかいねえ最高位の貴族だからな。高くつくぜ？」

重々しく尋ねたティグリスに、ミセリアが頷く。

薄水色の双眸から視線を外すことなく、ティグリスが捧げられた包みを開いた。取り出されたのは、まだ血のしたたるあたたかな心臓などではない。飴色《あめいろ》に燻《いぶ》された美味そうな干し肉を、ティグリスは自らの口に放り込んだ。

「ミセリアちゃんがそこまで言うんだ。特別に見せてやるよ。…俺の大事なとこを」

厳かに告げた言葉と共に、ティグリスが膝立ちになる。

なにを、する気なのか。思わずぱちりと瞬いたコルレオニスの耳に、陶然とした溜め息が届く。

「……すごい…」

上擦った感嘆は、言うまでもなくミセリアの唇からもれたものだ。やわらかな苔の上で、跳ね起きる。焚き火を蹴り退ける勢いで、コルレオニスは二つの影を振り返った。

「あ…！　コルレオニス…。すみません、起こしてしまいましたか…？」

コルレオニスの存在自体には、ミセリアも気づいていたのだろう。慌てて謝罪する声には、しかし拭いがたい興奮が滲んでいた。

「てめ…」

絞り出した声は、ミセリアを責めるものではない。赤々と燃える焚き火の炎が、鋭い刃に反射して揺らめいた。膝立ちになったティグリスの腕で、鋭く発達した爪がその存在を誇示している。

ごつごつとした骨格と筋肉とを露わにした、悪魔の腕だ。

「ティグリスさんに無理を言って、爪を見せていただいていたんです。すごいですよね、ティグリスさんの爪…。こんなに太くて、大きいなんて…」

「でっかいだけじゃなくて、硬度にも自信あるぜ？」

にやりと笑ったティグリスを、拳で殴りそうになる。

位の高い悪魔であればあるほど、人間に近い姿形ですごすことを好んだ。自らの本質を、易々と曝《さら》け出す必要はない。それは、天使も同じことだ。

神は、自らの姿に似せて人を造った。創世記にある通りに、人間ではなく神にこそ近い姿だと言う者もいる。いずれにせよ、強大な力を持つ悪魔は必要に迫られない限り爪や牙を露わにはしない。それにも拘わらず、ティグリスはミセリアに強請られるまま長い爪を焚き火に翳《かざ》した。

「よく氷竜の鱗のような刃って言いますが、本当に氷みたいにきれいですね…。こんなに近くで、こんなにきれいな爪を見られるなんて、夢みたいだ」

素直な感嘆が、ミセリアの唇からこぼれる。

地上での遠征が始まり、すでに二月近くが経とうとしていた。獣に勝る悪魔の足で、一息に進めばより早く目的地に到達できていたはずだ。だが異形の門を開こうとする輩たちも、ことを楽には運ばせてくれない。

天国の門を目指すため、コルレオニスたちの気配を察知するたび、彼らは様々な形で進軍を阻んできた。選べる経路が限られていることもコルレオニスたちを煩《わずら》わせた。途中、人間たちの争いに巻き込まれたことも痛手だった。

できる限り自軍の動向を気取らせることなく、門が生み出されるより早く目的の場所に辿り着く。そうした制約に手足を縛られながら進む行程は、決して順調とは言いがたい。だが命の危機と紙一重の毎日のなかにも、朗報がないわけではなかった。

ミセリアとティグリスの関係も、その一つだ。

異形の門を目指す行程は、欠ける者もいれば新たに加わる者もいる。ティグリスは、行軍の半ばから加わった者の一人だ。行動を共にするや否や、快活なティグリスはすぐにミセリアと打ち解けた。無論、一足飛びに距離を詰めてくるティグリスに、当初ミセリアは戸惑ったようだ。

だがミセリア自身、以前とは自分を取り巻く環境が変わりつつあることに気づいているのだろう。過酷な行軍のなかで、ミセリアを見る隊の者の目には変化があった。相変わらず白蛇と軽んじ、疑いの目を向ける者もいる。だがそれ以上に、ミセリアの公正さと勇敢さに敬意を示す者も多かった。前線に立つ彼を目の当たりにすれば、当然のことだ。

臆することなく戦場を駆けるミセリアが、今は目を輝かせてティグリスの手元を注視している。

「氷竜の鱗なんかより、よっぽど切れ味はいいぜ？　つか氷竜の鱗なんざ、こいつで簡単に切り裂けるし」

ぴん、とティグリスが左手でなにかを跳ね上げる。高く投げ上げた銀貨を、発達した右の爪が器用に捉えた。まるで氷の塊を砕くように、尖った爪が易々と硬貨を突き破る。

「すごい…！」

ごつごつと発達したティグリスの腕や爪を、戦場で目の当たりにすることは珍しくない。だがこうして改めて見下ろすと、ミセリアが驚嘆する通りそれは氷のようにうつくしく光った。

「見ましたか!?　コルレオニス！　今、ティグリスさんの爪がコインを紙みたいに曲げたんですよ」

「こんくれえなんでもねえって。言ったろ？　こいつは氷竜も引き裂くんだ」

手放しで褒めるミセリアに、ティグリスは益々気をよくしたらしい。ティグリスでなくとも、これほどまでに賞賛されたら満足だろう。鼻を高くした男が、今度は懐から短刀を取り出した。

「待って下さい、ティグリスさん、なにを…」

「まあ見てろって。俺様のはでっけえだけじゃなく…」

意気揚々と短刀を手にしたティグリスが、顔を上げる。なにかが、焚き火の光を遮《さえぎ》ったのだ。

同時にばさりと、風が吹く。視線を振り向けたミセリアもまた、薄水色の双眸を見開いた。

「な…」

「反則だろうが、この悪魔」

事態を悟ったティグリスが、毒づく。

星の光を遮る木々の影を、より厚く闇が覆っていた。広げられた、コルレオニスの翼だ。漆黒よりも深く艶やかな黒い羽根が、焚き火を揺らした。

「コ…」

「摑まってろよ」

低く告げて、声を失うミセリアを担ぎ上げる。

「おいこら！　見張りはっ」

「上ですませる」

ばさりと羽ばたくと、視界は簡単に木々を超えた。

「うわっ」

一拍遅れて、腕のなかで悲鳴が上がる。

コルレオニスの跳躍に驚いた鳥たちが、一斉に周囲の木々から飛び立った。

「暴れたら、さすがに落ちるぜ」

脅し、もう一度翼を羽ばたかせる。暗い森が足元に広がる様子は、まるで厚い雲のようだ。落ちると脅しはしたが、あまり高く飛べば敵対する者たちの網にかかるかもしれない。注意深く周囲に眼を向けながら、コルレオニスは一際高い大木に足をかけた。

「お前、もしかして高い所が怖いのか」

最初に悲鳴を上げたきり、うんともすんとも言わないミセリアを覗き込む。薄水色の瞳がこぼれそうに見開かれ、コルレオニスを、そして背後の羽根を見た。

「た、高い所っていうか、あ、あなた、羽根…！　羽根…っ！」

コルレオニスたちの前では笑うことが増えたが、平素のミセリアは相変わらず本心の読みがたい目をした青年だ。それが今は混乱を極めて、目を白黒させている。

無理もない。発達した爪や牙以上に、貴族が翼を晒す機会は少なかった。殊《こと》に、天使に似た猛禽の翼を持つ貴族が、それを明らかにするのは稀だ。そうなる場合は、目にした者全てが死ぬ時だと囁かれていた。

「ティグリスのちんけなブツより、俺の方が黒くてでかいぜ」

その点には、自信がある。にやりと笑って覗き込めば、ミセリアが上擦る声を絞った。

「確かに、お、おっきくて、すごいですが…」

ミセリアが驚く通り、コルレオニスの翼は体軀に見合った立派なものだ。翼の上腕骨部分のつけ根

はがっしりと太く、発達した翼膜も厚い。太い枝に並んで体を落ち着けると、見開かれたミセリアの目がまじまじとコルレオニスを見た。

「これ、本当に…」

白い指先が、思わずといった様子で風切り羽に触れる。なめらかな羽根の質感に、驚きを新たにしたのか。息を呑んだミセリアが、人差し指と中指の背でそっと羽根を撫でた。

「本物だぜ。滅多《めった》に広げる機会はねえがな」

コルレオニスたちほどの身体能力があれば、翼に頼るまでもなく木や岩場を跳躍することは容易だ。索敵や高い場所で戦闘を強いられる場合はともかく、平素は必要とする頻度も低い。ばさりと翼を広げてやれば、ミセリアが大きく目を瞠った。

「…初めてです、こんな近くで翼を見るのは…」

「そうかよ」

機嫌よく応え、あ、とコルレオニスが口を開く。噛みつこうとしたわけではない。慣れた獣がそうするように口を開けて促せば、薄水色の目が瞬いた。コルレオニスに抱えられたミセリアは、いまだちいさな包みを握っている。顎で示すと、察しのよい青年がはっとした様子で干し肉を指に取った。

「…ありがとうございます」

律儀に礼を言うミセリアの手から、直接干し肉を囓《かじ》る。白蛇の手から食べ物を口にする貴族など、他にいない。最初こそミセリアも隊の者たちも天地が引っくり返ったように驚いていたが、コルレオニスは苦にしなかった。

「…今夜は、びっくりすることばかりです」

「そりゃあ、あんなちんけなもん自慢気にちらつかされたら誰だって驚くぜ」

「なにを言うんですか！　ティグリスさんの爪のことだったら、あれは本当に芸術品ですよ…！」

真顔で否定したミセリアに、コルレオニスが鼻面へと皺を寄せる。秋の終わりとはいえ、夜の森は津々《しんしん》と冷えた。器用に羽根を折り、コルレオニスが抱えた痩軀を風から庇う。

「褒めるほど大層なもんかよ」

「大層ですってば。…昔、父親から氷竜の鱗で作ったという短刀を見せてもらったことがあって…。王と渾名される貴族の爪と、同じくらいうつくしいと評される短刀でした。ティグリスさんと爪の話になった時、懐かしくなって、もし見せていただけるならと無理を言ってお願いしたんです」

古い記憶を辿るように、ミセリアが長い睫を伏せる。その唇に滲むのは、一口に無邪気とは言えない苦い笑みだ。

眉根を寄せたコルレオニスが、自らの左腕を持ち上げる。ぐ、と力を漲《みなぎ》らせようとした男の腕を、白い手が慌てて制した。

「も、もう十分です！　ティグリスさんの爪だけじゃなくて、こんなすごい羽根まで見せていただけたんですからっ」

大きく首を横に振られ、コルレオニスが舌打ちをもらす。不満そうな男とは対照的に、大きく息を吐いたミセリアが頭上の翼を仰ぎ見た。

「…隊に加わることが決まった時には、こんなこと、少しも想像していませんでした」

ゆるく吹きつける夜の風が、細くもらされた声を攫《さら》う。いつもより近い距離にある空を見上げた美貌を、遮るもののない月明かりが白く浮かび上がらせた。

「あの渓谷を抜ければ、天国の門はもう目の前です」

海原のように続く森を透かし、ミセリアが指を伸ばす。

ミセリアが示した通り、深い森を抜け渓谷を進んだ先こそが、コルレオニスたちが目指す土地だった。距離が縮まれば縮まるほど、コルレオニスたちを退けようとする敵の数は増している。ここまでの道程も十分困難なものだったが、ここから先は更に過酷なものとなるだろう。

「私は自分の意志でこの遠征に志願したと、そうお話ししたのを覚えていますか？」

「拒否権はあったのかと、俺は聞いたな」

初めて、ミセリアとまともに言葉を交わした日のことだ。

まとも、と呼んでいいかは、意見の分かれるところだろう。だが制御しがたい衝動のなかにあってさえ、ミセリアとの遣り取りは覚えていた。

「拒むことは、できたかもしれません。でも私は、そうするつもりがなかった」

ミセリアがこの行軍に加わった経緯は、コルレオニスの耳にも入っている。

蛇と呼ばれる者たちは、人の世界の空気に馴染み天使やかつて天使だった者の痕跡を探知する能力に長けていた。蛇のなかから案内人を出すよう迫られ、ミセリアの義兄たちは迷うことなく白蛇である彼を差し出した。

ただでさえ危険な行軍に、白蛇の身で加わればどんな末路を迎えることとなるのか。容易に想像はつくが、拒んだところでミセリアに逃げ場はなかった。庇ってくれる者も、いなかったのだろう。これまで世話をしてくれた老僕の厚遇を条件に、ミセリアは死地へと向かう行軍に参加した。

分かってはいたが、胸糞悪い話だ。それにも拘わらず、ミセリアの口から自身の境遇に対する恨み言を聞いたことはない。

話すことすら、辛いのか。否、これまでの仕打ちを言葉にして呪うほど、ミセリアは自尊心の低い男ではないのだろう。怜悧《れいり》な横顔で、柔和に笑うのと同じだ。糞同然の運命に首まで浸されながら、涼しい目で立ち続ける。それがミセリアという男であることを、この行軍のなかで教えられた。

「正直、諸手を挙げて来たかったと言えば嘘になる。でも今は、この行軍に参加できて本当によかったと思っています」

笑みを含んだ唇が、ゆっくりと夜の空気を吸い込む。虚勢のない横顔に、コルレオニスは短い舌打ちをもらした。

「あんな貧相なブツが拝めたからだとか言うんじゃねえぜ」

「だから、全然貧相じゃないですってば。…すごいことですよ？　この私のために、誰かがなにかをして下さろうって言うんです」

この、私のために。

初めて刃を交えた時、ミセリアは自身に傷を負わせることを嫌ったコルレオニスに目を丸くした。肉体的にも精神的にも、白蛇を傷つけることに誰も躊躇などしない。彼がこの年齢まで生きてこられたのは、それなりに格式のある家柄に生まれたためだろう。

父親にうつくしい短刀を見せてもらったことがあると、ミセリアは語った。それが彼にとって、特別な思い出であることは想像に難くない。だがその思い出自体が幸福なものなのか、ミセリアが語りたいと望まない限り問い質す気持ちはなかった。

「私も、あなた方のためにできる限りのことをしたい」

月明かりに目を細め、ミセリアがはるか彼方の稜線を視線で辿る。それは、コルレオニスに聞かせるための言葉ではなかったのだろう。囁きが、風切り羽をやさしく撫でた。

「十分してもらってるぜ」

平坦に告げて、もう一度口を開く。発達した犬歯を剝き出しにすれば、ミセリアが笑いながら干し肉を放り込んでくれた。

「コルレオニス、あなたは天国の門を葬って、お父様をあるべき場所に連れて帰る」

それこそが、コルレオニスが地上を征《ゆ》く目的だ。

天国への門が開放されれば、世界の均衡は大きく崩れる。それを阻止し、門の礎とされようとしている父の亡骸を連れ帰ること。そのために、コルレオニスはこの遠征に加わったのだ。

「私は無事あなた方を目的地にお連れして、生きて帰す」

静かに響いた声に、気負いはない。だからこそ、研ぎ澄まされた決意が声音に滲んだ。

「お約束します。私は必ず、私自身の務めを果たすと」

俺を裏切るか、と、初めて対峙《たいじ》した日、コルレオニスはミセリアに尋ねた。無論それは、ミセリアの衷心《ちゅうしん》を確認したかったからではない。言質《げんち》など意味がないことを、ミセリア自身嫌というほど理解しているだろう。

それでも尚、彼は言葉にして誓うのだ。

必ず、役目を果たすと。

穏やかな横顔は、覚悟を決めた男のそれだ。自らの目的の完遂だけを、曇りのない双眸は見据えている。果たしてその目的のなかに、ミセリア自身の生還は含まれているのか。静かな輝きを宿す薄水色の瞳を睨み、コルレオニスはミセリアの手から包みを毟った。

「莫迦言うんじゃねぇ」

「あっ」

驚き、開いた唇へ、摑んだ干し肉の欠片を放り込む。突然含まされた硬い肉に、ミセリアが不安定な枝の上で上体を揺らした。

「そんなお粗末な約束で、俺が納得すると思うのか？」

覗き込んだ薄水色の瞳が、揺れる。ふらついた痩軀を引き寄せると、凍えるような薄水色の瞳が自分を映した。

「コルレオニス…」

「人間の星見が、ろくでもねぇ戯《ざ》れ言《ごと》をお前に吹き込んだことは知ってる。実際、ここまで生きて辿り着けなかった奴らもいる。舐めてかかれる相手じゃねぇ以上、お前がそんな目をする理由は分かるぜ」

行軍の途中、ミセリアは人間の星見から不吉な託宣を受け取った。隊が全滅するという、忌むべきものだ。過酷な戦闘の連続が、その戯れ言に許しがたい現実味を与えた。コルレオニス自身も、これが容易な道だとは思っていない。だが、だからといって運命などというものに押し流されるつもりは更々ないのだ。

「お前の務めは、俺と一緒に狂信者どもをぶっ倒して生きて帰ることだ。俺を生かすことだけでいいと思ってんなら、そいつは不十分だぜ」

はっきりと言葉にして、薄い胸に拳を突きつける。とん、と人差し指の背で胸を小突けば、薄いそれが大きくふるえた。

「できる限りのことをしてえんだろ？」

に、と笑った男に、ミセリアの胸のふるえが大きくなる。

「あなたって、人は…」

絞り出された声は、笑っていただろうか。掠れた響きに、コルレオニスは自らの唇へも干し肉を放り込んだ。

「生きて帰るだけじゃねえ。お前には、親父を一緒に城まで運んでもらう」

「勿論です。喜んで、手伝わせてもらいますよ」

迷うことなく頷いたミセリアに、コルレオニスはもう一つ干し肉を突きつけた。

「霊廟は、ここよりよっぽど深い森んなかにあってな。辺鄙な場所だが、静かなのは悪くねえ」

今は遠い、懐かしい森の影を思い描く。暗い森を透かしたコルレオニスの双眸を追い、ミセリアもまた目を細めた。

「あなたは、あまり雑踏を好まないでしょうしね」

ここではない神秘の森に立つコルレオニスを、想像したのか。やわらかく笑ったミセリアを、漆黒の双眸が覗き込んだ。

「お前も同じだろう？　霊廟の側には、古い城があってな。少し手を入れる必要はあるが、内装はお前の好みに任せる」

「…え？」

「好きな部屋を使え。図書室や、武器庫もあるぞ」

気軽に誘う男の口調に、ミセリアが目を見開く。艶やかな翼を目の当たりにした時よりも、それは強い驚きに揺れていた。

「それって、そんな、私は…」

「俺と、来い。全部終わったら、この翼よりずっとすごいもん、見せてやるぜ」

俺の城でな。

快活な唇が、にやりと笑う。夜の風が、黒い翼と銀の髪を撫でた。


唸りが、もれそうになる。

実際、低い声がもれてしまっていた。深すぎる皺を眉間に刻み、何度目かの溜め息を絞る。

「…由々《ゆゆ》しき事態じゃないかな、これは」

この世界で目が覚めた瞬間から、由々しき事態は常に継続中だ。その渦中にあってさえ、今目の前にある問題は群を抜いていた。唸りながら、先程から佐原が睨み続けているのはティグリスから与えられたタブレットではない。桜庭の執筆状況も大いに気になるが、この瞬間佐原の関心を惹きつけているのは目の前の新聞の紙面だった。

インクの匂いが立ち上る、古風な趣《おもむき》の新聞だ。地獄で刷られたそれが、四角い机を覆うように広げられている。

派手な文字が躍る新聞は、言ってしまえばゴシップ紙だ。どんなしかけなのか、紙面には日本語が並んでいる。少なくとも、佐原にはそう見えた。

「獅子王、天使に完全敗北!?　花嫁に溺れる愛欲の日々…」

扇情的な見出しは、このうつくしい部屋にはおよそ似合わない。薔薇を抱く乙女の絵に見下ろされながら、佐原はもう一度低く唸った。

私室として与えられた部屋の隠し扉は、当然だがすでに塞がれてしまっている。そうでなくても、再び同じ経路を辿って外に出ようとは思わなかった。コルレオニスの指輪を以《もっ》てしても、飢えや渇き、それ以外の全ての困難を退けることはできないのだ。

佐原のために整えられた部屋には、寝台の他に居心地のいいソファセットが用意されていた。布張りのそれは読書に最適だが、それ以上に壁際に置かれた書き物机が佐原を喜ばせた。機能的な机があると、俄然《がぜん》安心するというものだ。飴色の木目がうつくしい机に積み上げられた新聞を、佐原は改めて見下ろした。

「獅子王、久方ぶりの帰還も栄光は過去のものに」

声に出して辿った通り、新聞の一面にはコルレオニスの名前がある。名前だけでなく、大写しになった写真もまた紙面を飾っていた。

ゴシップ紙とはいえ、紙面で出会う推しの名前は格別だ。そもそも活字で見慣れていた名前だからこそ、字面を目にするだけで興奮してしまう。推しが一面を飾る新聞を手にできるなんて、有り体に言って最高だ。

だが残念なことに、記事自体は尊いとはとても言えない。

「隠遁の王となったコルレオニスを迎えた慈悲の天使は、眠れる獅子が花嫁と挙げる婚礼の儀への出席を快諾」

全く以て、莫迦にしている。

言うまでもなく、それらは昨日のカフェでの一件を書き立てた記事だ。一見穏当な文言が並んでいるように見えるが、随所にコルレオニスへの嘲笑と皮肉があふれている。この写真だってそうだ。大見出しの下に、鷹揚に笑うヴェルギリウスの姿がある。その視線の先には、招待状を差し出すコルレオニスの長身があった。

黒い外套を身に着けたコルレオニスはにこりともせず、荒い印刷の上でも文句のない美丈夫っぷりを披露している。だが冷たい月のように笑うヴェルギリウスは艶やかで、この場面の勝者が誰かを物語っていた。

悔しい。

一言で言うならば、それだ。

悔しい。これではまるで、大天使に僕の推しが負けたみたいじゃないか。勝ち負けの問題じゃなかったとしても、読者目線で言えばそれにつきる。昨日の一件を思い返し、佐原はぎりぎりと奥歯を噛んだ。

記事は辛辣に描いているが、なにもコルレオニスはヴェルギリウスに謙《へりくだ》ったり阿ったわけではない。むしろ、ほとんど関心を示さなかった。怒りに任せ、殴りつけるほどの興味もなかったのだろう。コルレオニスの関心は、うっすらと左手に痕を残された佐原にしかなかった。

ヴェルギリウスが去った後も、入念に自分へと触れた男の手つきが蘇る。裸に剝かれなかったのは、幸いだ。だが裸にされる以外は、どんなことでもされてしまった。

大きな手をシャツの裾から差し込まれ、広げた指でゆっくりと肌を探られた。首筋も、背中も、肋《ろっ》骨《こつ》も、平らな胸もなにもかもだ。腰の裏から尻の割れ目近くまで指を差し込まれ、立っていられず椅子の背に縋った。公衆の面前で、なんて格好をさせられてしまったんだ。思い返すと、血の気が引くと同時に恥ずかしさで脳味噌が煮える。だがコルレオニスを咎め、僕らを店内からつまみ出してくれる者はいなかった。あたたかな手で胸元をさすられると、ぷっくりと尖った乳首が男の指に引っかかった。僕の体は、どうなってしまったんだ。懸命に声は堪えたが、佐原がどれほどとろけた顔をしていたのか、店中の者が知っていたとしても不思議はなかった。

馬車に乗せられるまで、果たしてどれほどの時間コルレオニスの手で検分されていたのか。はっきりと覚えてはいないが、注視していた者たちは十分に驚いただろう。

禁欲的な英雄だったはずの男が、天使への報復もよそに花嫁との淫蕩に溺れていたのだ。あの、獅子王が。

「色情狂って書かれちゃってる…」

鼻腔の奥が、つきんと痛みそうになる。こっちを見出しにされなかっただけ、ましなのか。面白おかしく記事が書き立てるのも、無理はない。ミセリアの生まれ変わりとされる花嫁との淫行に関しても、当然記事は言及していた。

「…全っ然、反論できないけど」

ヴェルギリウスに対するコルレオニスの態度に関する記事には言い分があるが、花嫁に対する獅子王の執心は概《おおむ》ね事実だ。真昼のカフェで執拗に体を検められるに止《とど》まらず、抱えるように運ばれた馬車でも当然のように体を観察された。道中の長さを、どれほど呪ったことか。言ってしまえばカフェでの出来事など序の口だ。道中のあれそれを記者が知れば、間違いなく色情狂の文字こそが大見出しになっていただろう。苦々しい息を絞って、佐原は丁寧に新聞をたたんだ。

どれほど腹立たしかろうと、コルレオニスの名が躍る紙面を疎かにはできない。新聞を差し入れてくれたティグリスに感謝しながら、必要な記事を定規を使って裁《た》ち落とす。こちらの世界の情報に飢えている佐原は、当然紙面の全てに目を通した。かつてコルレオニスを目の敵《かたき》にしていた政敵の動向から、地下監獄と呼ばれる場所を守る番人と愛犬たちの話題まで、新聞には興味深い記事が様々並んでいる。そこから慎重に記事を選び、使用人から分けてもらった収納帳に切り抜きを並べるとささやかな達成感が込み上げた。

先程よりいくらか健康的な息を吐いた佐原の耳に、扉を叩く音が届く。

「はい」

応えると同時に開かれた扉の向こうに、大柄な影が落ちた。たった今眺めていたゴシップ紙の一面を飾っていた、コルレオニスその人だ。

仕立てのよいフロックコートに身を包んだ男は、写真で見る以上に堂々として逞しい。何度目にしても、新しい驚きが込み上げる。手首に白金のカフスを光らせる獅子王は、今朝はティグリスとそれに伴われた男の訪問を受けていた。迎える男は相変わらずの渋面だったが、婚礼の儀を控え断りきれない用件が日々舞い込むらしい。

「あの、ティグリスさんは、まだいらっしゃるんですか」

「ようやく帰った。花飾りの候補は、決まりそうか？」

昨日の件を、ティグリスは随分と気にかけてくれていた。ティグリスが謝罪する理由など一つもないのに、狡悪の王は佐原の希望に応え新聞まで差し入れてくれたのだ。改めて礼を伝えたかったのだが、すでに城を出てしまった後らしい。

「は、はい、まあ」

花飾り、という言葉に、曖昧に頷く。振り返った部屋には花屋かと見紛うほど花瓶が並び、それぞれに趣向を凝らした切り花が活けられていた。式を飾る花を選ぶようにと、ティグリスが寄越してくれたものだ。どれも個性的で華やかだが、正直どう選んでいいかはよく分からない。ドレスを前にしても、いまだ挙式という言葉そのものを現実として受けとめがたいのだ。

「君にはどんな花でも似合うだろうが、少し休まないか。昼食の用意ができている」

僕が疲れた顔をしていたら、それは獅子王のせいですよ。苦情が込み上げそうになるが、声にしたところで結局は男が満足そうに笑う結果になるだろう。コルレオニスを喜ばせるのも業腹《ごうはら》で、佐原は促されるまま部屋を出た。

厚い絨毯が敷き詰められた廊下は、驚くほど長い。漆喰《しっくい》が塗られた壁には、緻密に織り上げられたタペストリーが飾られていた。人気《ひとけ》のない城には不似合いにも見える、春の日を描いたタペストリーだ。色とりどりの花にあふれた絵を眺め、古びた武具が飾られた階段を下りる。迎えた鳥が、優雅に一礼して食堂の扉を開いた。

「すみません、実は僕が勝手にお願いしたんです」

重厚な食卓の前に立ち、コルレオニスが瞬く。男が鳥を呼びつけるより先に、詫《わ》びたのは佐原だ。二人で食事を取るには、一枚木から切り出された食卓はあまりにも大きい。二十人を超える客人が並んでも、まだ余裕があるだろう。糊の利いたクロスが敷かれたその上に、今は二人分の昼食が用意されていた。

本来であれば、なんら驚くことではない。だが同じ食卓に着いていても、これまでコルレオニスはほぼ食事を取ってこなかったのだ。佐原につき合い、飲み物やごく軽いものを口にすることはあるが、食事の用意自体させないことがほとんどだった。

「食事をしなくても僕たちほど簡単に餓死はしないけど、食べられるなら食べた方がいいって、ティグリスさんに教えていただいたんです」

睡眠と同様に、飲食は悪魔たちにとっても不可欠だ。だが下級の悪魔に比べ、貴族たちがそれを必要とする頻度は低いらしい。そうは言っても、食事を取らなくても死にづらいだけであり、平時は皆飲食を楽しんだ。人間と、同じだ。必要が薄いからと、食事を億劫《おっくう》がるコルレオニスはティグリスの目から見ても不健康であるらしい。人間である佐原からすれば、尚更だ。

「君一人分の食事しか用意させていなかったから、気を使わせたか？」

「そうじゃありません。ただ、無理にとは言えませんが、疲れてる時に食事をすると、僕は元気が出るんです。だからなにか召し上がるのも、気分転換になるんじゃないかと思って」

お節介なこと、この上ない。だが、口を出さずにはいられなかった。

満足に食事を取らなくても、目の前の男は痩せ細ってなどいない。むしろさほど食事をしないくせに、よくこの肉体を維持できているものだと感心させられた。それが悪魔だと言われればそれまでだが、体力が落ちれば気力も削がれるものだ。食事もまともに取らず人里離れた城に引き籠もっていて、いいことがあるとは思えなかった。

「君がそんなふうに誘ってくれるなら、いただこう」

形のよい顎に手をやったコルレオニスが、頷く。ほっとして食卓へと着こうとした佐原を、男の腕が引きとめた。

「折角だ。こちらに用意させよう」

コルレオニスの合図に、使用人たちが音もなく近づく。手際よく食事が運び出された先は、居間を抜けたバルコニーだ。緑が茂る庭を見下ろす場所に、鳥たちがテーブルを運びクロスをかけた。

「すごいですね…！」

準備が整った席へと案内され、思わず素直な歓声がもれる。

緑の庭が、眼下に広がっていた。主の関心が離れていたのか、あるいは意図してそう作られたのか。庭を飾る彫像のいくつかは崩れかけ、木々に呑み込まれようとしている。だがそうなってすら、いやそうであるからこそ、青々とした庭はうつくしかった。

自由に蔓《つる》を伸ばす薔薇が、彫刻にしがみついて淡い色の花を咲かせている。その足元ではデルフィニウムが力強く花穂を揺らし、ギボウシが光を弾いていた。

書類が山積みになった編集部の机で、黙々と取る昼食も嫌いじゃない。だけどこんなうつくしい庭を眺めて食事できるなんて、夢みたいだ。食べるということが、肉体を維持するため熱量《カロリー》を摂取するだけの行為でないことを教えてくれる。椅子を引いてくれた鳥に礼を言い、席に着こうとした佐原をもう一度男の腕が引き寄せた。

「…なにしてるんです、あなた」

意図した以上に、冷静な響きが食卓に落ちる。きょとんとした漆黒の眼が、間近で瞬いた。

「食事をするつもりだが？」

「…僕もそのつもりでしたが、この体勢じゃ無理ですよ？」

軽々と引き寄せられた先は、コルレオニスの膝の上だ。椅子に腰かけた男が、当然のように佐原をその膝に抱えた。

「無理じゃないだろう。ミセリアはいつもそうしてくれていたが？」

佐原こそが理不尽な文句を垂れていると言いたげに、コルレオニスが首を傾ける。なんだ、そのきょとん顔は。僕があなたの美形っぷりに弱いからって、あざといにもほどがあるぞ。

「は？」

「書記の先生も書いていただろう？　森で野営をすることも多かったが、あいつは面倒見《めんどうみ》がよくてな。配膳のついでに俺の膝にこうして乗って、世話を焼いてくれた」

懐かしい記憶を辿るように、肉感的な唇が笑みを含む。万人を説得し得るだろうその口調は、難解な数式を解説する学者然として響いた。

「か、書いてないですよ！　そんなこと一行も！」

実際のところ、森で野営をする場面は度々登場している。そこでミセリアが配膳を手伝う描写も確かにあったが、しかしコルレオニスの膝に乗ったことなど一度もない。

「先生は重要なところを端折《はしょ》りすぎだ。あいつも最初は恥ずかしがっていたが、結局は自分から座ってくれるようになった」

「嘘でしょ。それ絶対嘘でしょう！　もしミセリアさんが手ずからあなたの口に食べ物を入れてくれた時のことを言ってるんでしたら、あれは本当にいい場面なんですから汚さないで下さい…！」

頼むから、僕の大好きな場面をぶち壊さないでくれ。

ミセリアはやさしい男だから、コルレオニスに限らず困っている者がいれば手を差し伸べただろう。だがいくらなんでも、同行者の目もある行軍中に男の膝に乗ったりなどするものか。二人きりであったとしても、また本当に二人が恋人同士であったとしても、そんな振る舞いをするとは思えなかった。

「嘘つき呼ばわりとは心外だ。ミセリアとしての記憶がない君が、どうして嘘だと断言できる」

暴れる佐原の腰をがっちりと抱え、男が唇を引き結んで見上げてくる。駄々っ子か。寄せられた眉根の形に、罵声が喉元まで込み上げた。

「加えて言えば、私はここ何年も簡単にしか食事をすませてこなかったんでな。君の手を借りなければ満足に食品フォークも使えず、使用人たちの前でいらぬ恥をかいてしまいそうだ」

「この姿勢がもう十分恥ずかしいやつじゃないですか」

色情狂と新聞に書き立てられても、益々文句が言えなくなるんじゃないかこれは。頭痛を堪える僕の主張はどこまでも正しいのに、コルレオニスは耳を貸す気がないらしい。

「もっと恥ずかしい体位も色々試したと思うが？　いずれにせよ君は私の伴侶だ。恥ずかしがる必要はどこにもない」

そんなことを、真顔で口にできてしまうことがなにより恥ずかしいですよ。使用人の皆さんたちも、困ってるんじゃないか。一縷《いちる》の望みをかけて視線を向けるが、鳥たちは皆心なしかにこにこしている。

いいぞもっとやれってやつですか。絶望的な空気のなかで、コルレオニスがスプーンを手に取った。今日の前菜として用意されていたのは、オマール海老《えび》が乗ったパプリカのムースだ。鮮やかなオレンジ色をしたムースを、男が器用にスプーンに掬《すく》った。

「なんですか」

「口を開けなさい」

差し出されたスプーンを、無論口を開いて迎える気はない。ぎゅっと唇を引き結んだ佐原に、コルレオニスが静かに額を寄せた。
「口を開けろと言ってるんだ」
低さを増した声は、人に命じ慣れたそれだ。あるいはもっと、粗雑な口調でミセリアに強請ってい
た頃のものか。
いつもははるか上にある男の双眸が、今はほぼ同じ高さで瞬く。視線の距離を詰めて尚、吹きつけ
られた声の響きに自分の体がひどくちいさく頼りないものになった気がした。ぶるっと背筋をふるわ
せた佐原に、男が改めてスプーンを差し出してくる。
「…ん」
脅されて口を開くなんて、駄目だ。そうは思うが、拒めない。怖《お》ず怖《お》ずと開かれた唇へと、コルレ
オニスがスプーンをすべらせてくる。やわらかなムースをこぼすことなく、男が器用にスプーンを傾
けた。
「どうした。口に合わないか？」
眉間の皺を消せずにいる佐原を、男が覗き込む。口に合わないと応えたら、使用人の首でも刎《は》ねる
つもりだろうか。
「美味《おい》しい、です」
苦りきった眉間のまま、それでも正直に口にする。実際、とても美味しいのだ。満足のゆく応えだ
ったのか、コルレオニスが笑う。その楽しげな形のまま、男があ、と口を開いた。
なんですか、これ。

真顔で、質問してしまいたい。当然のように口を開く男が、なにを要求しているのか。漫画では散々目にしてきた場面だが、実生活で出会ったことは当然ない。しかも相手は、あの獅子王だ。

動けない佐原に、口を開けたままコルレオニスが首を傾げる。どうして口に昼食を供してくれないのかと、心底不思議がる顔だ。そんなことをしても間抜けに見えないんだから、美男子の雛鳥顔の破壊力すごすぎだろう。感心している場合ではないが、感心せずにはいられない。額に手を当てて唸ろうとした佐原へと、銀の匙が差し出された。鳥の一人が、気を利かせてくれたらしい。

「どうした？　ミセリアはいつも…」

「だから！　それ絶対嘘でしょう!?　こうやってミセリアさんのことも脅して追い詰めたんでしょう!?」

そうだ。これは脅しだ。獅子王がこんな恥も外聞《がいぶん》もなく餌待ち顔で口を開けてたら、空《から》のスプーンでぶちのめすわけにもいかない。それに痛そうな顔一つ見せないが、コルレオニスは昨日右手にひどい火傷を負った身だ。傷は少しずつよくなっているようだが、あの手で食事をするのは難儀だろう。

そう、これは介助だ。決して、色惚け悪魔の昼食ではない。

自分自身に言い聞かせ、佐原はうつくしい色のムースを掬った。口元へと運ばれたスプーンに、コルレオニスが笑みを深くする。機嫌のよい獅子そのままに、眼を細めた男がスプーンを咥《くわ》えた。器用な舌が品よく、しかし官能的にべろりと動く。

「…確かに、美味いな」

こくのあるムースを舐め取った男が、驚いたように瞬いた。

「…ですよね。こんなになめらかになるまで裏漉《うらご》しするなんて、大変だと思うんですが」

コルレオニスが眼を瞠る通り、用意された昼食は驚くほど美味しい。口当たりのよいムースはしっかりと冷えていて、口のなかでふわりと溶けた。ふっくらと蒸し上げられたオマール海老には厚みがあり、肉の赤さまでが目に楽しい。感激的な、美味しさだ。この驚きを声に出し、誰かと共有できるのは単純な喜びだった。自分が作ったわけでもないのに、コルレオニスがこれほど目を瞬かせてくれるのも嬉しい。お蔭でついもう一口、男の口へとムースを与えてしまう。

ぱくりとそれを受けたコルレオニスも、運ばれてきた魚をすべるような手つきで切り分けた。佐原の唇へと差し出す動きは、妙に慣れている。まさか本当に、ミセリアとこうやって食事をしていたんだろうか。疑念に呻きがもれそうだが、それを押し殺して闊達《かったつ》に動く口へとスプーンを運ぶ。

「お昼からこんな美味しいものを、こんなにきれいな場所でいただけるなんて、これ以上贅沢なことはないですよ。三食取るのが無理でも、たまにはちゃんと食事をして下さい」

きっと、心と体に効《き》くはずだ。生真面目に訴えた佐原を見上げ、にっこりとコルレオニスが唇を綻《ほころ》ばせる。

「楽しみにしている」

それってまさか、毎回この膝に乗って介助しろって意味ですか。いや、これはあなたが手を怪我しているからであって、と声にしようとした佐原の視界に、なにかが映る。コルレオニスに促され、烏の一人が居間から新聞を運んできたのだ。

「あ…！　それは…」

ティグリスが持ち込んでくれた新聞は、一紙だけではない。コルレオニスが登場するいくつかの新聞を、ティグリスは切り抜き用も含め複数部買い求めてくれた。そのうちの一部が、居間のテーブルに残されていたらしい。

「これをティグリスに持って来させたのか？　君は本当に、『機械仕掛けの神』が好きなんだな」

感心したように息を吐かれ、思わず大きく頷いてしまいそうになる。そりゃあ大好きですよ。『機械仕掛けの神』は勿論、そこに描かれたあなたが。色情狂という文字が再び視界を掠め、佐原は慌てて手を伸ばした。

「返して下さい。こんなの、あなたが読むようなものじゃないですよ」

「そうか？　君も映っているな。よく撮れてる」

一面に掲載された写真の端には、コルレオニスが言う通り佐原もまた映り込んでいる。さすが空気と言われ続けただけあって、全く目立っていないのがいい感じだ。尤もコルレオニスやヴェルギリウスと同じ写真に収まって、彼ら以上に人目を惹ける者などいないだろう。

「これは私がもらっても？　飾っておきたい」

「なに莫迦なこと言ってるんですか」

僕にとっては蒐集《しゅうしゅう》対象だが、あなたが笑いながら眺めていい記事じゃない。無礼な見出しは、コルレオニスの眼にも入っているはずだ。だがそんなものにすら、男は関心がないらしい。理不尽な腹立たしさが募って、佐原は薄い唇を引き結んだ。

「悔しくないんですか」

全くの、八つ当たりだ。自覚はあったが、挑発的な気持ちが湧いたのも事実だった。

「…こんな記事を書かれて、あなたは悔しくないんですか」

僕は、悔しい。身勝手だが、どうしたって腹立たしさが湧いてくる。新聞から顔を上げた男が、驚いたように瞬いた。

「悔しい、か」

そんな言葉に、初めて思い当たったと言いたげな眼だ。

「正直なところ、悔しくはないな。今となっては周囲が私をどんな目で見るか、どう評価を下すか、そんなものに興味はない」

さっぱりとした響きは、どこまでも平静だ。虚勢も含まないそれは、コルレオニスらしいと言えばこれ以上なく彼らしい。他人からの評価など、獅子王にとっては無価値だろう。だが本来であれば、それは他人の物差しを必要としないというだけで、莫迦にされてもいいという意味ではないはずだ。

「評価に興味がないのと、侮辱されて腹が立つのは別問題じゃないですか」

佐原の剣幕に、男が肩を揺らす。笑ったのだ。そんな態度にすら、腹が立った。

「君は正しい」

佐原の腰に手を回し、男が頷く。

「かつての私なら、直情的に腹を立てて社屋の一つでも潰していたかもしれない」

なにも、そこまでしろとは言っていない。ただ、他人事のように眺めてなどほしくないだけだ。

「大人になった、とでもおっしゃりたいんですか」

身勝手な苛立ちであることは、分かっている。幼稚と言われれば、それまでだ。確かに自分とコルレオニスの年齢は比べるべくもないが、莫迦なことで熱くなっていると思われるのは益々腹立たしかった。

「時間を重ねすぎたのは、事実だろうな。だがそうだとしても、関心がないのは事実だ」

佐原の挑発に乗ることなく、男が親指で顎を辿る。その声は、やはり研究対象を観察するかのように冷静だ。

「何故です。あなたは獅子王なのに」

「見ての通り、私はすでに隠遁の身だ」

既成事実として語るコルレオニスに、眉間に落ちる皺が深くなる。

「どこでなにをしていようと、あなたが獅子王であることに変わりはありません。それにもし隠者だろうと、それこそ死者であったとしても尊厳は守られて然《しか》るべきです」

「私は死者ではない」

静かに断じた男の双眸は、黒く凪《な》いでいる。それは星のない暗い海のようにも、息を止めた夜のようにも見えた。

「今の私を生者だとも呼べないかもしれないが、生者であった頃は君が言うように、私も私の名誉とやらを蔑《ないがし》ろにしないよう努めてきたつもりだ」

正確に言えば、と前置きした男が、佐原の背中へと掌をすべらせる。性的な接触とは違う、形を確かめるような動きだ。

「正確に言えば、私のために犠牲を払った者たちに恥じないよう、彼らが守ったものを私も守る努力をしてきた。当然のことだ。私には彼らに応えるべき義務がある。私に信望を寄せる、フルグルを始めとした連中を支える責務もな」

当然だと、それが責務だと、あなたはこんなにも迷いなく口にするのか。淀みのない響きには、どんな気負いも混ざらない。言葉の通り、男にとってそれは至極当然のことなのだ。信念に裏打ちされた声は、むしろ軽やかに耳に届いた。

「…その務めは、もう十分果たしたと？」

「十分と言えるかは、怪しいところだ。先の争いでは、フルグルの若い連中の幾人かを失った。ティグリスもそれなりに大きな傷を負ったしな。あいつの傷に関していえば、いまだに癒えきったとも言いがたい。フルグルの長となったアウルム。あいつが目の当たりにした光景も、想像がつく。それを思えば胸を張れるほどのものではないが、至らない点も含めて、全力をつくした結果であるのは事実だ」

そんな言葉を、獅子王の口から聞く日が来るとは思ってもみなかった。

言い訳とは、違う。コルレオニスが常に死力をつくして運命に対峙してきたことは、『機械仕掛けの神』の読者であれば皆が知っていることだ。男が挙げた戦いは、現在においてはコルレオニスが登場する最新の物語として描かれたものだろう。前王の元から盗み出された聖骸布《せいがいふ》の欠片を巡り、コルレオニスは再び大きな渦《うず》に身を投じた。結果、獅子王は戦友の妹を守るため炎に巻かれる。神の雷《いかずち》と呼ばれた、白い炎だ。

『機械仕掛けの神』においては、どれほど重要な登場人物であろうとその時がくれば死んでゆく。

あのコルレオニスも、遂に斃《たお》れるのか。読者を心底ふるえ上がらせるほど恐ろしい展開だったが、しかし男は生き残った。一時は戦線を離脱しなければいけないほどの深手を負ったが、再びコルレオニスは立ち上がったのだ。

「獅子王は…」

自分の唇からこぼれようとした言葉に、ぎょっとする。

我に返って口元を覆うと、大きな掌が背中をさすった。

「どうした」

「いえ…」

「言いなさい」

首を横に振った佐原の前髪を、背中を離れた指が掻き上げる。あたたかな、手だ。死者のそれとは、当然違う。だが生者とも呼べないと、コルレオニスは自らを突き放した。そう、突き放したのだ。

「あなたは…」

絞り出した声が、他人のもののように掠れる。

「…あなたは、恥じていらっしゃるんですか。生き残った、ことを」

殴りつけられても、文句は言えない。それどころか今すぐ突き飛ばされ、拳で頭を砕かれたとしても仕方がなかった。

僕が口にしたのは、そういうことだ。覚悟を決めて声にすると、瞬くことをしない双眸が自分を見た。

死者は、生前の行いによって評価される。

栄光のなかで死んだ者は、最も輝かしい瞬間で時を止めるのだ。だが生者の時間は、生きている限り止まりはしない。栄光の時間をすぎ、泥濘《ぬかる》む道に足を浸すこともあるだろう。それを落ちぶれたとか、晩節を汚したと嘲う者もいる。

低俗なゴシップ紙の、あの見出しがそうだ。

これまでの争いから生き残った自分自身に、もしやコルレオニスは失望しているのか。あの炎がもたらした栄光のなかで終わりたかったと、そんなことを思う日があるのか。

可能性を想像しただけで、奥歯が鳴りそうになる。きつく歯を食いしばった佐原の顳顬に、影が落ちた。コルレオニスの、右手だ。生々しい傷を残す手は、しかし拳を固めて佐原を撲ちはしなかった。

厳つい指先が、そっと頬骨を撫でる。涙を拭うような仕種に、息が詰まった。

「そんな顔をする必要はない」

どんな、顔だ。慌てて顔を覆おうとするが、胸が喘いで上手くいかない。

「私は君が想像する以上に、厚顔な男なんでな。生き恥を晒していると呆れられたところで、恥じ入る気持ちは微塵もない。私を生きながらえさせてくれた、お節介で面倒見のいい友たちを誇りに思ってもいるしな」

男の声にもう少し宥める響きが混ざったのなら、僕も強がるなり謝るなりできただろう。だがコルレオニスの声には、どんな気負いも混ざらない。他意なく笑う男の言葉に、嘘はないはずだ。

分かっていても、ほっとすることはできなかった。むしろ鼻腔に、冷たい痛みが込み上げる。

でも、と思う。

確かにコルレオニスは、先の戦いを生き抜いた己を恥じてはいないかもしれない。戦いのなかで、死を望んだこともきっとないのだろう。

だが。

だが死にたくないと、そう思ってもいなかったのではないか。

死を厭わないのと、生に執着しないのは違う。

言うまでもなく、コルレオニスはどんな場面であれ我が身を惜しむような男ではない。そうではなく、生に対する執着そのものがコルレオニスにはあったのか。

かつて作中で、コルレオニスが胸に誓った言葉を思い出す。

共に、生き残ればいい。

どんな使命を課されようと、どんな託宣が下ろうと、そんなこと知ったことか。この腕で、この体で、運命など切り開けばいい。

あれは、コルレオニスを獅子王たらしめる言葉だ。

ミセリアは、残酷な運命のなかでコルレオニスを生かす覚悟を決めた。コルレオニスは、二人で生き残る覚悟を決めた。

困難な道であるのは、どちらも同じだ。身を賭《と》して、一人を救うか。傷を負って、二人を救うか。

同じ選択を迫られたなら、凡夫《ぼんぷ》たる自分はどちらも選ぶことなんてできないだろう。だが、コルレオニスは後者を選んだ。

より高い位置で輝く星へと手を伸ばす、獅子王らしい選択だ。その心の強さに、憧れた。

そんなコルレオニスが、今は同じ結論には至らないと言うのか。自らの生になど、執着はしないと。我武者羅《がむしゃら》に生き、守るべきもののために死地に赴き、傷を負いながらも生還を果たす。それが、獅子王だったはずだ。天国の門以降も幾度もの戦火に身を投じたコルレオニスが、何故自らの生に執着しなくなっていったのか。

応えは、きっと一つだ。

ミセリアの喪失。

これまで描かれた物語のなかで、コルレオニスはミセリア以外にも多くの友を失った。誰もがコルレオニスにとっては強い絆《きずな》で結ばれた、失いがたい戦友だっただろう。だがミセリアの存在は、桜庭が文字として描いた以上にコルレオニスにとって特別なものだったのだ。

「だから、君がそんな顔をする必要はない」

僕は、どんな顔をしてるって言うのか。

もう一度、やさしい声で告げたコルレオニスが、頬へと触れてくる。そっと撫で上げる指は硬く、そしてあたたかい。

「周りが私をどう評価するかはともかく、私はこれまでの私自身の生き方にそこそこ満足している」

注がれる声は、穏やかな笑みを帯びている。慰める声も指も、ただやさしい。やわらかに慰撫され、睫がふるえた。

「君がこんなにも、私の名誉を尊んでくれるなら尚更な」

軽口を装ってはいるが、それは紛れもない謝意だ。鼻腔の痛みが強くなって、佐原は奥歯を嚙み締めた。

「僕は……！」

「分かってる」

分かっている、と、胸の奥、肋骨までを切り開いて示す声が瞼を撫でる。

「君は不本意かもしれないが、私は本当に満足しているんだ」

一片の虚勢を滲ませることなく、男が声にした。

「今こうして、君と暮らせていることもな」

言葉の通り、男が嬉しそうに双眸を細める。なんと、訴えようとしたのか。違うと、言いたかったのかもしれない。開こうとした佐原の唇へ、あたたかな唇が落ちた。

触れるだけの、静かなキスだ。だがそれは、決して子供に与えられるようなものではない。

「獅子王…」

ぺろりと、器用な舌先が瞼を舐める。その熱と意外なやわらかさに、肩がふるえた。

「私はこの地獄で、一番幸福な悪魔だ」

拭いきれなかった涙の欠片が、眦を湿らせる。豪華な食事を味わうよりも丁寧に、コルレオニスがそれを舌で掬った。満足そうに笑った唇が、今度は深く佐原の唇へと沈み込む。

「あ…」

「折角君が、テーブルマナーを教えてくれるはずだったのに、行儀よくは食べられそうにないな」

吹きかけられる息の熱さに、抱き寄せられた背中がふるえる。頑丈な歯にやわらかく唇を噛まれ、佐原は声にならない声を上げた。


「獅子、咆哮。聖別の徴を砕く。…なんだ、これは」

「今朝《けさ》の新聞です」

充足を隠しきれない声が、厳かに応える。

掲げた紙面を、午後の日差しが照らした。大きな窓から入る明かりを受け、燦然《さんぜん》と輝いて見える文字を改めて視線で辿る。

獅子王、大天使を一蹴《いっしゅう》。

聖別の徴、意味をなさず。

「大天使ヴェルギリウスは、自らの特権的立場を振りかざし獅子王コルレオニスの花嫁に聖別の徴を残そうとした。狡悪の王が身を挺して徴を引き受けた後、現れた獅子王がこれを一握りにして砕き消した。ヴェルギリウスは愚かな挑発を続けたものの、獅子王は取り合うことなく自らの婚礼に大天使の出席を求めた。獅子王の寛大な計らいには傲慢な天使も歓喜し出席を快諾…。文章のできはともかく、なかなかいい記事だと思いませんか」

大きく、息がもれる。これこそ、本来なら一昨日《おととい》の新聞を賑《にぎ》わせているべき記事だ。二日の遅れは大きな痛手だが、それでも形にできたことは一つの成果だろう。

「……ティグリスが君をアンセルムに紹介した結果がこれか？」

鼻先に広げられた紙面を、コルレオニスが見下ろした。その腕が支えているのは、新聞ではない。男の巨軀は寝台に乗り上げ、そこに転がされた佐原へと覆い被さっている。背中から寝台に落ちる佐原の腕こそが、互いの間に新聞を突き出していた。

「まあ、概ねおっしゃる通りです」

概ねどころか、否定できることは何一つない。

新聞社の社主であるアンセルムに佐原を紹介したのは、ティグリスだ。佐原からの依頼であったことは、言うまでもない。ゴシップ紙の発行に止まらず、いくつかの事業に携わるアンセルムはこの世界の名士の一人だ。そんな男への紹介を、社交界に顔が利くティグリスは快く引き受けてくれた。

「ティグリスが口を利いたとはいえ、あの男がよくこんな記事を載せたな。人の足元見るのが趣味みたいな狸親父《たぬきおやじ》に、無理難題を吹っかけられたんじゃないのか」

眉根を寄せたコルレオニスの右手が、佐原の脇腹をついと撫でる。ぞわりとした痺れが爪先に走って、佐原は慌てて男の手を摑んだ。

新聞を届けてくれたのは、新聞社の使いの者だ。早速私室で紙面を確認していた佐原の首筋に、コルレオニスが唇を落とした。そのまま寝台に引き摺られたが、佐原は新聞を手放しはしなかったのだ。

「とんでもない。原稿案を見せてお願いしたら、是非掲載したいとおっしゃって下さいました」

「…君は悪魔を脅したのか」

何故こうも、話が早いのか。

アンセルムから是非掲載したいとの返答を得たという佐原の主張に、嘘はない。だがコルレオニスの推測にも、誤りはなかった。身動いだ佐原の腨に、重く固い男の腰がこすれる。

「桜庭先生が現在執筆中の新作に関して、僕はどんな些細な情報ももらしてはいませんし、それを活用しないと自らに誓っています」

「それなら、あのアンセルムが首を振らずにはいられないなにかを、書記の先生の担当編集者である君は握っていたということか」

益々、話が早い。

日々更新されていく桜庭の文章は、相変わらず目覚ましいものがある。コルレオニスが寝台で頑張れば頑張るほど桜庭の筆が冴えるという関連性も、相変わらず健在だ。その点に関しては思うところがあるが、そうした事情も含め執筆内容を誰にも吐露せず今日に至っているのは事実だった。

「僕はティグリスさんにお願いして、新聞用の原稿をアンセルムさんにお渡しいただいただけです。

…一緒に添えたご自身の浮気に関するメモも、多少の効果はあったでしょうが」

紙面から顔を上げたコルレオニスが、まさかといった様子で眉を吊り上げる。

「浮気って、あのアンセルムがか？　悪魔の心臓まで凍らせる、嫉妬深い魔女と番《つが》っていながら？」

コルレオニスが驚くのも、無理はない。アンセルムは、社交界では大の恐妻家として知られている。かつて些細な噂から、アンセルムが妻に殺されそうになったのは作中でもよくいじられる逸話だ。醜聞になど興味がないコルレオニスの耳にすら届くほどの、大惨事だったらしい。余程驚いているのか、ぱちぱちと瞬く男の双眸はいつになく無防備に映る。おい、僕の推し可愛すぎじゃないのか。場違いな感慨を抱えながら、佐原は神妙に頷いた。

「残念ながら…」

「そんなネタで君は悪魔を脅したわけか」

アンセルムの妻を知る立場からすると、身から出た錆《さび》とはいえ同情を禁じ得ないのか。悪魔に悪魔めと唸られたも同然で、佐原は薄い唇を引き結んだ。

「脅すだなんて人聞きの悪い。それにお言葉ですが、アンセルムさんは救世主との戦いの際、罠《わな》だと分かっていても一人で加勢に向かったあなたのことを今頃吠え面かいてるだろうってディスりまくってたじゃないですか。むしろいきなり夫人に密告しなかっただけ、僕は慈悲深かったと自負しています」

心の底から、そう思う。僕の推しを侮《あなど》った男が、自業自得の末いくら吠え面をかいたところで心など痛まない。そうとは言え、つい熱弁がすぎた己を恥じ佐原はちいさく咳払いをした。

「…と言うのは冗談だとしても、社主であるアンセルムさんも、この新聞の編集長であるヘスさんも、非常に快く僕の記事を載せることに賛同下さったのは事実です。他にもいくつか新聞や雑誌の編集長さんをご紹介いただくことができ、そちらにも記事の採用が決まりました」

この二日間は、なかなかに慌ただしくすぎた。それでもいざ動き出してみれば、充実感の方が大きい。この世界に墜ちてから、久しく忘れていた感覚だ。

「記事は今回一回きりではなく、不定期にはなりますが継続して書かせていただける予定です」

胸を張って伝えた佐原に、コルレオニスがまたしても眼を瞠る。

「地獄でも、編集者や記者としてやっていきたいということか？」

「いえ、ただ…」

男の疑問は、尤もだ。首を横に振ろうとして、微かに詰まった声を恥じる。伸しかかる男の重みにも身の置き場がなく、佐原は肘を立てて薄い体を押し上げた。

「ただ…、どうしても元の生活に戻るのが難しいのなら、せめてここで僕にできそうなことはなにかと思ったんです」

戻るのが難しいと、そう仮定せざるを得ないこと自体辛い。だが、いつまでも目を逸らし続けることはできなかった。

元の場所でも、僕はどこまでも地味で空気な男だった。男性という点を除けば、僕くらい名もなき花嫁という立ち位置に相応しい人間もいないだろう。

そんな自分がミセリアの生まれ変わりでないことは、誰よりも僕自身が知っている。

もし僕が本当にミセリアであったら、なにかしらこの世界で身を立てることができたかもしれない。少なくとも、ミセリアであるというだけでコルレオニスの力にはなれただろう。しかしそうでない以上、この僕にできることを探さなければいけない。

それが多少なりとも、推しの力になれるものであれば尚のこと嬉しかった。

記者としてコルレオニスを讃える記事を書き、地に堕ちた獅子王の評判を再び取り戻すこと。

考えた末、辿り着いた結論がこれだ。

編集者としての僕が、非凡だとは言えない。だがなによりも愛し、打ち込んできた仕事だ。転職先を探すとなれば、やっぱり職歴のある出版業界なのではないか。そんな思いから、無理を承知でティグリスへと仲介を依頼した。

「君にしかできないことは、たくさんあると思うが。例えば…」

真顔で唸った男が、乱れたシャツの裾を引き上げてくる。あたたかな痺れが皮膚の下を走って、佐原は足をばたつかせた。

「念のため言っておきますが、下ネタは必要ありませんよ!?」

大きな声で否定して、重い体の下から這い出す。引き戻そうとする腕を逃れ、寝台の脇から摑んだのは分厚い資料だ。訝《いぶか》る男の前に、昨晩調《あつら》えた資料をどさりと広げる。

「これまでの獅子王の生活が、ご自身の平穏を守るためのものではなく、その立場に課された責務を果たすためのものであったことは十分に分かっているつもりです」

大きく肺を膨らませ、精一杯落ち着いた声が出ることを祈った。

寝台に転がったまま、コルレオニスが佐原を見上げてくる。午前中を書類仕事に費やした男は、午後は佐原の寝台ですごすつもりだったのかもしれない。大柄な獣のように体を投げ出すコルレオニスを、佐原は真っ直ぐ見下ろした。

「…先日は、すみませんでした」

低くなってしまう声を叱咤し、唇を舌先で湿らせる。

「なにがだ？　昨日のソファでのことなら…」

「だから、下ネタは禁止です」

ぴしゃりと咎め、佐原は精一杯唇を引き結んだ。居住まいを正そうとする佐原の腿に、のふりと男が乗り上げてくる。なんだ、いきなり膝枕《ひざまくら》か。いや、どちらかというと佐原の足を抱え、腿に顔を埋める姿勢に近い。太々《ふてぶて》しくも満足そうな様子に、佐原は長い息を絞った。

「…その、昼食の時、あんな失礼なこと、申し上げてしまって…」

生き残ったことを、恥じておいでなのか、と。

自分が口にした言葉とはいえ、思い返すだけで指先が冷たくなる。決して声にしてはいけない言葉があるとすれば、まさにそれだ。

「君が気にすることなど、一つもない」

佐原の謝罪の意味を、コルレオニスはすぐに察したのだろう。何一つ苦になどしていないと、言葉の通りの響きが返す。そんなことよりも、腿へと頭を預ける感触が気に入ったのか。逞しい右腕が、満足そうに佐原の腰に絡んだ。

「僕は、獅子王に恥じるべき点があるなんて勿論思ってはいません。むしろその逆で、あなたがもし…」

それこそ、言い訳だ。

言い募ろうとすればするほど、言葉が遠くなる。ぎゅっと唇を嚙んだ佐原の腿で、男がゆるく寝返りを打った。

「知ってる」

はっきりと告げた男が、腕を伸ばす。大きな掌が、己を覗き込む佐原の顎先を撫でた。

「君を不安にさせて、すまなかった。言った通り、私はこれまでの生き方にも今の生活にも、十分満足している。生き方に関しては、及第点とも言えないものかもしれないが」

「及第点だなんて…！　獅子王以上の英雄は、他にいません」

高くなった声に、コルレオニスがちいさく眼を瞠る。素直な驚きを覗かせた男が、次の瞬間大らかに笑った。

「書記の先生は、随分私を立派に描いてくれたものだな」

「あなたが、立派な方だからです」

自分でも愚かしいほど、声に熱が籠もる。だってそれは、胸を張って断言できることだ。

僕が知るのは、紙に描かれた獅子王の活躍にすぎない。自分が体験したものでもなければ、目の当たりにしたものでもなかった。だが桜庭が描いた物語が誇張に満ち、十に一つしか真実など含まれていなかったとしても、コルレオニスが噛み締めた辛苦が色褪《いろあ》せることはない。男がどれほどの困難と向き合い、決断を下し、その両腕でなにを守ろうとしてきたのか。ほんの欠片にすぎなかったとしても、読者である僕はそれを知っているのだ。

「あなたが尊敬に値する方だからこそ、あなたがここに落ち着いた後もティグリスさんを始め多くの方があなたを頼りにされているんです」

そんなこと、今更言葉にされなくともコルレオニスはよく知っているだろう。自分の言葉の陳腐さを恥じながらも、佐原は長い睫を伏せた。

「でも、だからって、それに応える責務があるとは思いません。これまでのことを思えば、あなたはもう十分に周囲に応え、身をつくしてこられた」

友を、ミセリアを失って尚。

言うまでもなく、ミセリアの喪失だけがコルレオニスを疲弊させたわけではないだろう。そもそも男の人生に、穏やかな時間というものがどれほど存在したのか。コルレオニスが踏み締めてきたのは、いつだって切り立った岩場や棘《とげ》を持つ荊《いばら》が生い茂る険しい道だ。その道程で、男は幾多のものを失った。無論、得たものも多いだろう。比肩《ひけん》する者のない最強の英雄として、獅子王を讃える声は途切れることがない。だが浴びせられる富と名声の全てを合わせても、コルレオニスという男に穿《うが》たれた穴を埋めるに足るとは思えなかった。

「アンセルムさんからいただいたあなたに関する過去の記事を拝見して、実感したことがあるんです。皆さん、獅子王を無敵の英雄だと思っているんですよね」

引き寄せた資料の一つを、ぱらりと捲る。古びた記事のどれもが、コルレオニスを圧倒的な存在として書き立てていた。

「僕自身、そう思ってきました。獅子王は疲れることを知らない、完全無欠の王だって」

「買《か》い被《かぶ》りすぎだな」

興味もなさそうに、男が眼を閉じる。このまま、眠ってしまうのではないか。穏やかとも呼べる横顔に、佐原は素直に首肯《しゅこう》した。

「確かに、そうした点があったことは否定できません」

どこが、とは論《あげつら》わなくとも十分だろう。引き結ばれた男の唇の形に、ちいさな笑みがこぼれた。

「まさか本物の獅子王、なんてものにお会いする機会があるなんて、全く考えてもみなかったわけですが…。でもあなたは実在して、そして今、休息を必要としている」

自分は、花嫁である以前になんら力のない人間だ。たとえ僕が高位の貴族であったとしても、これほど生意気な言葉が許されるとは思えない。だが、声にせずにはいられなかった。

「いくらあなたが完全無欠な獅子王だとしても、休息は必要です。必要なだけ、休むべきだと思います」

でも、と言葉を継いで、男の額に指を伸ばす。乱れて落ちる艶やかな黒髪を、佐原はそっと指で払った。無論、咎められればすぐに手を引っ込めただろう。だが獅子王は、肩を揺すりもしなかった。

「でもきっと、あなたは休み続けることはできない」

もし同じ言葉をミセリアが口にしたとするなら、それは残酷な託宣として響いたかもしれない。そもそも彼なら、その能力を以てコルレオニスが背負う重荷の半分を引き受けただろう。だけどそんなこと、僕にはできない。だからこうして声にできるのは、一読者としての勝手な妄想だけだ。

「言っただろう。君は私を買い被りすぎだ」

「そうでしょうか」

眼を開けもしないコルレオニスに、佐原が分厚い資料を引き寄せる。

「あなたは、あなたが言う隠遁生活に入った後も、名前こそ出ていませんが必要に応じて世界と関わりを持ってきた」

捲った頁に躍るのは、フルグルが関係したと思しき記事だ。コルレオニスの名前こそ出ていないが、事態の収拾に男が携わっただろう痕跡が見て取れた。所々現れるティグリスの名前が、それを裏づけている。議会の紛糾を告げる記事でも、獅子王の存在を読み取ることができた。

「今後、来客は全て断るか」

「そうしたところで、結局世界はあなたを必要とするでしょう。そしてあなたは、彼らを見捨てられない」

確信は、揺らぐことがない。居心地よさそうに腿に顔を埋《うず》める男の髪を、佐原はもう一房指で払った。

「あなたには、休息が必要です。でも同時に、永久にあなたを休ませ続けたいかといえば、頷けません」

読者というのは、どこまでも貪欲だ。

コルレオニスが僕と同じくらい平凡な男だったら、もっとずっと長い休息に身を浸す選択肢だって支持できただろう。無理に立ち上がることだけが、人生ではない。だけど、彼は獅子王だ。どんな困難にぶち当たろうと、それこそ体の半分をもぎ取られようと立ち上がって相手の喉笛に食らいつく男だった。死者とも生者とも呼べない中途半端な安寧《あんねい》に身を埋め、ぐずぐずと朽ち果てていいわけがない。いや、朽ち果てることなど適わないのだ。

「編集者としての意見か？」

「一読者としての願望ですね」

「元いた場所に戻れと？」

身動ぎもせず、コルレオニスが瞬く。そこには批難の色も、呆れもない。

「いずれは、ですが。それに、それが元の職務や場所である必要はないと思います。あなたがそうする必要があると思えた時、然るべき場所に行き着くはずです。それが今日か、明日か…、もしかしたら一年後かは分からないですが、僭越《せんえつ》ながらそれまでの間、少しでもお力になれればと思って」

本当に、僭越だ。

我ながら、正気に返ったら壁に頭を打ちつけるどころではすまないんじゃないか。だがこれが、精一杯知恵を絞った結果であることは事実だった。

「獅子王もご存じの通り、天使や堕天使、太古の生き物たちとの均衡も大きな問題ですが、それ以上に多発する衝突は、悪魔同士によるものです」

資料を、捲るまでもない。この世界の火種は、常に天使と悪魔の間だけにあるものではなかった。むしろ全面的な争いを避けるために、両者は互いに骨身を削っていると言っていい。それを意に介さない者は、どこにでもいるのだ。

「現状においては、むしろ天使との関係はそれなりに良好と言えるでしょう。だからこそ、不満を燻らせている悪魔も多い。こうした手合いを牽制《けんせい》する意味も含め、獅子王には世間に対する露出を増やすことをご提案します」

「君との生活を、赤裸々に語るのか。それは悪くはないな」

真顔で思案した男を、右の掌がぱちんとはたく。

「すみません、つい」

僕は決して、暴力的な男ではないつもりだ。それでも衝動を抑えきれなかった自分を、佐原は素直に詫びた。痛そうな顔一つしなかった男が、ちいさく咳払いをした佐原を見上げてくる。

「あなたの影響力は、あなたが想像する以上に大きい。だからこそ、あなたを隠者と侮れば悪い気を起こす輩も増えるでしょう。逆に獅子王が健在であることを示せば、あなた自身に降り注ぐ無駄な火種を減らすこともできるはずです」

勿論、と前置きし、佐原は先程読み上げた新聞を改めて手に取った。

「今の生活を、急に変えていただく必要はありません。ただ今より少し公の場に顔を出して、それを記事に取り上げていくだけでいいんです」

継続的に、公務に就くことまでは求めない。この森の奥の城に籠もりきりにならず、時々外に出ればそれでいいのだ。効果的な露出を狙い、それを的確な記事にできれば今より格段に獅子王の存在を示すことができるだろう。

「快適な隠遁生活を確保しつつ、社会復帰のリハビリをしろと？」

平たく言えば、その通りだ。

嘆息混じりに見上げてくる男の双眸は、実に苦々しい。面倒だと、素直な不満を浮かべる口元に不謹慎だが笑みがこぼれた。

「そんな顔しないで下さい。悪い話ばかりじゃないと思うんですが」

獅子王といえど、神ではない。

僕を含め、世界はそれを忘れがちだ。それだけ、コルレオニスが圧倒的な存在だということだろう。そうだとしても、神ならざる身に休息は不可欠だ。必要なだけ、休めばいい。しかし、いずれは再び立ち上がる日は来るだろう。

だって彼は、コルレオニスなのだ。最強の悪魔にして、世界を焼きつくす炎すら呑み込む孤高の怪物。なにもかも放り出し、やわらかに腐り落ちていいと言われたところで、男にそれができるのか。彼がコルレオニスである以上、絶対に無理だろう。

揺るぎない信頼は、信仰と同じだ。崇拝されるコルレオニス自身は、堪ったものではないかもしれない。だが来るべき物語の再開に向け備えるのが、今の僕にできる唯一のことだ。

貢献と呼べるほどのものでないことは、分かっている。同時にそれは、コルレオニスのためだけの助力ではなかった。

獅子王の健在を世に知らしめることは、もしかしたら桜庭の助けにもなるのではないか。

根拠のない妄想だとの自覚は、十分にある。だが今日に至るまで、いくつかの可能性が佐原を悩ませてきた。

桜庭は、この世界での出来事を受けとめ物語に昇華している。それがどんな頻度で、またどんな時系列で流れ込むものなのかは分からない。出版された物語の進行状況を考えれば、完全な時系列通りの受信でも、リアルタイムで受けとめているものでもないのだろう。

それを踏まえた上でも、最近までの桜庭の不調にはコルレオニスの隠棲が関係していたのではないか。突拍子もない考えであることは、分かっている。だがティグリスから与えられた端末で覗き見る限り、佐原がこの世界に来て以来桜庭の執筆状況は目覚ましかった。コルレオニスが寝台で精力的であればあるほど、桜庭の筆も冴えるというあの連動性だ。

莫迦莫迦しい。そう切って捨てられれば幸いだった。しかしそうするには、日を追うごとに両者の関係性は精度を上げているように見える。昨日に至っては、ソファでの僕とコルレオニスの行為内容にちょい抵触しそうな場面まであった。具体的には夢魔が人間に見せた夢の一場面が、僕らのソファでのあれそれを彷彿とさせるものだったのだ。

両者の間に、具体的にどんな関連性があるのかは分からない。だがコルレオニスという男の影響力は、絶大だ。もしかしたら人並み外れて高い感度を持つ受信機である桜庭が、同じく強大な力を持つコルレオニスの影響によって受信内容を狂わされているのかもしれない。隠遁生活という不測の事態により、これまでは正常に発散されてきた力の均衡が狂ったのか。

立証できるものはなにもないが、歓迎できる事態でないのは確かだ。コルレオニスが再び引き籠もるようなことがあれば、桜庭の執筆が滞るかもしれない。桜庭の件を別としても、それはコルレオニスの人生にとって利益にならない。精力的に活躍する場が寝台に限定されてしまっても、同じだ。執筆される内容に影響が出れば、桜庭の作品作りに響く。コルレオニスの名誉にとってもそうだ。

色情狂などと、二度と罵らせるものか。輝ける獅子王として、あるべき場所に男を帰還させる一助となれれば、それは自ずと桜庭への支援にも繋がるはずだ。

全ては僕の一人相撲《ひとりずもう》かもしれないが、なにもしないまま泣き暮らすよりはきっといい。むしろこの状況こそ美味しいと、そう言える強さを持てたら最高だろう。最下層の花嫁とはいえ、僕は大好きな物語の直中《ただなか》にいるのだ。

「君が辣腕編集者だというのはよく分かったが、リハビリと言うにはいささかハードすぎるんじゃないのか」

積み上げられた資料を横目に眺め、コルレオニスが唸る。眉間に刻まれた皺は深いが、観念してもいるのだろう。漆黒の双眸を見下ろし、佐原はにっこりと笑みを作った。

「残念ですが、こんなものはまだ序の口ですよ？」

仕事大好き編集者を、舐めてもらっては困る。加えて、読者としての僕もなかなかのものなのだ。

「まだ他の社主を脅…、口説《くど》くつもりか」

「それはまた追々。でもまずはティグリスさんに飛びきり腕のいいパティシエと、コーディネーターを紹介してもらう予定です」

僕の笑顔にも、パティシエなんて単語にも心当たりはなかったのだろう。素直に首を傾げた男へと、佐原は厳かに告げた。

「婚礼の儀は、獅子王の威光を世に知らしめるのに最適なイベントです」

婚姻を結ぼうとしている相手が、召喚された花嫁であるという点は正直いただけない。だが、今こだわるべきはそこではないだろう。

獅子王の、婚礼。

世間から遠ざかっていたコルレオニスの、久方ぶりの登場の場としてそれは決して悪くなかった。むしろ、こう考えるべきだ。望みようのない、大舞台だと。

「ご面倒でしょうが、少しだけ協力して下さい。獅子王に相応しい、最高に豪華で最高に盛り上がる結婚式を完成させてみせますから」

力強く約束して、出番を待っていた資料を冊子の上にどさりと重ねる。

どれよりも分厚く、ぴかぴかとうつくしいそれに男が眼を見開く。眼、まん丸になっちゃってますよ、あなた。一矢《いっし》報いてやれた充足感に、口元の笑みが深くなった。

そうだ、その調子だ。

忘れかけていた闘志が、込み上げる。腕捲りをしたい気分で、佐原は純白の冊子を開いた。


ぴ、とちいさな音が鳴る。

メールの着信を知らせる、電子音だ。白い指先で、なめらかな端末の画面を辿る。未舗装の道を行く馬車が、がたんと音を立てて揺れた。

「テーブルデコレーションの現物サンプルを、明日持ち込んで見せて下さるそうです。布地は確認ずみでしたが、実際の見栄えも見ておきたかったので助かりました。立ち会いは僕一人で大丈夫ですから、写真を用意しておきますね。後ほど興味があれば眼を通しておいて下さい。それと氷の彫刻の件ですが、こちらも無事希望の彫刻家の先生にお願いすることができました」

真新しい携帯端末の画面を確かめ、読み上げる。

ティグリスから贈られた、あの端末ではない。二回りほどちいさなそれは、隣に座る男から贈られたものだ。すべすべと手触りのよい端末は、携帯性に優れているだけでなく形までもが洗練されている。

全てが、順調だ。

覚悟を決めたその日以来、婚礼の儀の準備は慌ただしく動き始めた。いざ挑んでみると、用意すべきものの多さに驚かされる。正直時間はいくらあっても足りないが、幸い資金は潤沢だ。ティグリスが紹介してくれたコーディネーターは有能で、館の使用人たちも大いに協力してくれていた。幸か不幸か、佐原自身期日に追われながら段取りを決め、同時進行でいくつもの仕事を進めてゆくのには慣れている。こちらの世界に来て以来自堕落な日々が続いていたが、仕事を前にすればすぐに体が動いた。僕ってやつは。なんであれ、忙しくしていれば余計なことを考えなくてすむ。そうでなくても打ち込むものが推しの結婚式だなんて、控え目に言っても最高ではないか。

大きく息を吐いて、佐原は手にした手帳を見返した。

コルレオニスが、どこでどんな式を挙げるのか。

作中でそんな場面が登場するとしたら、桜庭の筆はどう活写するんだろう。そもそもここで挙げた式を、桜庭はそのまま受信するのだろうか。

疑問は、多々ある。だが佐原が妄想した通り、獅子王が外界へ存在感を主張すればするほど桜庭の筆は進んでいた。復調を一時的なものとせず、このまま本格的な執筆に移行してもらえたら最高だろう。

「あのエイレーネが、よく自分の芸術家を貸し出す気になったものだな。それも私のために」

響きのよい声が、耳の真上に落ちる。はっとして目を上げると、夜を思わせる黒い双眸が間近にあった。

「た、大変快く承諾下さった上、祝辞まで頂戴《ちょうだい》できるそうです」

驚きを隠し、できる限り平静な声を出そうと努める。距離を取ろうと居住まいを正した体を、逞しい腕が引き寄せた。待ってくれ。そんなに密着したら、折角の礼服が皺になってしまうじゃないか。

並んで座るコルレオニスは、今夜は闇を流し込んだような黒い燕尾服《えんびふく》に身を包んでいた。ティグリスが手配してくれた仕立屋によって、丁寧に縫い上げられた一着だ。歌劇場のこけら落としの夜に相応しいそれは、筋肉質なコルレオニスの巨軀に恐ろしくよく似合っていた。

「それは君が、あの若い煉獄担当官を来賓《らいひん》として招いたからだろう？　彼がエイレーネの縁者だとは知らなかったが」

平坦に告げた男の口が、脈絡なく耳のつけ根を齧ってくる。おとなしく馬車に乗り込んでくれて内心喜んでいたが、どうやら僕の話に飽きてきたらしい。咎めようにも、れろ、と首筋を舐められ肩が竦んだ。気をよくしたらしい男の指が、反対側の耳のつけ根をすりすりとくすぐってくる。

「ちょ…。エ、エイレーネ様の件は、ごく身近な方々しかご存じないですから…。僕も、桜庭先生からお聞きして驚きました。ご事情があって、公にはされていないようです」

懸命に身をもがかせ、事務的な会話に終始しようとする。

歌劇場へと向かう、馬車のなかだ。革張りの座席を持つ車内は、ゆったりとして広い。だがコルレオニスが腰を下ろせば、どんな空間も途端に息苦しく狭いものに感じられた。一分の隙もなく礼服を着こなし、悠然と振る舞われれば尚更だ。堂々とした男と肩を並べるだけでも圧倒されるのに、その腕は先程から佐原の髪をいじり、皮膚の薄い場所を探すように動いていた。

「経緯はどうであれ、あの気難しい大天使に私宛ての祝辞を贈らせたんだ。君の手腕には全く驚かされる」

佐原の意図をどこまで汲んでか、コルレオニスの声は落ち着いている。形のよい唇が、ふ、と唾液《だえき》でぬれた首筋へと息を吹きかけた。

「っ、僕は、なにも…。当日はご面倒でしょうが、来賓の方々と少しお話しいただく時間を設けたいと思います。…って、それより、いい加減手を…」

手を、退《ど》けてくれ。

声を尖らせた佐原の内腿を、器用な指がぞろりと撫でる。

「っあ」

「君は本当に、敏感だな」

式の段取りに相槌《あいづち》を打っていた声と、低く笑う声の響きに大差ない。まるで、興味深い論考に耳を傾けているかのようだ。そんな唇で性的な単語を口にされ、差異の大きさにかっと羞恥が込み上げる。

悪いのは、僕じゃない。こんな所で、こんなことをしかけてくるコルレオニスが全面的に駄目なのだ。分かっているのに、足のつけ根を指で掻かれ声がもれた。

「んぅ、あ…」

ごつごつした指が、次にどう動くのか。手を阻もうと暴れるくせに、同時にそれを想像している自分が怖くなる。

こんなものが僕の体だとは、とても思えない。動揺と興奮が同じだけ込み上げて、息が乱れてしまいそうになる。当然だが、馬車のすぐ外には御者がいた。周囲は暗闇に閉ざされた森とはいえ、全く生き物の気配がないとは言えないのだ。

「ぁ、や、冗談は…」

「有能な上に、こんなにいやらしい君を娶れるとは私は本当に幸福な男だな」

「な…」

身勝手な嘆息をもらした男が、佐原の着衣を引き下げてくる。

コルレオニスと同様に、今夜佐原が身に着けるのも黒い燕尾服だ。コルレオニスの同伴者として出かける以上、滅多な格好はできない。ミセリアの生まれ変わりだと新聞にも書き立てられてしまっているから、尚更だ。

コルレオニスとミセリアの名誉のため、吊るしじゃない礼服なんてものに初めて袖を通した。分不相応すぎてふるえたが、さすがティグリスが太鼓判を押す仕立屋だけある。瘦せて貫禄《かんろく》とは無縁の僕でさえ、着心地のよいそれを纏うと様になって見えた。

馬子にも衣装というやつだ。いくらか髪型を整えたのも、よかったのかもしれない。ティグリスが手配してくれたウエディングエステの成果か、なんだかすっきりした目元が鏡のなかから見返していた。人間の世界で仕事に打ち込んでいた時より、地獄に堕ちた今の方が肌艶がいいってどういうことか。尤も、以前より睡眠時間を長く確保できているか否かについては判断に窮する。今まさに僕の下着をずり下ろした男の存在が、日々強制的に心拍数を押し上げ、真夜中までこの体を眠らせてくれないからだ。

「ティグリスの奴も驚いていた。休戦状態にあるとはいえ、気難しい大天使から私への祝辞を毟り取るとはな。それに、出席者たちの席次表の仕上がりにも舌を巻いていた」

「っあ、毟り取る、って…」

革靴までもぎ取ったコルレオニスが、佐原の足から下着を引き抜く。右足を座席へと引き上げられると、剝き出しの腿が明らかになった。辛うじてシャツの裾が股座に落ちてはいるが、そんなもの視線を遮る役には立たない。膝を閉じようともがく佐原の尻の割れ目を、硬い指がするりと撫でた。

「ひ、ぁっ」

「犬猿の仲の悪魔たちが掃いて捨てるほどいるなか、そうした連中への配慮だけでなく各人の好みを実によく取り入れて練られていたと感心していた」

獅子王の婚礼なのだから、当然だ。

佐原が再考した招待客の名簿は、長大に上った。互いの利害が複雑に絡み合う、地獄の名士たちが一堂に会するのだ。どんな失敗も許されない。

席次一つ取っても神経を磨り減らさなければならないが、桜庭の担当編集者であるという経験はここでも活《い》かされた。空気な僕らしい、実にささやかな技能だ。あまりにささやかすぎて、天使と悪魔との協定にも抵触しないと思いたい。無論それは、虫のいい願いだろう。大声で吹聴できることでないのは分かっているし、そうするつもりも全くない。ただ、コルレオニスの婚礼を成功させたい。その一心で、佐原は持てる知識を総動員し、客たちの関係や好みを分析した上で最善と思える席次表を完成させた。

「皆、君には驚いている」

「違…」

全力をつくしているのは事実だが、全ては佐原一人ではなし得なかったことだ。首を横に振った佐原の胸元を、厳つい掌がぞろりと撫でた。

「っんあ」

「謙虚だな」

笑った男の指が、シャツの上から左の乳首をつまんでくる。きゅうっと少し痛むくらいの力で引っ張られ、驚きと性感に背筋が軋んだ。

痛い。そう思うのに、じんとした痺れが下腹に生まれる。性器の先端を熱くする、分かりやすい性感とは少し違う。もっと重くて粘ついた、甘い疼きだ。

そんな感覚を拾う器官など、持ち得ていない。何度もそう思うのに、肉体は貪欲に気持ちのよさを呑み込んだ。靴下を残す左の爪先が、快感を長引かせたがるみたいにぎゅっと丸まる。

「君は、もっと強欲になっていいと常々思っているのだが」

「ぼ、僕の要求を、聞いて下さる気があるなら…」

今すぐ、その手を退けてくれ。要望を声にしようとした佐原の乳首を、固い人差し指が上下に転がした。

「あっ、んん」

「辛いだろう。こんなに乳首をこりこりにさせていては」

これほど意地悪な手つきで引っ張られたら、誰だってきっとこうなる。それなのに、低い声で揶揄されると自分が堪らなくいやらしい存在に思えて爪先が悶えた。

「ぁ…」

「もうペニスもぬらしているんじゃないか？　自分で裾を捲って、見せてみなさい」

当然のように促され、息が詰まる。咄嗟にシャツの裾を引き下げようとした佐原の尻の間で、男がくるりと指を回した。

「んんっ、や…」

「ちゃんとできたら、ご褒美にフェラチオをしてあげよう」

淡々と注がれる卑猥な単語に、脳味噌が煮える。

なんてこと言うんだ、この唇で。

威厳に満ちた男の唇には、知的好奇心を満足させるための書物の一節や、部下を奮い立たせる号令こそが相応しい。それなのに、いやだからこそ、吹きかけられる声はこれ以上なく甘く猥雑に響いた。

「あ…」

駄目だと分かっているのに、男っぽい唇から目を逸らせない。動揺する佐原が面白いのか、ぬれた舌先がぺろりとコルレオニス自身の上唇を舐めた。あの少し肉厚の舌先が、どれほど器用に動くのか。想像などしたくないのに、与えられた経験が羞恥と共に下腹を痺れさせた。

「や、ぁ…」

「どうした。好きだろう？　私に舐められるのが」

首を傾げた男が、先程よりも大きく口を開く。そんな仕種、誰がしたって間が抜けて見えるものだ。そのはずなのに、あ、と開かれた唇には雄臭い官能しかない。あの口が、僕に。わずかでも思い描いてしまえば、抗《あらが》えない。シャツを捲るどころか、手も触れられず射精してしまうのではないか。じん、と広がる痺れが信じられず、佐原は爪先までを緊張させた。

「んん、ぅう」

「それとも、尻だけでイきたいのか？」

ぴたんと、太い指が無防備な会陰を叩いてくる。

座面に乗り上げた男の体軀に阻まれ、膝を閉じることができない。だがもし自由に動けたとして、足を閉じて拒むことができるのか。すりすりと尻の割れ目に添って指を動かされると、腰がくねった。まるでもっといじってほしくて、自分から尻を擦りつけてるみたいだ。自覚はあるのに、恥ずかしい動きを止めることができない。

「っあァ、う…」

「君は、なかから虐められるのも大好きだからな」

仕方なさそうに笑う唇は、堪らなく意地悪だ。怖いのに、どっと舌の裏に涎があふれてくる。燕尾服の隠しから銀の小箱を取り出した男が、歪な真珠をつまんだ。嫌だ、と首を横に振る間もなく、長い指が尻の穴へとそれを押し込む。

「ひ、ァ、や…」

「すぐ溶ける。我慢しなさい」

ふるえた体を宥め、太い指が穴の上で丸く動いた。強弱をつけて会陰を揉まれると、ぞくりとした痺れが腹に浸みる。薄い皮膚のその奥が、どろりとゆるむ心地がするのだ。それが怖くて膝を揺らすと、厳つい指がにゅぶりともぐった。

「っあぁ！　そん、な…」

予期していなかった圧迫感に、声が高くなる。入り込んだ指は、一本ではない。揃えられた二本の指が、浅い位置に留まることなくぬぶ、と深く進んだ。

「待、ァ、駄目、ゆっく、り…っ」

怯えた懇願にも、コルレオニスの指は止まってくれない。むっちりとした括約筋の弾力を楽しむように、揃えた指を左右に捻られる。半円を描く動きで手首を回されると、圧迫感の強さに声が出た。

「せっかちなのは、君の方だと思うが」

顎先に吹きかけられる男の声は、明らかに楽しんでいる。違う、と叫ぼうにも、ぐにぐにと指を押し込まれると堪らない。ゆるく曲げられた指が、なにかを探す動きで腹側をくすぐった。

「ひぁっ、あ…っ」

自分のものじゃないみたいに、ひっきりなしに声が出る。

泣き声にも、悲鳴にも聞こえる声に満足したのか。自身が作る影のなかで、にた、と男っぽい唇が笑った。

苦しむ僕が、そんなに面白いのか。この悪魔め。

罵ろうにも、まともな声なんか出ない。コルレオニスの指は、きっともう僕以上にこの体を知りつくしている。探り当てた場所を丁寧に転がされ、爪先までがびりびりと痺れた。

「っあ、んあ、あー…、うぁ…」

前立腺を圧迫されると、じゅわりとした気持ちのよさが全身に飛び散る。性器そのものを、内側から刺激されてるみたいだ。溶け始めた真珠が、指の動きを助けているのも辛い。なめらかな動きで円を描くように揉まれ、射精してしまいそうに性器がひくついた。

「ぅあ、…はっ、あ」

「裾を捲って、私にどうしてほしいか言いなさい」

左右から前立腺を挟んだ男が、指の動きを止めないまま命じてくる。

与えられる感覚を受けとめるのに精一杯で、顔を上げることもできない。だらしなく開いた唇に眼を細め、男が汗ばんだ佐原の指をシャツへと導いた。

こんなこと、したくない。だが黄金を隠す漆黒の眼で覗き込まれると、どうしようもなかった。

「あ…」

ふるえる指が、シャツの裾に食い込む。左右の手で薄い布地を握ると、それだけで股間の全てに光が届いた。

「っ、や…」

逸らせない視線の先で、ぷるんとぬれた自身の性器が揺れる。シャツの裾を汚したそれは、つやつやとした桃色を晒して反り返っていた。

「私に、どうしてほしいんだ？」

誘惑の声は甘く、そして容赦がない。手を放してほしいと、そう言えれば幸いだろう。だが熱っぽい視線を性器へと注がれ、唇からこぼれたのはふるえる声だった。

「…ぁ、舐、め…」

「ん？」

首を傾げた男が、ごり、と掻き出す動きで前立腺を圧してくる。

「っあァ！　あっ、舐…、僕、あ…、フェ…、フェラチオ、して、下さ…」

自分自身の声に、舌先がじんと痺れた。口腔はからからに乾いているはずなのに、唇の端から涎が垂れてしまいそうだ。足をばたつかせた佐原の鼻先で、男が低く笑った。

「っあ…」

この体のはしたなさに、呆れたのか。突き放される不安と、強欲さを詰《なじ》られる羞恥にかあっと全身が焼ける。同時に奥歯を鳴らした佐原の鼻先で、コルレオニスが笑みを深くした。

「俺の舌が、そんなに気に入ったのか」

に、と歪んだ口元の凶悪さに、声がもれる。

本当に、あなたは悪魔だ。何度目かの罵声が込み上げるが、それよりも圧倒的な安堵に背骨がとろけた。飴と鞭なんて言葉、認めたくはない。だけど、きっとこれがそうだ。満足そうに漆黒の眼を細められると、どろりと手足の関節がゆるむ。

崩れ落ちることしかできない佐原に、男があ、と唇を開いた。伸びた舌が、佐原の唇を犬のように舐める。

「んぅ、あ」

直接舌を吸われたわけでもないのに、口腔全体がむず痒く痺れた。指を呑んだ穴がきゅっと締まって、痛いくらいに心臓が胸を打つ。期待に、男の舌が離れても口を閉じていられない。

僕はどれだけ、だらしない顔をしてるんだろう。潤んだ佐原の瞳を上目に眺め、男が深く屈む。ふ、と熱い息が裏筋を撫で、爪先が強張《こわば》った。

「あっんぁ、あァ…」

がぽりと、音を立てて亀頭に口を被せられる。

熱い口腔はたっぷりの唾液でぬれていて、気持ちがいい。ぬるぬるした口腔で締めつけられると、悲鳴混じりの息がもれた。絶望と緊張の後に与えられる快感は、その甘さを何倍にも増している。

毒と、同じだ。舌の上で溶かされる角砂糖みたいに、自分が崩れてゆくのが分かる。器用な舌先で左右に裏筋をくすぐられれば、尚更だ。

気持ちのよさに、腰が浮いてしまう。もっと深くもぐって、凹凸のある口蓋《こうがい》で虐めてほしい。不器用に腰を揺らす動きを褒めるよう、舌と指とで包皮を引き下げられる。剝き出しになった亀頭でれろりと舌を回され、目の前に火花が散った。

「あっ、強…」

悶えた踵が、座面を蹴る。コルレオニスの巨軀にも当たったが、男は微動だにしない。それどころか尻に埋めた指を、深く押し込まれた。

「ひっァ、っあー…」

挿入した陰茎を出し入れするのと、同じ動きだ。ごりごりと前立腺を捏ねた指が、そこを通り越して奥まで届く。性器を外側と内側から、挟み打ちにされるに等しい。そうかと思えば尖らせた舌で裏筋を引っ搔かれ、声がもれた。

「あっ、あ!」

どの刺激に身構えていいか、分からない。ずぞ、と聞くに堪えない音を立てて性器を吸われ、なに

かが弾けた。射精してしまったのだと気づいたのは、一瞬後だ。

ぱんぱんに詰め込まれた気持ちのよさが、弾ける。吐き出しているのだ、あの口に。

見下ろす視界からも事実を突きつけられ、脳が煮える。ごく、と大きく喉を鳴らした男が、ひくつく性器をもう一度吸い上げた。

「んん、ぅ、あ…」

気持ちよくて、恥ずかしくて、目の前が暗くなる。

式の準備とコルレオニスの底なしの体力のお蔭で、睡眠時間は十分とは言いがたいのだ。限界を超えた羞恥に焼き切れ、体力の足りない瞼が重くなる。荒い呼吸に揺れる佐原の尻から、ぐぽ、と音を立てて指が抜け出た。

「あ…、ぅ」

執拗に前立腺を虐めた男が、顔を上げる。食事を終えた動物さながらに、赤い舌がべろりと自らの唇を舐め拭った。

「っ、ぁ駄…」

ハンカチを、取り出さなければ。そう思っても、満足に腕も動かせない。ぐったりと投げ出された佐原の腿に、コルレオニスがぬれた唇を押し当てた。

「君のこのいやらしさは別格として、ティグリスがなにより感心していたのは、君がこうして私を外に連れ出していることだ」

ちいさな音を立てて肌を吸われ、つきんとした痛みが走る。新しい痣を残されたのは足のつけ根なのに、シャツにこすれる乳首が甘く痺れた。

「私自身、リハビリと言うにはなかなかにスパルタだと思ってはいるが」

「ぁ…、それ、は…」

喘いだ佐原の鼻先へと、男が大きく身を乗り出す。

「次は、私が褒美をもらう番だと思わないか」

ぬっと首を伸ばされ、瞬いた。

重い睫に涙が絡んで、上手く開けない。それでも真っ直ぐにこちらを見下ろしてくる、怖いくらい整った顔貌が目に映った。

「君にキスしてもらえないと、観劇などという大仕事、到底無理そうだ」

なにを言ってるんですか、あなたは。

呆れると同時に、重い右手が動いていた。

繰り返すが、僕は決して暴力的な男ではない。だけどあまりにも自然に、右手が男の顳顬を撲っていた。だって、本当になにを言ってるのか分からない。

「っ、あ…、す、すみません、つい、手が、勝手に…」

はっと我に返り、声を上げる。

無論、撲ったと言っても力などまるで入っていない。それでも馬車の揺れも手伝い、男の巨軀がよろめいた。当たり所が、悪かったのか。驚き、佐原は重い腕をコルレオニスへと伸ばした。

「だ、大丈夫、ですか…」

逞しい肩が、ふるえている。慌てて覗き込もうとした佐原を、強い力が摑んだ。あ、と思う間もなく、引き寄せられる。

鼻先で、黄金の色彩が煌めいた。月のない夜を焦がす、松明《たいまつ》みたいだ。あるいは、日蝕を終えて蘇る太陽か。

思いがけない明るさで瞬いた双眸に、声を失う。同時に、耳に飛び込んだのは笑い声だ。そう、笑い声だった。

「な…」

なにが、おかしいんです。殴った非は、僕にある。それを責められるなら理解できるが、こんな場面で声を上げて笑う理由がどこにある。

そもそもあなた、こんなふうに笑う男じゃないでしょう。それを言い出せば、果たすべき業務の褒美にキスを強請ったり、昼も夜もなく盛り続けるなんて獅子王の所行とは思えない。

歯嚙みすべきなのか、呆れるべきなのか。いずれが正しいかは分からないが、快活に光る双眸から目を逸らすことはできなかった。白い歯をこぼす、唇も同じだ。

今自分が、どんな格好をしているのか。それすら忘れて瞬いた佐原を、大きな掌が撫でる。そのまま呆気なく頭を抱かれ、唇を口で塞がれた。

「獅…」

たった今まで自分の性器をあやしていた舌が、べろんと薄い唇を舐める。

「この獅子王を、拳で殴るとはな。許されないことだぞ」

「っあ、あなた、が、莫迦なことをしなければ、僕だって…」

「莫迦なことじゃない」

一蹴した男が、窓際に追い詰められていた痩軀を胸に抱く。

「あの城に退く前から、私は広報になど興味を持てなかった。それを君は居心地のよい塒《ねぐら》から引き摺り出した上、拳で私を従えようというんだ。相応の償いと褒美を与えてくれなければ、到底許しがたいし、頑張れない」

だからなにを言ってるんだ、この人は。

頑張れないもなにも、全てはコルレオニス自身のためではないか。大体、もう十分好き勝手をしたでしょう。

「あなたって、人は…」

「勿論、キス以外だって構わないが？　君は私を頑張らせたいわけだろう？」

裸のままの腿を撫で上げられ、ひぁ、と掠れた声がもれてしまう。

その物言いも、ものすごく親父っぽいですよ。嚙みつこうにも、手にも足にも満足な力が入らない。どうせなら、もっと強い力で殴ってやればよかった。こんな場所で、これ以上の不埒《ふらち》に及ぶ気が失せるくらい、強く。

だが、相手は獅子王だ。僕の拳なんて蚊よりも貧弱で、そうしたいと思えば男はいつだってこの体を自由にできる。今更ながらに冷たい痛みが込み上げそうで、佐原は薄い唇を嚙み締めた。

「い、いい加減に…」

ぬれた尻の穴を指で小突かれ、男の顔を押し返そうともがく。うつくしい指輪が輝く佐原の薬指を、短い嘆息が舐めた。

「致し方ない」

逞しい腕が、佐原の肩を摑む。引き摺られ、仰向けに転がされ、好きにされてしまうのか。身構えた佐原の顳顬に、なめらかな絹地が当たった。

「…え？」

どすんとぶつかった先は、固い胸板だ。ごつごつとした胸板の頑丈さにも、男を見上げる自分の視線の角度にも驚いた。

「キス以外で、手を打つことにしよう」

恩着せがましく告げた男が、佐原の旋毛へと鼻面を埋めてくる。どうなってるんだ、これ。

あれか。まさかの胸どんっていうやつか。用法が正しいか自信がないが、多分きっとそうだ。

心臓が口から飛び出しそうで、ぎょっとして後退ろうとする。だが大きな掌に引き戻され、胸板へと抱き込まれた。

「到着までまだ少し時間がある。寝ていなさい」

「な…。ちょ、なに、を…！」

確かに、瞼の重みに押し潰されそうになっていたのは事実だ。だけどこんなふうに、男の胸を借りたかったわけじゃない。驚愕する佐原の足に、男が器用に着衣をくぐらせた。

なにやってるんですか、あなた。佐原の胸から抜いた布で股座を拭い、衣類を引き上げる。

このままここで、コルレオニス自身が満足するまで僕を暴くんじゃないのか。あまりに予想外の展開に、言葉がない。閉じるどころか見開くことしかできない佐原の視界が、翳る。巨軀と呼ぶに相応しい体軀を屈ませた男が、息を詰める佐原を真上から見下ろした。

「寝ていろと言っているんだ。俺の言うことが聞けないのか？」

男っぽい唇の奥で、発達した犬歯がちらりと動く。

怖いとは、思わなかった。だが心臓を射貫く双眸の色は、やはり間近から見返すには苛烈すぎる。粗雑さを隠さない、物言いもそうだ。行儀のよさを取り払った響きの重さに、喉が引きつった。

「そうだ。いい子だな」

気がつけば、大きな手に導かれるまま顳顬が肩口に落ちる。

つい今し方まで、自分を好きにしていた手だ。あたたかな掌を瞼に重ねられると、もうそれを開けていられなくなる。抗おうにも、自分は疲れきっていたらしい。ぐら、と揺れた頭を、逞しい胸板が受けとめた。

「どんな君も魅力的だが、素直なのは特にいい」

満足そうな声に、腹が立たなかったと言えば嘘になる。だが太い指で顳顬を撫でられるのは、それ以上に気持ちがよかった。そっと髪の生え際に指を差し込まれ、益々瞼が重くなる。

「観劇にかこつけて、物見高い連中の前に立たねばならんのは非常に面倒だ。正直なところ、君が何故もっと積極的にキスしてくれないのか、不思議に思ってる」

首を捻るところは、そこじゃないでしょう。

だがコルレオニスの気質を思えば、よく堪えてくれているのも事実だ。すみません、と、素直な謝罪がこぼれそうになる。ちいさく呻いた佐原に、だが、と男が言葉を継いだ。

「だが、君と二人で観劇に出かけること自体は、悪くない」

言葉の意外さに、睫が揺れる。投げ出された佐原の手首へと、厳つい指がするりと触れた。からん、と澄んだ音が耳に届く。ティグリスから与えられた、あの銀のブレスレットだ。

「今夜の歌劇を選んだのは、何故だ？　他にも同じような条件の招待はあったんだろう？」

返答など、求めてはいないのかもしれない。ぼそぼそと耳元をくすぐる低音は、それだけで心地がいい。

「それ、は…」

「君の戦略に、最も適していたからだろうが、私の好みも考慮してくれた。違うか？」

コルレオニスが、言う通りだ。

今夜に限らず、似たような誘いはいくつもあった。パーティや式典など、獅子王の出席を熱望する場は多い。数多《あまた》舞い込む招待状のなかから、佐原は今夜の歌劇場を選んだ。獅子王が足を運び、その存在を知らしめるのに適した場であるのは勿論、コルレオニスにとって一番苦痛が少ないと考えたからだ。

今夜の演目が、男を楽しませるものであれば嬉しい。それが無理でも、上演が始まってしまえば客たちとの下らない会話につき合わされる心配はなかった。

「ありがとう」

実直な謝意が、耳殻をくすぐる。

「だが次は、君の興味がある場所に行ってみたい」

「…僕、の…？」

思いがけない言葉に、瞼が揺れた。あたたかな泥のような眠りに浸され、こぼれる声が丸く溶ける。

「そうだ。君の。どんな場所に行ってみたくて、なにが好きか」

僕の、好きなもの。

思い描こうにも、眠りに沈む意識はまともな仕事をしてくれない。だけど好きなものは、たくさんある。そう、例えば、と思い巡らせた佐原の耳元で男が笑った。

「『機械仕掛けの神』、か？」

意図せず、ふわりと口元が解けてしまう。

確かに、好きだ。僕は、よっぽど締まりのない顔をしていたのだろう。見下ろす男が、低く呻いた。

「…妬けるな」

なんで、そんな声を出すんです。『機械仕掛けの神』を挙げたのは、あなただ。そうでなくても、僕にとっての『機械仕掛けの神』は即ち獅子王の物語じゃないですか。天国を、そして地獄をも震撼《しんかん》させる英雄。現実のあなたは、確かに作中とはちょっと違った。だからといって、物語に熱狂する僕を呆れこそすれそんなふうに唸る理由なんてないはずだ。

考えるとおかしくて、肩が揺れてしまう。

「笑いごとじゃあないぞ」

真顔で咎められ、益々笑いが込み上げた。だって、そうじゃないか。僕はあなたが言う通り、本が好きなだけの地味な男だ。そんな僕に、物語の中心で輝くあなたがなんて声を出すのか。考えれば、どうしたって笑いがもれた。

疲労と睡魔は、時として感情の螺旋をゆるませる。声を上げて笑い出しかねない僕に、コルレオニスが低く唸った。その形のままの唇が、瞼へと落ちてくる。

舌打ちの音が、混ざったかもしれない。気にせず笑い続けると、同じ唇が眉間に、左の瞼に、そして鼻筋へと押し当てられた。

あたたかくて、やわらかくて、やっぱりくすぐったい。笑う僕を、繰り返し唇が襲う。気持ちがよくて、本当にこのまま眠ってしまいそうだ。大きな寝息を吐き出そうとした佐原の瞼が、ふと揺れる。切りもなく唇を落とすくせに、それは決して一所にだけは落ちてこないのだ。

唇には。

口角の横に落ちたキスに、瞼が持ち上がった。ぼんやりと瞬いた視界を、黄金色の炎が焼く。焦点を結ぶこともできない近さで、漆黒の双眸が瞬いた。

「獅…」

噛みつくように、唇が重なってくる。こすれ合った互いの鼻梁の冷たさにすら、ぞくりとした。

「ん、ぁ」

深く噛み合わされた唇は、頬で感じたものよりも熱い。浮いてしまった唇の割れ目を、舌と息とが舐めた。

「あ…」

は、と吹きかけられる息の生々しさに、掻き毟りたくなるほど口腔が痺れる。舌のつけ根どころか喉の奥までが疼いて、佐原は自分から唇を開いていた。

「ぅん、あ…」

入り込んでくる舌の、その厚みに身悶える。口蓋を掻いた舌は、弾力があって力強い。たっぷりの唾液でぬれた肉のざらつきを舌で感じ、呻きがもれた。

「ん、ぁ獅…」

つい今し方まで、この舌が僕のどこをどんなふうに舐めていたのか。そしてそれを、僕はどう汚したのか。思い返すと、おかしくなりそうだ。なにより今、自分はそれに自ら舌を絡めている。覚えのある匂いが鼻に抜け、倒錯した刺激にくらくらした。

んあ、と声を上げた時、大きな振動が痩軀に伝わる。

「…っあ」

馬車が、速度を落としたのだ。

驚く佐原の背中を撫で、男が舌打ちをもらした。

「言動不一致も甚だしいな」

くそ、と耳慣れない罵りをこぼしたコルレオニスが、窓の外へと眼を向ける。いつの間に深い森を抜け、舗装された道を走っていたのか。歌劇場を照らす明かりが近づき、馬車へと向けられるフラッシュがそれに混ざった。

「今夜は戻るぞ。ゆっくり、休みなさい」

躊躇なく決断した男が、小窓へと身を乗り出す。御者へと指示を投げようとしたコルレオニスを、佐原は我に返って押しとどめた。

「だ、大丈夫です。僕なら、平気ですから…」

「だが」

「お願いです。皆さん、待っていらっしゃいます」

歌劇場前の広場には、すでに大勢の野次馬が集まっている。建物の正面には深紅の絨毯が敷かれ、花弁と拍手が来賓を迎えていた。

コルレオニスのために、佐原が段取りを整えた場だ。そのことは、男も十分承知しているのだろう。唇を歪めた男が、渋々といった様子で扉へと眼をやった。

「僕も、少し休んだら、すぐに合流しますから」

控えていた御者に、視線で示す。恭しく扉が開かれると、歓声とフラッシュとが流れ込んだ。

「…すぐに、ティグリスを寄越す」

「ありがとうございます」

乗り気とは言いがたいコルレオニスの、それでも一応の承諾に胸を撫で下ろす。

このこけら落としに、ティグリスも招待されていることは佐原も知っていた。迷惑をかけてしまうことを詫びながら、馬車を降りる男の背中を見送る。

途端に、真昼の明るさが弾ける。

一際大きな歓声と共に、一斉にフラッシュが光る。劇場の支配人が満面の笑顔で駆け寄り、一足先に到着していた著名人までもが歓声を上げた。扇情的なドレスに身を包んだ美女たちが、コルレオニスのエスコートを求めて男を取り囲む。

「あなた、本当に大人気だな」

広くなった車内に、思わず感嘆がこぼれた。

堂々と絨毯を踏む獅子王は、夜空に放たれた太陽みたいだ。

部下との面会を億劫がり、日がな一日花嫁と寝台に籠もりたがるのと同じ男とは思えない。だがこれこそが、コルレオニスが本来放つべき輝きなのだろう。

真っ直ぐに伸ばされた背筋には、近寄りがたいほどの威圧感がある。凄味のある容貌も同じだ。対峙すれば、その眼を直視できる者は少ないだろう。だが、目を逸らすことも難しかった。

礼服に身を包み、一分の隙もなく立つ男を誰もが息を吞んで見上げるしかできない。

「あーんってしないと、ご飯も食べないとかごねてたくせに…」

癖の残る寝起きの髪のまま、当然とばかりに佐原へと口を開く姿を想像できる者がいるだろうか。

入浴後、着替えを煩わしがって全裸で床をぬらす姿だってそうだ。

きっと明日の新聞には、獅子王を賞賛する記事が並ぶだろう。佐原が手を回すまでもなく、記者であれ野次馬であれ誰しもが獅子王の美々しさを書き立てずにはいられまい。確信と誇らしさに、鼓動が胸を打つ。

絶え間なく焚かれるフラッシュが、逞しい男の体軀とその容貌を浮かび上がらせた。愛想笑いの一つもない厳つさまでが、魅力的に映る。

輝ける、獅子王。

熱狂と共に迎えられる男へと、佐原は硝子越しに指を伸ばした。

僕は、なんて幸福な読者なのか。こんな桟敷席《さじきせき》から、推しの晴れ姿を堪能できるんだ。衷心から、そう思う。

窓硝子を辿った左手で、からんと軽やかな音が鳴った。

磨き上げられた銀色のブレスレットが、フラッシュの残光を弾く。燕尾服に相応しい装身具とは言いがたいが、ミセリアが好むだろう手袋と合わせるとそれなりに様になった。だけどそれは、僕とミセリアの距離が近くなったことを意味しない。

コルレオニスとの距離だって、同じだ。

僕たちは、決して同じ世界の住人ではない。人間と悪魔、人間の世界とこちらの世界といった枠組みの問題だけではなかった。英雄の輝きは、僕にとっては常に高揚を胸に仰ぎ見るものだ。いつの日か手を差し伸べられ、同じ場所へと引き上げてほしいなどと夢見たこともない。

僕は、僕という人間をよく知っている。

人並み外れて愚かではないと信じたいが、高潔などという言葉からは程遠い。誰かのために身を投げ出す、そんな勇気もなかった。特別なところなど一つもない、ただの平凡な男。

その僕が、今以上の近さからあの男の輝きを目の当たりにしたらどうなるか。眩すぎる熱量は、容易にこの目を焼くだろう。目どころか、僕という人間を一欠片も残さず焼きつくすに違いない。

正直なところ、それはあまり怖くなかった。だって所詮、灰になるのは僕の身だ。僕はきっと、よく燃えるだろう。名前を持たない花嫁の運命としては、極めてありがちな結末だ。

だけど、と思う。

だけど僕の灰を掻き分けた時、そこになにか残るものがあるだろうか。

できることなら、なにも残らないでほしい。中途半端に左手の痣や銀のブレスレットだけを残したりせず、きれいに全部灰になってしまいたかった。

そんな望みを抱くこと自体、この身にはすぎたことか。ミセリアを思わせるなにかを身に着けたところで、僕は僕でしかない。それなのにと言うべきか、だからこそと言うべきか、僕を焼きつくす太陽は、僕の燃え殻から僕とは無関係なうつくしい腕輪を見つけるのだ。

眩いフラッシュが、夜を照らす。作りものの光にすら、目が眩んだ。

目を開けていられない。でも、閉じられもしなかった。

骨まで焼かれることを夢想する以前に、僕はもうこの距離ですら十分半焼けだ。笑った佐原の左手で、銀の腕輪がうつくしい音を立てた。

「氷の彫刻の確認と搬入は、コーディネーターさんにお任せしてあります。オルキス様の宿泊先に白い蘭の手配をお願いしていた件ですが、無事お届け下さってありがとうございました。セヴ様のお部屋にもお好きなブランデーを手配していただけたそうで安心しました」

厚い絨毯が敷かれた床に、長い息が落ちる。

「本当に皆さんのお蔭です。お疲れ様でした。明日もお世話になりますが、どうか今夜はできる限りゆっくりお休みになって下さい」

深々と頭を下げた佐原に応え、嘴を持つ使用人が腰を折った。優雅ではあるが、心なしかその足元に疲れが見える。致し方ない。いかに有能な男とはいえ、ここ数日は目が回るほど忙しかったのだ。互いにもう一度労《ねぎら》いの言葉を交わし、佐原は居室の扉を閉じた。

「…宿泊中のゲストにも問題はなし。警備に関する報告も万全。料理の準備も生花やデコレーションの搬入も予定通り。今夜確認が取れなかったり、作業中だったりするものは明日一番に連絡が入る予定だからそれを書き出して…」

声に出して、呟く。

一人きりになった部屋に落ちるのは、自分の声と微かな風の音だけだ。窓の外には、少し欠けた月とそれに照らされる夜がある。

この夜が明ければ、明日は獅子王の婚礼だ。

もう一度大きく息を吐いて、工程表を指で辿る。書き込まれた文字も、それぞれの責任者から上げられた報告にも不足はなかった。

「完璧、だ」

どれほど入念に準備を重ねても、取りこぼしがありそうで怖くなる。それでも現時点において、これほど完璧な備えはないと思われた。

全ては時間が限られるなか、無理を聞いてくれた者たちのお蔭だ。使用人たちだけでなく、ティグリスが手配してくれたコーディネーターもまた恐ろしく有能だった。

改めて息をもらし、届けられていた新聞を引き寄せる。

結果的に、新聞や雑誌の記事に佐原が手を回す必要はほぼなかった。コルレオニスが公の場に顔を出すたびに、世間の論調は大きく変わった。契機は、やはりあの歌劇場でのこけら落としだ。コルレオニスが表舞台から引っ込む以前と同じかそれ以上に、新聞は獅子王の偉大さを喧伝し、ゴシップ紙は雄臭い色気について書き立てた。手にした新聞にも、明日の式に関する特集記事が載っている。

高揚しているのは、新聞ばかりではない。桜庭の筆も、目覚ましい冴えを見せていた。相関関係は相変わらず不明だが、それでも獅子王が脚光を浴びれば浴びるほど桜庭の執筆も進んでいた。

全ては、佐原が望んだ通りだ。

丁寧に新聞を片づけ、目の詰まった絨毯を踏む。星屑《くず》を集めたようなシャンデリアが、足元へと明るい光を投げかけた。壁を彩る絵は勿論、暖炉に乗る飾り時計の一つまでもが美術品と呼ばれて然るべきものだ。それらが配された部屋にあってさえ、今夜は一際目を引く輝きがあった。

トルソーに飾られた、花嫁衣装だ。

長いトレーンを持つ漆黒のドレスが、シャンデリアの光を浴びている。

正直なところ、こうしたものの善《よ》し悪《あ》しについて佐原は明るくない。そんな佐原の目から見ても、そのドレスは文句なくうつくしかった。

こちらで取れる最高級の絹で織られたという生地には光沢があり、重厚感がありながらも軽い。驚くほど手触りがいいその生地に、やわらかなチュール布がたっぷりと重ねられていた。一見すると袖を持たないように見えるが、実際には手首までこのチュール布が伸びている。そこにあしらわれたレースと刺繍は、実に繊細だ。

袖に限ったことではなく、ドレスの肩口や胸元、そして長く長く伸びたトレーンに至るまで、全てが精巧なレースと刺繍とに飾られていた。贅沢な銀糸による刺繍の全てが手作業によるものだというが、これを仕上げるまでにどれほどの時間と労力が注がれたのか見当もつかない。加えて、刺繍には数えるのが難しいほどの宝石と真珠とが縫い止められていた。

まるでドレスに絡んだ蔦が、夜露《つゆ》を浴びて輝いているみたいだ。

この世界においても、花嫁衣装にどんな色を選ぶかは土地によって差があるらしい。王都を始めとして、白いドレスを身に着ける者はそれなりに多いと聞いた。黒いドレスもいるにはいるが、これほど豪華な漆黒の衣装は珍しいだろう。

艶やかな黒は、コルレオニスの髪の色だ。

黄金と並んで、獅子王を象徴する色でもある。そしてそこに施された銀の刺繍は、ミセリアを思い起こさせた。獅子王の婚礼を飾るのに、これほど相応しい衣装はないだろう。

「問題は、これを着るのが僕だってことだよなあ」

今更ながら、苦りきった唸りがもれた。

完璧な婚儀の、唯一不完全な点。それを挙げるのは、容易なことだ。

準備の最中は、忙しさにかまけて問題を注視するのを避けてこられた。言うまでもなく、問題というのは佐原自身が花嫁であるという点だ。いまだに、悪い冗談ではないかと思っている自分がいる。だってこの僕が、空気と呼ばれて久しいこの僕が、素晴らしいドレスを着て獅子王と婚姻の誓いを立てるのだ。頑張り屋のコーディネーターは、ティグリスに伴われて僕に会うなり怒濤の強化日程を組み上げた。僕をエステに放り込むだけでなく、運動内容や食事の献立に至るまで細かな指示をくれたのだ。運動はともかく、十分な睡眠と規則正しい食事によって僕の体調は随分整えられていた。それに筋力作りが加わったことにより、ただ貧相に痩せていただけの体に張りがでた気がする。だからといって、このドレスが似合うかと言えば頷きがたい。

「裾を踏んで、転ぶ未来しか正直見えない…」

とにかく、ドレスの裾もトレーンも長いのだ。

どうせあんまり見えないのだから、運動靴を履いて挑みたいと願い出たが当然のように無視された。豪華な踵飾りがついたびっくりするようなハイヒールを用意された今、運命は決まったようなものだ。そうでなくても衣装選びのめまぐるしさに、何度ばったりと床に倒れそうになったことか。

明日の本番では、平らな場所で転ぶことだけは避けたい。ミセリアどころか馬車に轢《ひ》かれた蛙《かえる》以下だと笑われては、獅子王の面目が丸潰れだ。

「唯一の救いは、このヴェールか」

ドレスの上には、トレーンにも負けないくらい大判のヴェールがかけられている。

細やかなレース飾りが施されたヴェールは、それだけでドレスに匹敵する見事さだ。霞のような薄い布地を、蔦や雪を思わせる刺繍が縁取っている。ドレスがそうであるように、艶やかな銀糸と黒糸とで施された刺繍には、大粒の宝石が散りばめられていた。

これって、一体いくらくらいするんだろう。庶民的な考えが胸を過るが、それこそ庶民では想像もつかない値段に違いない。そもそも、金で買えるようなものなのかさえ疑わしかった。考えだすと怖くなるが、いずれにせよこの長いヴェールは佐原の顔を周囲の視線から隠してくれるだろう。期待を込め、佐原はそっとやわらかな布地を指で辿った。

「ティグリスが紹介したコーディネーターは、実にいい仕事をしたな」

唐突に降った声に、ぎくりとする。

扉が開かれた気配には、気づかなかった。はっとして振り返った先に、黒々とした影が落ちている。

「獅子王」

丈の長い外套を羽織った男が、ゆっくりと部屋を横切った。コルレオニスが合図もせず、部屋に入ることは珍しくない。城主の私室は別にあるはずだが、男は当然のようにこの部屋で夜をすごした。

「どうしたんです。今頃はパーティのはずじゃ」

明日の式には、コルレオニスと親しい間柄にある者たちも出席を予定してくれている。数は少ないがそうした友人たちと、今夜は独身最後の夜をすごしているはずではなかったか。

「ティグリスたちはまだ楽しんでいるだろう。君らしい、完璧な手配だった。だが私には君がいるんだ。ああした派手な席は必要ない」

もしかしたら、パーティに招いた女性たちに度を越えて言い寄られでもしたのか。むっつりと引き結ばれた唇に、思わず肩が揺れそうになった。

下品にならない程度に華やかな席を用意したつもりだが、残念だ。それでも顔を出してくれただけで、十分ゴシップ紙には話題を提供できただろう。詫びと礼を告げ、佐原は外套を脱ぐ男に手を貸した。

「素晴らしい仕上がりのドレスだな」

ドレスを眺める姿を、見咎められていたらしい。恥ずかしさを堪え、佐原は受け取った外套から丁寧に埃を払った。

「コーディネーターさんによれば、花嫁が出会うべくして出会う運命のドレスってやつらしいですよ」

皮肉になりすぎないよう、肩を竦める。顎に手を当てた男が、しかつめらしく頷いた。

「確かにな。だが正直、君がこれに首を縦に振るとは思っていなかった」

「似合わないのは、百も承知です。でもご安心して下さい。ヴェールを被れば、顔も体型もそれなりに隠せますから」

むしろ、隠れてくれないと困る。

仕立屋が腕を揮《ふる》ってくれたお蔭で、ドレスは佐原の体にぴったり沿うよう調整されていた。痩せた女性でもうつくしく着こなせる意匠とはいえ、男である自分があえてこれを身に着ける必要があるのか。言いたいことは諸々あったが、コーディネーターの強い薦めにより結局はドレスに落ち着いた。

「なにを言ってる。こいつは間違いなく君に似合うだろう。想像しただけで勃起《ぼっき》してしまいそうだ」

正面からドレスを眺めた男が、真顔で佐原を振り返る。

「やめて下さいよ。僕がこんなものを着てもですね…」

「特に正面から見ると清楚だが、実際は背中が大きく開いている点がいい。君は背中もとてもうつくしいからな。切り込みが腰まで入っているのも、またいい。場合によっては、それがヴェールで隠れるのも更にいい。じっくり見下ろすことができるのが私一人だというのは、喜ばしいことだ。ただ、君はこうしたドレスを着たがらないいんじゃないかと思っていたから、嬉しい誤算だと言いたかっただけだ」

あなた、こんなにも饒舌《じょうぜつ》に喋ることができるんですね。場違いな感慨が胸に込み上げそうになるが、重要なのはそこではないだろう。

ドレスを着たいかと問われたら、応えは一つだ。

燕尾服か、それが駄目ならせめてドレスパンツで手を打ってもらえないか。再三そう訴えたが、コーディネーターは耳を貸してはくれなかった。こんなに似合うのに、ドレスを着ない理由がないでしょう。あなたはこれを着て、獅子王の隣に立つべきです。爛々と輝く目でそう説き伏せられれば、唸らざるを得なかった。

確かにこれは、獅子王の婚礼だ。佐原個人の意見以上に、獅子王の隣にどんな花嫁が立つかが問題なのではないか。無論、ドレスを着た自分が相応しいとは思えない。それを言えば、なにを着ようと僕である時点で駄目だろう。思い悩んだ末、佐原はヴェールの助けを借りうつくしいドレスに袖を通す覚悟を決めたのだ。

「タキシードにしろドレスにしろ、あなたの隣に立つには不十分だと思いますが、その点は大目に見て下さい」

「我が花嫁を、悪し様《あざま》に口にするとは何事だ。たとえそれが君自身であったとしても、許しがたいことだ」

冗談を含まない口吻で咎められ、佐原はちいさく瞬いた。覗き込んでくる双眸は、夜を流し込んだように凪いでいる。それなのに、その中心では火の粉が舞い上がるように深紅とも黄金ともつかない色が揺れていた。

「君でなければ、舌を引き抜いてやるところだ」

なにを、莫迦な。そう笑おうにも、唇が動かない。大柄な男の影に頭から呑み込まれ、ぞわりと心臓までが凍りつきそうだ。

「すみま、せん…」

塞ぎ止めようもなく、謝罪がこぼれる。その響きの弱さに、見下ろしてくる男の眉根が寄った。厳つい指先が、佐原の額に落ちる髪をそっと払う。そのまま深く屈まれ、男の唇が近づいた。

口づけ、られる。あたたかな息が唇を撫でた時、佐原は視線ごと顔を伏せていた。

「すみません…、…気を、遣わせてしまって」

繰り返した謝罪に、コルレオニスが眉を引き上げる。キスを拒んだ唇を、男の視線が撫でた。

「私が、気を遣っているように見えるのか？」

「あなたは…」

衝動的に声にして、迷う。

しかしこれは、本当に衝動によるものだろうか。むしろ、ずっと考えてきたことだ。今夜だからこそ、口にすべきことなのかもしれない。

急速に迫り上がった希求に、喉が焼ける。上手く息が継げず、佐原は薄い胸を喘がせた。

「…獅子王は、気づいていらっしゃるでしょう？　僕が、ミセリアさんでないことに」

意味を問うように、男が首を傾げる。コルレオニスにとって、それはすでに議論に値しないことなのだろう。訝る男に、佐原は冷えた指を握り込んだ。

「改めて申し上げることでもありませんが、僕はやっぱり、ミセリアさんじゃない。魂だとか、生まれ変わりだとか…、そうした概念自体、僕には理解が及ばないものです。だから、僕がミセリアさんの生まれ変わりじゃないと証明しろと言われても、できないわけですが…」

僕には、僕がミセリアでないことを証明する術はない。だからといって、それは僕がミセリアである証にもならなかった。

「この痣だって、生まれた時からあったものでもありません」

持ち上げた左手で、からんと銀の腕輪が涼しげな音を立てる。うつくしい腕輪に飾られた手の甲には、古い傷痕が浮いていた。ミセリアの手にあっただろうものより、歪で斑なただの火傷の痕だ。

「…明日、私と式を挙げたくないということか？」

静かに瞬いたコルレオニスが、問う。弾かれたように、佐原は大きく首を横に振った。

「まさか！　明日のために、獅子王は勿論皆さんが頑張って下さったんです。是非、成功させたいと思っています」

それは、紛れもない本心だ。

「明日のことだけじゃありません。僕は…、どうしても、それが絶対に必要だと言うのなら、召喚された花嫁としての務めも、できる限り果たすつもりです」

淀みなく告げようとした声が、掠れる。

嫌悪ではなく、恐怖のせいだ。

どんな間違いからにせよ、自分は花嫁としてここに召喚された。その事実を、納得できているわけではない。だが召喚された以上、仮にミセリアの生まれ変わりでないと納得してもらえた場合でも、花嫁としての役割までは免除してもらえないのではないか。むしろミセリアでなければ、それ以外佐原に価値はないのだ。

「僕が、いつ、なにを産むのかは分かりません。ですが…」

掌が、無意識に下腹に重なる。まだ平らなままの腹を、掌が恐れるようにさすった。

「ですが僕が務めを果たし、その後も生きていることができるなら…、僕を元の世界に帰してもらえませんか」

それはずっと、考えてきたことだ。

地獄に召喚された花嫁たちは、悪魔の道具として懐胎を強いられる。出産を終えた彼女たちは、その後どうなるのか。物語において、その顛末が語られることはほとんどなかった。

貪られ、消費された花嫁たちは、役目を終えた後元の場所へ戻れたのか。応えは、否だろう。世界を揺るがす災厄を産み出し、用ずみとなった者たちが人間の世界に帰してもらえるとは思えない。彼女たちは、人ならざるものを宿すのだ。そんなものを出産して、無傷でいられるはずがなかった。

だがコルレオニスは、佐原をミセリアの生まれ変わりだと言う。

出産によって必ず命を落とすのであれば、ミセリアの生まれ変わりに懐胎を強いるだろうか。コルレオニスが佐原を寝台のなかでも花嫁として扱おうとするのは、懐胎や出産が必ずしも死に直結していないからではないのか。

高位の貴族を相手に、甘い期待だと言われればそれまでだ。だがもし本当に役目を果たした後も生きていられるのなら、元の生活に戻りたい。それが佐原の、唯一の願いだった。

「勿論、無償でとは言いません」

乾ききった唇を、舌先で湿らせる。

唇を引き結ぶ獅子王から、感情を読み取ることは難しい。じっと見下ろしてくる双眸の静謐《せいひつ》さに、心臓が痛いくらい胸を打った。

「元の生活に戻れたら、桜庭先生に『機械仕掛けの神』の作中で本物のミセリアさんを蘇らせてもらえるよう、お願いしたいと思います」

水底《みなぞこ》を思わせる男の双眸が、初めて揺れる。声もなく眼を見開いたコルレオニスに、心臓が一層の軋みを上げた。

「この世界の出来事を、先生が受信していらっしゃることは十分承知しています。先生は、物語を決定する立場にはない。ですが獅子王がおっしゃった通り、桜庭先生は特別な書記だ。先生独自のアイディアが、この世界に影響を及ぼしている部分もあると、僕は考えます」

『機械仕掛けの神』が出版物である以上、どうしたって編集者の手が入ることは避けられない。常に桜庭の作品は完璧なものだったが、商業的な立場から佐原が意見を述べることもあった。例えば堅物と名高い監獄の番人が、愛犬家であるというギャップを盛り込むこともそうだ。

些細な変化ではあるが、佐原が提案するまで作中の番人は犬など飼っていなかった。だが現実の番人は、愛犬家として新聞に取り上げられている。思うに、桜庭はこちらの世界に限りなく肉薄している。それ故に、一方的に物語を受信するだけに止まらず、彼の筆自体がこちらにも影響を及ぼしているのではないか。

始まりは、確かに桜庭の頭に流れ込んでくる物語にあったに違いない。しかしその夥《おびただ》しい情報に、桜庭は押し潰されなかった。むしろ紙に物語を焼きつけるうち、桜庭の筆は力を増していったのではないか。

魂が籠もるとされる箱庭や人形が、本体の代替的な役割を果たすのと同じだ。類感呪術。精巧に作られた箱庭や人形が傷ついた時、そこに写された世界や人にも危害が及ぶと考えるあれだ。桜庭の筆は、過去に存在したどの書記よりも深くこちらの世界と繋がっている。人ならぬ世界の出来事を呑み込んだ桜庭の筆に、特別な力が宿っても不思議はなかった。

「獅子王は気づいておいでででしたか？　先生が書いたことが、こちらでも現実になっていることを」

「…具体的には？」

低く唸る代わりに、コルレオニスが問う。

「どれも、些細なことです。例えば、先日の歌劇場のこけらおとしでアンセルムさんの奥様が身に着けていらした宝石。あれは僕が、先生に提案したエピソードに関係するものです」

こちらの世界の出来事を、当然佐原には受信などできない。その自分が提案した内容なのだから、桜庭の筆がこちらの世界に干渉した結果と考えるべきだろう。いずれも、作中において特別大きなエピソードとは言えない。だからこそ、桜庭の小説を読んだ門番が作品を真似て犬を飼い始めたり、アンセルムが妻に宝石を贈ったとは思えなかった。

「他にも、ヴェルギリウス様が僕に徴を残そうとした時のことですが…、同じ演出を、先生にご提案したことがあったんです。勿論、相手は僕じゃないですし、シチュエーションも違う。でも今回執筆中の原稿で、先生はその提案通りの場面を実際文章にされていた。僕がヴェルギリウス様にお会いするよりも先に」

偶然、なのかもしれない。だがカフェでヴェルギリウスに触れられた時、感じた既視感はそれだ。見えていたのか、と。なにが起こるか知っていたのかと、あの時天使は佐原に尋ねた。正確には見えてもいないし、なにが起こるかなど分かりようもなかった。だがヴェルギリウスに出会う前夜、佐原はよく似た場面を読んでいたのだ。

「勿論、全部僕の思いすごしかもしれません。そんなものは、発生し得る誤差の範疇《はんちゅう》に収まるもので、僕が提案しなくても起きていたことかもしれない。でも、もしそうじゃなかったら…？」

そもそも桜庭の著作とこちらの現実には、いくらかの差異がある。地下に通じる城の階段が崩れていたり、作中のコルレオニスと現実の獅子王の間にある違いもそうだ。いかに感度が高くとも、桜庭は自らの目で全てを見聞きしているわけではない。どれほど鮮明にこちらの事情を受信できたとしても、その輪郭がぼやけてしまうのは致し方ないことだ。

そうした誤差と桜庭による現実への介入は斑に混ざり合い、お互いを補完し合っているのかもしれない。現実の全てを正しく紙に描けないように、桜庭が書いたこと全てが現実になるわけではないだろう。そうだとしても、可能性は零ではないのではないか。

「もし先生がこの世界に介入できるとしても、それがどの程度かは未知数です。先生を巡って、天使と悪魔に協定があることも承知しています。ですがこの世界で起こることのバランスを崩すことなく、尚且つあなたと本物のミセリアさんが再会できる方法がきっとなにかあるはずです」

作家が描く物語に、編集者が個人的な感情や都合で介入することは許されない。その大前提を超え、作品を交渉材料に利用するなど禁じ手中の禁じ手だろう。

しかし桜庭が示唆した展開のなかには、物語から去った人物の復帰が含まれていた。万が一にもあれが本物のミセリアを指すものであるのなら、これは個人的な好悪や都合による介入とは呼べないのではないか。少なくとも、ミセリアの幻想に取《と》り憑《つ》かれた獅子王を、このままにはしておけない。

桜庭の筆がこちらの世界に干渉するように、絶大な存在感を放つコルレオニスもまた物語に大きな影響を及ぼす。佐原がこちらの世界に召喚されるまで桜庭は不調に苦しめられていたが、獅子王が復帰するにつれその筆は蘇り始めているのだ。

もしかしたら本当に、ミセリアは蘇る運命だったのかもしれない。しかしなんらかの誤りにより、果たされなかった。運命に起きた、バグやエラーみたいなものだ。それを解消するために、編集者である僕が直接ここに派遣されたのではないか。地獄まで出張を強いられるとは、いくら社畜とはいえ扱いが厳しすぎる。しかしそう考えれば、いくらか納得がいく気がした。

「だから、僕を元の世界に戻して下さい」

「本物の、ミセリア？」

低い声が、落ちる。

どこか不思議そうな、訝る声音だ。

「そうです。あなたと天国の門を目指した…」

大きく頷いた佐原の顎に、手が伸びる。厳つい手が、易々と小造りな顔を掴み取った。

「君が、ミセリアだ」

迷いのない眼が、瞬く。

そこにはわずかな苛立ちも、誤魔化しのための笑みもない。あるのはただ、淡々とした確信だけだ。

全てを見通す双眸は、人間が持ち得るそれではない。運命すら睥睨《へいげい》する、魔物の眼だ。

ぐら、と足元が撓む心地がする。視界が回ったのか、僕という人間が崩れ落ちようとしているのか。

両腕で引き寄せられ、佐原は白い喉をふるわせた。

「違い、ます…！」

絞り出した声に、喉が焼ける。

「僕は、ミセリアさんじゃない。…あなたが待っていた、ミセリアさんじゃないんです…！」

声にするたび、確信した。

冷たい痛みが眼底を刺して、呑み込むことができないまま声が尖る。

「僕は、確かにあなたとミセリアさんがどんなに苦労して天国の門を目指したかを知っています。でもそれは、『機械仕掛けの神』に描かれたミセリアというキャラクターの足跡を知っているにすぎません」

ミセリアがどんな境遇のなかから、天国の門への旅路についたのか。彼がそこで誰と出会い、どんな歓喜を手にしたのか。確かに、僕は知っている。知っているが、ただそれだけだ。

「僕は、佐原深幸なんです。あなたのために身を賭したこともなければ、自分を虐げた者たちに代わって敵地への遠征を志願したこともない。サラリーマンの両親の元に生まれた、自己犠牲とは無縁のただの人間なんです。デウマキが大好きで、幸運にもその出版に携われている以外、特別なことなんて一つもない」

「言ったはずだ。君を貶《おとし》める者は、許さない。それがたとえ、君自身であったとしてもだ」

顎を摑む男の手に、じわりと力が加わる。引き寄せようとするその力より、平坦な声の響きにこそ目の前が赤く濁った。

「やめて下さい！　あなたにとって特別なのは、ミセリアさんだ。もし…、もし僕が非凡だったとして、だからってそれが僕がミセリアさんである理由にはならない」

出自を理由にミセリアを軽んじる者を、コルレオニスは決して許さなかった。ミセリアが負う肩書きではなく、彼が彼であることこそを男は尊んだ。その揺るぎない公正さに、佐原もミセリアと同様に憧れた。

「僕には、あなたがおっしゃる魂の輝きなんてものは分からない。それこそ、万が一にも僕がミセリアさんであったとしたって、それは遠い過去のことで、今の僕とは全くの別人なんです」

そうだ。僕は、ミセリアじゃない。

僕が持っているのは、佐原深幸としての記憶であり、人生だ。

仕事は大好きだけど、台風が来たって自己判断の名の許《もと》、出勤を迫られる平凡な社畜。英雄であるミセリアとは、似ても似つかない。いや、もし僕が特別な英雄だったとしても、それはミセリアであるための条件を満たすものではなかった。

コルレオニスが求めるのは、共に死地をくぐり抜けてきた戦友であるミセリアだ。互いの立場を超えて絆を築き、背中を預けるに相応しいと認め合った男だった。それはたとえ同じ魂の輝きとやらを持っていようと、そっくりの痣や顔形を持っていたとしても僕じゃない。僕では、ないのだ。

「確かに君は、人の世に生まれてから今日までの間、佐原深幸として生きてきた」

静かな声が、旋毛に落ちる。浅く、だがはっきりと頷いた男に、喉の奥が氷を呑んだように冷えた。

「ミセリアとしての記憶を持たない君は、ミセリアではないと、君は言うわけだな」

その通りだ。

その通りなのに、何故だか叫び出したい気持ちが込み上げる。

泣き喚きたいのか。熱い痛みが眼底を焼いて、佐原はふるえる奥歯を嚙み締めた。

「君は明日、これを着て私と婚姻を結んでくれると言った」

切り出された言葉の意図が呑み込めず、瞬く。視線を上げた男が、トルソーにかかるドレスを振り返った。

「式を成功させるため、君は身を粉にしてくれた。それこそ、これまで会社で働いてきた以上に」

今日までの慌ただしさを思い出したように、コルレオニスが笑う。

細められた眼の色に、ぎゅっと冷たい手で摑まれたように胃が痛んだ。

「コーディネーターと相談を重ね、式の段取りを詰めてゆく手際も、新聞社に私を売り込む手腕も、実に素晴らしかった。私の思い上がりでなければ、君はどちらもとても楽しそうにも見えた」

男っぽい唇に浮かぶ笑みが、深くなる。それこそ僕の思い上がりじゃなければ、とても幸福そうな笑みだ。否定することも、視線を逃がすこともできず、佐原は唇を引き結んだ。

「私を更生させるんだと、覚悟を決めた君は実に格好よかった。交渉においては、悪魔を相手にも引けを取らない。私に対しても、なかなかに手厳しかったわけだが」

「あれは…」

「楽しかった。あんなにも楽しかったのは久し振りだ」

その言葉に嘘があるのだとしたら、悪魔とはなんと罪深い存在だろう。

だが男の感嘆は、真実であるに違いない。楽しいと、そう笑う男の口元は屈託なく解けている。

僕だって、楽しかった。

納期に追われ、常に決断と結果を求められる会社での仕事だって充実していた。だがここでの挙式準備はそれと同じくらい、いやそれ以上に楽しかった。

鼻腔を刺した痛みが、息をふるわせる。喘ぐように唇を開こうとした佐原の視線の先で、漆黒の双眸が瞬いた。

「君が、明日結婚しようとしている男は誰だ？」

「…え?」

困惑を映した佐原の頬を、あたたかな掌が撫でる。

「君は明日のために最良と思える婚礼衣装を選び、死んだも同然だったこの城を蘇らせた。そうやって、獅子王に相応しい舞台を作り上げてくれた。…書記によって描かれた、作中の私のための舞台を」

「な…」

淀みなく断じられ、佐原が弾かれたように首を横に振る。

「違います! 僕は…」

僕は、あなたのために。そう口にするはずだった声が、塞ぎ止められる。大きな掌が、顎ごと佐原の口元を摑み取った。

「っ、ぁ」

「君が結婚しようとした男は、私じゃない」

違う。

首を横に振りたいのに、動けない。身をもがかせた佐原の視線の先で、漆黒の双眸が揺れた。悲嘆を滲ませた眼が、苦く伏せられるのか。そう思い描いた佐原を裏切り、苦痛を映したコルレオニスの双眸はただ静かに瞬いただけだった。

「だが、そうだとして、なんだと言うんだ?」

冷ややかな響きに、息が詰まる。

氷塊を押し当てられたように、踝からふるえが込み上げた。

「獅……」

「君が必要としていたのが私ではなく、作品に描かれた獅子王でしかなかったとして、だから、それがなんだ」

乾いた手で、頰を張られたも同然だ。

その響きには、なんの躊躇もない。コルレオニスは、頭ごなしに佐原の言葉を否定することはしなかった。だがどんな言葉も、受け入れはしない。嘆くことも、その意志を曲げることもしないのだ。

「人間がこの世界の底で苦しむ際、なにが一番辛いか知っているか？　業火に炙《あぶ》られ引きちぎられる苦痛以上に、時間という概念を捨てられないことこそが彼らを苦しめる」

『機械仕掛けの神』には、人間の魂が責め苦を受ける様もわずかながら描かれていた。地獄の下層に位置する、魂の檻だ。人間の苦痛や魂を収集する者たちが、天国に行き着けなかった魂を苦痛と共に鋼鉄の筐《はこ》に閉じ込めていた。

「王と渾名される我々は、人間は無論並の悪魔たちよりも死にづらいとされている。そんな我々でさえ、時間という概念からは逃れられない。我々も、いや、我々だからこそ、生きながらにして得る苦しみがある」

無味無臭な報告書でも読み上げるように、男の唇は淀みなく動く。苦痛も喜びも感じさせないそれが、平坦に続けた。

「孤独、だ」

疲弊しきった響きの冷たさは、言葉の通り男が歩んだ道程の長さを物語る。だが孤独などという言葉ほど、獅子王に不似合いなものがあるだろうか。煩雑な諠譟に囲まれるくらいならば、荒野に一人佇《たたず》むことこそを男は望むはずだ。それにも拘わらず、男がはっきりとその言葉を声にした。

「君も知る通り、天使と悪魔、言ってしまえば人間でさえ根源的にはよく似ている。始まりが一つの混沌《こんとん》であったなら、当然だろう。我々は住む世界、肉体の頑丈さ、能力の多寡《たか》に差こそあれ、時間という尺度を共有し、感情を携えて存在する」

三者には、いくつもの共通点があった。神に近い存在であるはずの天使や悪魔たちですら、人間と同様に喜びや苦痛に身を浸す。彼らでさえも、全てを超越した完璧なものではあり得ないのだ。

「呪いと同じだ。そして神という奴は、実に慈悲深い」

男の唇に、再び笑みが滲む。辛辣な、皮肉などではない。そのはずなのに、ぞくりと首筋の産毛が逆立った。

「私は、光を得た」

それがなにを指すのかは、尋ねるまでもない。場違いな痛みが、左の胸をきりりと刺した。

「それまでの私は、そんなものの存在すら知らなかったし、信じてもいなかった。それはそれで、幸福だったと言える。一度得た輝きとそれに照らされる世界を失えば、後に残るのは永劫の闇だ。我々には、忘却すら許されない」

男が歩む道のりの長さを、人間の身たる佐原には想像することも難しい。そこには、忘却という名のやさしい毛布すらないと男は言うのだ。どんな、世界なのか。幸福の残り香と、それが二度と手に入らない絶望とが常に鮮明に魂を苛《さいな》む。そうなってさえ、男には途方に暮れて立ちつくすことも許されなかった。生かされた命であれば、それがある限り歩み続けることをコルレオニス自身が自らに課すからだ。

「慈悲深い神は、耐えがたい苦痛と共に、それをやわらげる術をも我々に与えた」

「…大切な誰かを失った時、天使たちはそれを試練と捉えて、神への妄信的な愛で苦痛をやわらげる…」

浮き上がった掌の隙間で、佐原が呻く。

「その通りだ。そして悪魔は、復讐と憎悪によって傷口を焼く。だがいずれは、そんなものでは追いつかなくなる。終わりなど、ないからだ」

目眩がした。

皮膚が焦げ、肉が焼ける匂いに息が詰まる。コルレオニスの傷口は、乾いてなどいない。乾くことを、望んでいるとも思えなかった。

どれほどの、時間なのだろう。どれほどの時間、男は真新しい血を流し続ける孤独のなかにいるのか。一歩進むごとに、痛みは薄れるどころか強さを増して男を蝕《むしば》んだ。完全無欠と思われた獅子王を、ここまで疲弊させる痛みとはなにか。

コルレオニスにとっての時間の尺度は、必ずしも人間のそれと一致するとは限らない。だが物語を振り返っても、男がミセリアを失った後も歩み続けた道のりは決して平坦でも短くもなかった。

「果てのない日々のなかで、私はこうして、一度は失った君を取り戻した」

違うと、訴えるべき声が音にならない。

大きな手が、そっと佐原の髪を掻き上げる。丁寧な、愛着が籠もる動きだ。あたたかな手の確かさに、かち、と奥歯が固い音を立てた。

「その君が私の存在を…、記憶を失っているからといって、諦めろと？」

男は、決して声を荒げはしない。だからこそ、そこに宿る決意に唇がふるえた。

「確かに、君は私という男を知らない」

形のよい口元が、笑う。諦めや皮肉を混ぜない、穏やかな笑みだ。

「お前を失い、今日という日まで辿り着いた、俺という男をお前は知らない」

にた、と歪んだその形に、血の気が下がる。コルレオニスが、言う通りだ。こんな男を、佐原は知らない。こんな眼をした男は。

苦しいくらい心臓が軋んで、息が上がる。手足を振り回してもがいたはずなのに、引き寄せられるまま足が縺れた。

「獅子王…」

「神にさえ、祈った」

笑う唇が、唇に落ちる。

「褥へ行こう。我が花嫁」

べろりと唇の割れ目を舌で辿られ、悲鳴がこぼれた。

ごつごつとした腹筋が、胸の真下にある。自分の重みで密着が増して、重なった体の形がまざまざと伝わった。

「…ぁあ」

しなやかな筋肉の下に、みっちりとした内臓の確かさを感じる。腹部は、生き物にとって共通する弱点だ。だからこそ、敏感な部位でもある。そんな場所をこんな形で押しつけているのかと思うと、それだけで息が上がった。

「うぁ、あ…」

ぐちゃ、と重たい音が尻で鳴る。大きく開かれた尻の間で、太い指が動いた。

右の指が二本、左の指が一本。人差し指と中指だと教えたのは、そこで指を使う男だ。

「あ、はっ、ぁ…」

清潔に整えられていた寝具を乱し、うつぶせに尻をいじられている。やめてくれと懇願しても、無駄だった。佐原を裸に剥いたコルレオニスの腕に、迷いはない。花嫁衣装が飾られたものと同じ部屋で、裸の体を折り曲げられた。

四つん這いに近い体の下には、鍛えられた男の体軀がある。紗に守られた寝台で、コルレオニスが仰向けに転がっていた。その眼前に尻を突き出す形で、腹の上に抱えられている。

なんて格好を、僕は。

這って逃れようにも、腰を捕らえる男の力は強い。だが穴に指を含まされ、舌まで使って溶かされる頃には、押さえつけられるまでもなく手足が萎えた。

「ひァや、舌…」

左右から入り込む指が、尻の穴を横に引っ張る。歪な形を晒しているだろう粘膜を、尖らせた舌先がれろりと舐めた。

ぬめぬめとぬれた、熱い舌だ。強靭な筋肉の塊である舌は、指よりも柔軟に動く。ぬぐ、と深く押し込まれると、吸いつくような感触に声がこぼれた。

吹きかけられる息の近さにも、汗がこぼれる。

ひんやりとして感じる鼻先が、唇が、恥ずかしい場所に密着した。時々ぢゅっと、濁った音を立てて皮膚を吸われる。逃げたい気持ちは確かにあるのに、きつく吸われると爪先が丸まった。

「あっあ、ひ…」

「ちゃんと、仕上がってきたな」

満足そうな声が、会陰を撫でた。

ひやりと、心臓の裏側が冷える。その怯えを押し潰すように、ぬちょ、と突き出された舌が穴の縁を掻いた。

「ぅあ、っあぁ」

「君は最初から、随分筋がよかったが」

吹きかけられる息に、穴だけでなく陰嚢までもが竦む。

入り込むコルレオニスの指は、ごつごつとして太い。一本入れられるだけでも、最初は怖くて苦しくて声が出た。その指が、今は三本も埋まっているのだ。三本、も。

「っう、う…」

とろりとぬれた直腸を、固い爪を持つ指が窮屈そうに掻き回す。伸縮を試すよう指を横に引かれると、くぷ、と空気が潰れる音が鳴った。

「…苦し…」

「こんなにだらだら涎を垂らしていれば、苦しくもなるだろう」

仕方なさそうに笑った男が、穴を拡げる指にじわりと力を込める。

狭い穴に、両手の指を入れられるのはそれだけで屈辱的な恐怖がある。そうでなくてもこんな体勢では、奥の奥にまで視線が届いてしまう。鮮やかな桃色を晒しているだろう粘膜を視線で炙られ、ぐらぐらと脳味噌が煮えた。

「違、ぁ、これ、は…」

「全部、君がこぼしたものだ。分かるだろう？　君のここは、もう肛門であるだけじゃない。私の子を孕む、立派な性器だ」

恐怖で、目の前が赤く濁る。

違う。

そんな場所が、ぬれるはずがない。大声で喚きたいのに、腸壁越しに前立腺を圧迫されると下腹がうねった。掻き出す動きで虐められるのも辛いが、その奥を圧されるのはもっと苦しい。精嚢、と男が教えた場所だ。

前立腺ごと捏ねられると、内臓を直接逆撫でされているようで怖くなる。それなのにどうしようもない痺れが、じゅわりと熱く下腹に溜まった。

「あとでじっくり、君にも見せてやろう。襞《ひだ》こそないが、つやつやしていてとても美味そうだ」

「や…」

嘘だ、そんなこと。

警鐘が、頭蓋で鳴り響く。だが首を横に振ろうにも、平らな腹部に顔を擦りつける動きにしかならない。繰り返し精嚢を圧迫され、ぬちょ、と粘つく体液があふれる感触があった。

注がれたローションでもなければ、とろけた真珠でもない。そもそも今夜は、あの忌むべき真珠を押し込まれてはいないのだ。

「嘘、だ、放し…」

「君を名実共に花嫁として迎えられ、私はとても幸福だ」

にやりと、男は笑っているのか。同じ場所を何度もこねこねと転がされ、苦しさと焦れったさに背中がしなる。

「あっ…」

この体が変化するなど、あり得ない。そう頑なに叫んでしまいたいが、同時に拭いきれない予感もあった。

コルレオニスに初めて触れられた夜、この体は呆気なくとろけた。その事実は、佐原を心底怯えさせた。腹に詰められた、あの真珠もそうだ。

人の世界では活字の上でしか存在しようのないものが、僕の腹のなかで溶ける。それがもたらすむず痒いような痺れに、佐原はふるえながらも全ての言い訳を託した。

この体をぐずぐずと溶かすのは、悪魔の力とあの真珠だ。僕自身の体は、何一つ変わってなどいない。

事実、鏡に映した体に変化はなかった。十分な睡眠と健康的な食事のお蔭で、肌艶は格段に増している。だが体は女性的な丸みを帯びることもなければ、男性器にだって違いは探せなかった。肛門も、同じだ。恐る恐る浴室で確かめるたび、それらは以前と同じ形でそこにあった。

ほっと、していた。

孕むのだ、と。この穴で孕むのだと、コルレオニスに囁かれるたび歯の根が合わないほど恐怖した。同時に、変化のない体を見れば、恐ろしいことなど起こりようがないのではとさえ思えた。甘い、麻酔と同じだ。直視すれば命すら脅かしかねない苦痛を、砂糖で固めて覆い隠す。だが心のどこかでは、下腹に巣くう熱を自分はずっと疑ってきたはずだ。

「やぁ…、触らない、で」

力の入らない手足で、前に這う。尻から抜け出た指が、薄い腰を呆気なく引き戻した。

「無理な注文だな。私は、十分に待った。初夜に関して言えば、一日ばかり早くなってしまったが、それでも賞賛に値するほど我慢強かったと、自負している」

自賛した男が、ぺちん、と眼の前で揺れる尻を張った。痛みはない。ただじん、と火花みたいな熱が全身に散る。声がもれて、体の下で押し潰される乳首までもが甘く痺れた。

「あ…」

「君の雌穴こそ、もう待ちかねている様子だが」

ぱくぱくしてるぜ。

汚い言葉で教えられ、声がもれる。あ、と呻いた鼻先に、強《こわ》い体毛がこすれた。

惜しげもなく晒された、コルレオニスの陰毛だ。臍の下からけぶるように始まる硬い毛が、引き締まった下腹をいやらしく覆っている。ぬれて色を濃くしたそのなかに、そそり立つ肉があった。

脈動する、陰茎だ。

太い血管を浮き立たせた肉が、佐原の鼻先で揺れている。男の腹部に顔を埋める形に体を抱えられた時、口に含んでいいぞと突きつけられた。とてもではないが、そんなことはできない。

今日までの間、何度も目にしてきた陰茎だ。そのたびに息を呑み、己の目を疑ってきた。単純に、大きい。人間のペニスに似てはいるが、その形はあまりに凶悪だ。ずっしりとした肉は重たげで、佐原の指でさえ一巻きにはできない。なにより、露出した亀頭の色の卑猥さはどうだ。張り出した雁首の段差や、ごつごつと浮いた血管の形に喉が鳴った。

こんなものが、僕に。

無理だ。絶対に、無理だ。

改めて目の当たりにした現実に、血の気が引く。口を開いて含むのさえ、満足にできるとは思えない。

ごく、と喉を鳴らした佐原の鼻先で、男が無造作に腰を揺すった。品性などまるで感じさせない下《げ》卑《び》た動きだ。ぶるんと揺れた陰茎が、音を立てて佐原の鼻先を打つ。

「っあ…」

腺液が、顔を汚した。濃厚な性の匂いが増して、吸い込むと舌の先までがじんわりと痺れる。

「んぅ、あ…」

「舐めたいのか?」

僕は、どんな顔をしていたのか。

だらしなくゆるんだ口元を、コルレオニスが笑う。舐めたいなんて、そんなこと望むわけがない。

そう思うのに、ずり、と腰を揺すられると、鼻先を掠めた肉に唇が開いた。

「ぅあ…」

「涎が垂れてしまってるじゃないか」

こっちと、同じだな。

仕方なさそうに喉を鳴らした男が、突き入れた指を回す。前立腺を掠めた刺激に、ずくずくと臍の下に熱が溜まる。前立腺を挟むように、左右から転がされるとどうしようもない。呑み込みきれなかった涎が唇からこぼれ、男の下腹を汚した。

「や、ァ違…」

「君は、悪魔より嘘つきだな」

笑う息が、会陰を舐める。くすぐったさが混じる刺激に身悶えると、ぬぽ、と音を立てて指が抜け出た。

「っ、あぅ…」

「強情な君も、勿論悪くない。いずれはこちらの口と同じくらい素直になると分かっていれば、尚更な」

恐ろしい言葉と共に、汚れた指が腰に食い込む。なにを、と思う間もなく視界が回った。

「あ、獅…」

コルレオニスの体温を吸ったシーツに、背中から落とされる。起き上がろうとしたが、どうにもならない。汗にぬれた痩軀に、膝で進んだ男が伸しかかる。

人ならざる、屈強な体軀だ。がっしりとした肩幅と、厚い胸板。筋肉が発達した上腕は、腋下《えきか》の窪みさえ鋭角的に見せている。そんな男が、自らの陰茎を無造作に摑んだ。

「やめ…、無理、だから…」

「本当に無理か？　随分ものほしそうに、私に吸いついてくるが」

腫れぼったく充血した穴を、膨れた亀頭が小突く。思いがけない熱さと弾力に、産毛が逆立った。

本当に、今夜。

受けとめきれない現実に、踵が寝具を搔いた。

避けられないものならば、務めを果たすと。だから自分の望みを叶えてくれと、自分はコルレオニスに訴えた。

全く、愚かだった。

覚悟がなかったわけではない。考え抜いた末、それ以外の道はないと思い詰めた結果だ。だがあまりに、あさはかだった。

心身共に花嫁にされるその意味を、理解できた気になっていたにすぎない。この腹で、懐胎すること。そのためには、なにもかも明け渡さなければいけないこと。その全てを、自分は真実理解できてなどいなかった。

「あぁ、や、当…」

指と舌でゆるめられた穴に、ぬちゃ、と熱い肉が密着する。むっちりとぬれた亀頭の感触に、充血した肛門がひくついた。まるで自分から口を開いて、陰茎を呑み込もうとしてるみたいだ。

「入れるぞ」

低い声で教えられ、奥歯が鳴る。尻穴に力を込めようと喘いだが、そんなものは男を悦ばせる刺激にしかならない。喉の奥で笑ったコルレオニスが、体重を乗せて腰を落とした。

「あッや、あ…」

ぬぶりと、太いものが沈んでくる。

圧迫感の大きさに、声が出た。鼻先に突きつけられた、てらつく亀頭の形が蘇る。想像すると、余計に怖い。もがこうとする痩軀を、厚い胸板が押し潰した。

「待、ァひ、あ」

乱暴な動きとは、いえない。だが、容赦もなかった。環状の筋肉を、太い肉がぴっちりと押し拡げて進む。みちみちと狭い場所を圧迫されると、そうしょうと思わなくても踵が撥ねた。

「ぅあ、あ、っああ…」

衝撃を緩和しようと、喉が開くのは本能だ。顎に力が入らなくて、押し込まれるたび声が揺れる。

「熱いな」

のたうつ体に額を寄せ、男が低く呻いた。狭い穴に締めつけられるコルレオニスだって、苦しくないはずはない。吹きかけられる息に低い呻きが混ざり、ぶる、と鳥肌が立った。

「ぁあ…っ、ひ」

柔軟さを確かめる動きで、ぐりぐりと腰を回される。押し込まれるだけでも苦しいのに、不規則に小突かれると堪らない。雁首の段差に前立腺を引っかけられ、目の前で光が散った。

「ひァ、ぁあー…」

射精、してしまったのか。体の内側で弾けた衝撃に、下腹に意識が向く。だがそれより先に、男の腹が佐原の性器を圧した。

「…ぁっ、だめ…っ」

「ナカでイけるくせに、こっちもちゃんと気持ちがいいなんて、君は贅沢だな」

腹の間に伸びた手が、張り詰めていた性器を握る。つけ根近くから先端に向け、形を確かめるように転がされた。射精してしまったわけでは、ないのか。尿道口を真上からくすぐられ、刺激の強さに顎が上がった。

「うァ、っあ」

「だがしばらくは、ナカだけで感じていなさい」

呆気なく手を引いた男が、ずん、と体重を乗せて進む。もう十分、深く入り込んでいるはずだ。そう思っていたのに、奥へと届く感触に悲鳴がもれた。

「ひ…、ァ」

目の奥で、強い光が弾ける。

それが快感だと、すぐには理解できなかった。どっと汗がこぼれて、頭のなかが白く濁る。一呼吸遅れて、指の先にまでひりつくような性感が散った。

気持ちがいい。

みっちりと詰め込まれる感覚に、唇が開いた。

刺激され続けた前立腺は、じんじんするほどその感度を増している。前立腺以外だってそうだ。繰り返し弱い場所を捏ねた亀頭が、前立腺ごとその奥までを一続きに押し潰す。不安なほど深いが、大きなペニスはそこにすら留まってくれない。何度か腰を揺らし、ごちゅ、と試す動きで奥を突かれた。

「ぅあぁ、あー…ぁ」

臍下に響く衝撃に、息も継げない。

指で掻き回され限界まで注がれた気持ちのよさを、今度はぎゅうっと握り潰して絞られるみたいだ。ぞくぞくと舌の先までが痺れて、呼吸が犬みたいに短くなる。衝撃に喘ぐ佐原を休ませることなく、どん、と男が重い腰をぶつけた。

「ああっ、ひぁ」

待ってくれ。

懇願したいのに、どうにもならない。恐ろしい形をした肉が、閉じていたはずの場所をこすり上げて進む。ぶちゅ、と音を立てて空気が押し出されるたび、密着が高まって呑んだ陰茎の形を意識した。

先程目で捉えた形を、思い描いてしまえばもう駄目だ。からからに乾いていたはずの口腔に唾液が湧いて、佐原は痩軀をくねらせた。

「っう、あ…」

「気に入ったか？」

耳の穴に、直接低い声音を注がれる。日頃耳にする、落ち着いて乾いた声ではない。はぁ、と動物じみた息に混ざる男の声は、艶やかにぬれていた。

「俺のちんぽは、気に入ったか？」

吐き出される息にも声にも、品位など欠片もない。揺るぎない意志と知性を持つ男が注ぐ猥雑さに、どろりと脳味噌がとろける。

「あっ、そん、な…」

「これだけ上手にイケるんだ。嫌では、なさそうだな」

ぬぶ、と腰を回され、爪先が跳ねた。

射精なんて、きっと一度もしていない。そのはずなのに、雁首で弱い場所を引っ掻かれるたび目の前で火花が散った。

気持ちがよくて、体中がふるえている。汚れた男の手が、痩軀の厚みを測るように胸郭を包んだ。

乳首を押し潰した掌が、ぞろりと体の表面を撫でて股座を探る。陰嚢の奥にまで指を這わされ、顎が跳ねた。

「ぁ、指、やぁ…」

「ちゃんと、呑み込めてる」

なんて、嬉しそうな声を出すんだ。

皺が失せるほど大きく拡げられた穴を、ごつごつした指が撫でる。肛門のひくつきを確かめ、捲れた粘膜の縁をくすぐられた。

怖くて、目の前の男に腕を伸ばす。自分を追い詰めるのは、間違いなく伸しかかる男その人だ。だが他に術がなくて、重い体に両腕で縋った。その動きが意外だったのか、コルレオニスが低く笑う。

「まだ、全部ではないがな」

嘘だろう、そんなこと。甘く教えた男が、体重を乗せて腰を揺すった。

「ひァっ」

これ以上奥なんてものが、あるわけない。そう思っていた場所を越えて、太いものが腹を満たす。駄目だ、そんなとこを掻き回したら。

意識したこともないような深さに、亀頭が届いた。狭い直腸に体積を馴染ませるよう、小刻みに腰を使われる。じん、と重い痺れが臍下に響いて、開きっぱなしの口から声がもれた。

「奥まで、私のものだ」

満足そうな声を注がれるだけで、目の前がちかちかする。

達して、いるのか。あんなにも恐ろしげなペニスを呑み込んで、僕は達しているのか。こんなことが気持ちいいなんて、あり得ない。頭では分かっているのに、奥を突かれるたび穴がうねる。

痛みは、警告だ。危険を教え、そこから逃げろと叫ぶ。そんな本能さえ塗り潰し、どろりとした気持ちよさが背骨を溶かした。

「分かるか？」

ぐりぐりと腰を擦りつけられるたび、胃を圧迫するほどの大きさに呻く。喉元まで、詰め込まれているみたいだ。大きく腰を引かれると、圧迫がわずかにやわらぐ。だがそれ以上に、引き出されるものの長さに声がもれた。どこまで、届いてしまっていたのか。ずるずると引き摺り出される雁首が、精嚢ごと前立腺を掻き上げた。時々腰を捻られると、角度が変わって刺激が増す。

苦しい。それは確かなことなのに、半開きの唇の奥で舌がふるえた。気持ちがよくて、どうしようもなくて、ぬれた穴が陰茎に絡みつく。

「可愛いな。ちゃんと、君もほしがってくれてる」

違うと、声にできない。性器のつけ根を狙って、内側から捏ねられれば尚更だ。その刺激に身構えようと喘げば、ぐぶぶ、と深くまでもぐられる。怖いくらい奥まで届いた亀頭が、なにかを撲った。

撲ったと感じるのは、正しくないのかもしれない。だが腹の底に重い衝撃があり、悲鳴がもれた。

「っあァ、や、そこ…」

どっとあふれた気持ちのよさが、脳天を叩く。

電流を、流されたみたいだ。衝撃を呑み込む余裕すら与えられず、とん、と同じ場所を小突かれた。キスする、動きだ。弾力のある亀頭が密着して、こりこりと捏ねられる。途端に、吐き気にも似た性感が込み上げた。前立腺を捏ねられる、鳥肌が立つような痺れとは違う。もっと重く、内臓を脅かす衝撃だ。一口に、快感と呼べるものではないかもしれない。だがそれすら、怖いくらい気持ちがよかった。

「ひっあ、ぅう…」

「ここも、私のものだ」

言葉の通り、自分の形に開こうというのか。

ごつ、と押し潰すように腰を使われ、足がばたつく。そこを越えては、入れない。怯えて声を上げる佐原を裏切り、ぬれた穴がぎゅうっと男を締めつけた。

「ひァ、っあー…、あ」

もがいた痩躯を追いかけ、重い体が膝立ちになる。足を踏み締めた男が、ばちゅん、と強く腰を打ちつけた。息が、詰まる。上げたはずの悲鳴に、低い呻きが重なった。

「獅…」

動物みたいな胴ぶるいが、伝わる。吐き出されているのだ。

動きを止めない男が、ぐりぐりと最奥に亀頭を擦りつける。奥の奥へと、精液を注ぎ込む動きだ。

本当に、この腹に。

意識すれば、何度目かの光が瞼の裏を焼いた。

「ぁあ…、あ」

熱いものが、腹の奥に広がる。

喘いだ唇を、獣のような息が舐めた。喉を鳴らした男が、嚙みつくみたいに口づける。

「んぅぅ、ん…」

ぬぶっと入り込んだ舌に、喉の奥までもが爛《ただ》れたように疼いた。どうしようもなく、唾液があふれる。厚い舌に舌を絡めると、褒めるようにきつく吸われた。もっと味わいたくて、精一杯舌を伸ばす。

性器を舐めるように舌裏を扱かれ、びくびくと下腹が引きつった。

「あ…、うぅ」

吐き出されるものは、いまだ止まりはしない。人間の射精とは、違うのだ。

苦しいくらい注がれる熱に、喉の奥で声が潰れた。

「んぅ、は、あぁ…」

あたたかな手が、ひくつく下腹に重なる。れろりと口腔を舐めた男が、臍下をさすった。

「ぅあ…」

熱いと、声に出せず呻いた佐原の腹の奥で、陰茎がふるえる。

満足するまで、吐き出したのか。

ようやく射精を止めたペニスに、息がもれる。

注がれて、しまった。あんなにも、たくさん。

重苦しいほど、限界まで詰め込まれた体積に茫然と瞬く。嘘だ、と、現実を否定する力もない。

涙にぬれた瞼が、重たく下がる。どんな現実からも逃れられないのなら、せめて平安な眠りに沈みたい。抗わず目を閉じようとした佐原の下腹を、大きな掌が圧した。

「っん、う…」

痛むほどの、力ではない。だがそっと圧迫されると、そこに詰め込まれたものの形を意識させられる。悶えた佐原の唇を、口づけにぬれた男の舌が舐めた。

「あ…」

「約束しただろう？　たっぷりと、注いでやると」

薄い腹に手を当て、ゆす、と男が腰を揺すり上げる。あれだけ吐き出したのに、まだ硬さを保っていられるのか。びくりと睫を跳ねさせた佐原を、漆黒の双眸が見下ろした。

「ここが膨らむまで、飲ませてやる」

「ひ、ぁ…」

重なった掌を狙い、薄い腸壁へと亀頭を擦りつけられる。腹を満たすものを掻き混ぜられ、佐原は逃れようもなく声を上げた。


――――『機械仕掛けの神』夜走の章・終幕より

地上には、炎があった。

神を慕う情熱は、時に地獄の業火よりも熱く燃え上がる。かつて天使だったものの翼から降り注いだ炎の雨は、森を、そして渓谷を焼きつくした。

幾晩荒れ狂ったとしても、その火が消えることはないのではないか。そう怖れられた炎も、黎明《れいめい》を待たず赤い舌を収めつつあった。時折息を吹き返した火種が、焼け残った木を炙る。土地のあちこちからは黒い煙が上がり、夜を一層暗いものにした。

地獄と、人間たちは呼ぶのか。

熱を持つ土地を、人の足で踏むのは不可能だろう。悪魔であっても、天使が撒《ま》き散《ち》らした炎には悲鳴を上げた。だが今は静寂だけが、黒々と焼けた土地に横たわっている。

踏み出した足の下で、炭化した木が鈍い音を立てた。

舞い上がる火の粉が、気紛れに皮膚を掠める。羽織った上着にいくつもの焦げ跡が散ったが、熱いとも感じなかった。

炎は、この身の内にこそある。

そう思っていたはずなのに、歩を進めるごとに鉛のような重さが喉を塞いだ。大股に進んだその先に、一際黒々とした残骸が映る。火の雨が注ぐ前、そこには朽ちかけた建物があったはずだ。煤《すす》で汚れた聖堂は、今は完全に瓦礫《がれき》と化している。

彼は、そこにいた。

覚悟はあったはずだ。

いやそんなもの、幻想か。

この眼で、見た。

なにが起きたか、全てこの眼で見たはずだ。それでも一縷の望みが胸にあったことを、否定できない。

死は、常に傍らに佇んでいた。

今日という日に辿り着くことなく、行軍の半ばで消えていった命も多い。この手が刈り取った敵の数は、それ以上だろう。死地に飛び込むとは、そういうことだ。自分が殺すのと同じように、いずれは誰かにこの命を毟り取られる。命を駒にする覚悟で踏み出したが、しかし同時にこうも思っていた。

必ず、生きて帰る。

誰の命も、取りこぼしはしない。両足を踏み締め、両腕を広げて立ち塞がるのだ。仲間の誰一人、手放すものか。そう固く誓ったはずなのに、最初に気のいい斧《おの》使いが見えざる扉をくぐってしまった。続いて誇り高い老兵が脇をすり抜け、終《しま》いには銀の髪の戦士までもがその一線を踏み越えた。

踏み越えたのだ。

煤と熱とに燻された瓦礫のなかに、白い影が投げ出されている。

何故そこだけ、焼け残っているのか。不思議に思う気持ちは、微塵もなかった。

かつては祭壇が設けられていたのか、数段高くなった大理石の床に彼は横たわっていた。

ミセリア。

唇の動きだけで、名を呼ぶ。

音にできなかったのは、返る声がないことを知っていたからか。あるいは自分の声すら、耳に入れることを懼《おそ》れたからか。

懼れている。そうだ。懼れ以外の、何物でもない。

汚泥《おでい》を進むように、駆け寄るはずの足が縺れた。振り返るまでもなく、この身も無傷とはとても言えない。鎖骨が、そして肋骨のいくつかが折れて砕けている自覚があった。深く抉られた傷の多くも、辛うじて止血はされているが長く傷痕を残すに違いない。手当を受けるよう懇願されたが、頷けなかった。

ミセリア。

お前は、俺を待っている。そうだろう。お前は俺と、帰るんだ。

親父の亡骸を奪い返し、世界が混沌へと落ちるのを防ぎ止める。随分大仰《おおぎょう》な役目だが、お前とならばどうにでもなる。

その結末を、俺は微塵も疑いはしなかった。だけどミセリア、お前はどうだ。

今ここで、焼けた瓦礫に身を投げて、静かに目を閉じてるお前はどうだったんだ。

神への愛に身を焦がす、かつて天使だった者の爪がお前の胸を引き裂いた。あの時お前が爪の前に身を躍らせなければ、俺はきっと生きてはいなかった。俺だけじゃない。炎の矢に肩を打ち抜かれたティグリスも、深手を負った部隊長も命を拾えはしなかっただろう。忌々しい星見が告げたように、俺たち全員が灰になっていたって不思議はなかった。

ミセリア、お前は決めてたんだろう。俺を、生かすと。

俺を生かし、俺が収まるべき場所に俺を帰すと。そのためになら、どんなことだって厭わないと、お前は勝手に決めていた。

満足か、ミセリア。お前は最初から、期待なんてしていなかった。俺を生かしたその先に、自分の居場所があるなんて最初から信じていなかったんじゃないか。莫迦野郎が。一緒に親父を連れて帰ると言っただろう。俺の、城に。辺鄙だがそれ故に静かな、うつくしい城だ。お前が好むだろう本も、興味を引くだろう武具もある。お前を白蛇と蔑むしがらみの全てを捨てて、俺と生きればいい。

そう、生きるのだ。

すでに叶わない願いとなったそれに、奥歯がふるえた。

助骨のなかであたためられたなにかが、わななきながら喉の奥へと込み上げる。見下ろすミセリアは、淡く微笑んでいるかに見えた。口腔からあふれた血の汚れが、そう錯覚させるだけかもしれない。迷い、腕を伸ばすと、身構えた以上に重い手応えが肩を脅かした。

お前に触れるのに、こんなに緊張したことはなかったな。炎にあたためられた体は、まだ固くもならずぬくもりの余韻を残していた。

だが、もうお前はいないのか。

両腕に抱いた痩軀に、涙が落ちた。

白い頰に、二つ三つとしずくが重なる。

声を上げて、泣くべきだったかもしれない。目を開けろ、と。俺を置いて行くなと、声を限りに叫ぶべきだったかもしれない。

俺たちはまだ、それが許される若造であるはずだ。だけどもうお前は、わがままをがなり立てる権利の全てを捨てて旅立った。ミセリア、お前は連れて行くんだぜ。俺が無防備に泣ける場所も、腹を抱えて笑う喜びも、取り留めのない悪ふざけも、つまらない約束も、お前は全てを連れて踏み越えた。満足か、ミセリア。なにも持たなかったはずのお前が、俺の全てを連れて行く。いや、それがお前自身の望みだとは思わない。だが、結果だ。お前は生きた。生き抜いたからこそ死ぬのだと、お前がお前に許した傲慢を、いつの日にか俺に殴らせろ。

その日まで、俺はお前の重みを忘れることはないだろう。腕を脅かし、俺の肺腑《はいふ》を凍えさせるこの冷えてゆく体の重みを。

黎明が、迫っている。炎に焼かれた風が、火の粉を孕んで頬を撫でた。


雨は、降らなかった。

迫り来る黄昏《たそがれ》が、ゆっくりと昼間の気配を押し流してゆく。二階の窓辺に立つと、まだ明るい庭に無数の星が散っているのが見えた。

燭台や器に飾られた、蠟燭《ろうそく》だ。

無造作を装って、しかし完璧に整えられた庭にはいくつものテーブルが用意されている。建物のなかだけでなく、庭にもまた来賓たちをもてなすための席が設けられていた。植物で飾られたテーブルを、蠟燭の光が照らす様子は幻想的だ。木々の枝に張られた布も、庭を特別なものに見せている。

「あれ…、セヴ様かな。あっちは、ミゲル様…」

見事な勲章をぶら下げた紳士たちが、グラスを手に歓談する姿が見えた。特徴的な口髭《くちひげ》を蓄えた人物は、小説を読んで想像していた通りだ。思わずこぼれた声を追い、指先が窓を撫でる。ひんやりとした硝子の感触が、心地好く指を冷やした。

指だけでなく、体中がぼんやりと熱を帯びているようだ。

昨夜満足に眠れたとはいえないのだから、当然か。長い息をもらし、佐原は意識せず薄い下腹へと掌を重ねていた。挙式当日を迎える花嫁で、前夜に十分眠れる者など稀だろう。結果として、佐原もその一人となった。尤も眠れなかった理由は、多くの花嫁たちとは異なるはずだ。

蘇る記憶が、じくじくと体の節々を痛ませる。昨夜、コルレオニスは居室の寝台に佐原を投げ出した。だが執拗でこそあれ、男は佐原を決して乱暴には扱わなかった。これまでだってそうだ。それでもあれほど屈強な男に、苦しいほど注がれれば平静ではいられない。夜が明けるほど長い長い時間となれば、尚更だった。

蘇る記憶に、くらりと視界が回りそうになる。大きく息を吸い、佐原は平らなままの下腹から手を引き剝がした。

「マラキア様も、ご出席下さったんだな…」

居間の窓辺からは、具《つぶさ》に庭の様子を確かめることはできない。それでも見下ろす先には、作中で見知った顔がいくつもあった。

華やかに着飾ったこの世界の名士たちが、次々に城へと集まっている。獅子王の腹心たちもいれば、コルレオニスとは立場を異にする者たちの姿もあった。いずれにせよ、これだけの顔ぶれが一堂に会するなど、滅多にないことだろう。

華やぐ庭に、一際目を惹く人影があった。

黒い礼服に身を包んだ、コルレオニスだ。

目を凝らして、捜すまでもない。屈強な悪魔たちが集う場においてさえ、男の存在は抜きん出ていた。それは、頑健な体軀のせいばかりではない。

仕立てのよい礼服が、同じ色をした双眸をより神秘的なものに見せていた。愛想とは無縁のはずの双眸が、今日はにこやかに細められている。時折笑みの形を作る唇に、雄臭い官能が滲んだ。

「…手袋まで黒にしてもらって、正解だった。すっごく、似合ってる…」

礼服は勿論手袋から靴に至るまで、全てが獅子王のために誂えられたものだ。自分の衣装などより、余程入念に準備したそれらはコルレオニスによく似合っていた。

物語の主人公、そのものだ。

真っ直ぐに背筋を伸ばして立つ男は、自分がこの場の王であることをよく知っていた。一欠片の疲労すら滲ませることなく、コルレオニスが堂々と客たちを迎える。佐原が、望んだ通りに。

「ちょっと駄目じゃねえの！　動き回ったりせずに、ちゃんと休んでてって言ったのに」

扉が開かれると同時に、投げられた声に驚く。いくつかの荷物を抱えたティグリスが、部屋に入るなり窓辺に立つ佐原を咎めた。

「ティグリスさん…。大丈夫ですよ、顔色は緊張のせいですから。それより僕、搬入物の確認に行かないと」

佐原が最後に厨房《ちゅうぼう》を覗いたのは、数時間前のことだ。この居間へと詰め込まれてからは、ティグリスとコーディネーターの厳命により裏方の仕事からは遠ざけられていた。自分は余程、ひどい顔色をしていたのだろうか。そうだとしても、忙しくしていられた方が気持ちは紛れるのだ。

「そっちは烏がどうにかしてっから安心して。早速ちょっとばかり騒いでる莫迦がいるらしいから、様子見てくるけど」

「警備の方じゃなく、ティグリスさんにご対応いただかないといけないような問題が？」

式のために集まっている客たちは、皆コルレオニスに好意的な立場とは限らないのだ。コルレオニスも警備には特に人手を割《さ》くよう指示していたが、なにか問題があったのだろうか。

「ただの酔っ払いだから安心して？　貴族らしいから俺が顔出した方が話が早いってだけ。うん、メイクもバッチリ」

誰かからの、贈り物だろうか。花束や小箱を机に並べたティグリスが、改めて佐原を見回した。

「特殊メイクかと思いました」

「なに言ってんの。カバーしてんの顔色くらいだぜ？」

ティグリスはそう言うが、鏡のなかの自分には驚かされた。紙のようだった顔色には赤味が差し、軽やかに整えられた前髪の向こうには裸眼が覗いている。目立ちはしないが、薄く口紅まで塗られているのだ。

うつくしいドレスに袖を通す以上、それに相応しい改造を加える必要があるということか。観念してされるがままに整えられたが、仕上がった自分の姿には目眩を覚えた。

だってそうだろう。本当に、ドレスを着ているのだ。

試着では何度も袖を通したが、しかし真新しい靴を履き髪を整えて身に着けるのとはまるで違う。滑稽だと笑うには、携わってくれた者たちの技術が高すぎた。

「ドレスも超似合ってる。さすが今日の主役だぜ」

「主役は、獅子王ですよ」

それは、揺るぎない事実だ。窓の外を振り返ると、客たちに応える逞しい背中が見えた。

「違えだろ。俺は常に俺の人生の主役なわけだけど、今日の佐原ちゃんの前じゃあ超端役だぜ？　勿論佐原ちゃんが今すぐ俺の花嫁になってくれるって言うなら、俺も主役に復帰できるんだけど」

「なに言ってるんですか」

呆れた佐原の背中を、大きな掌が叩く。

「マジな話、すげえきれいだぜ。式の最中は側にいられねえかもしんねえけど、佐原ちゃんの晴れ姿ばっちり目に焼きつけとくから」

二本の指で視線を示したティグリスが、それを送って寄越した。笑って受けとめた佐原に目を細め、男が扉を開く。

「なんかあれば、いつでも呼んで。酔っ払いをどうにかして、またすぐに様子見に来っから」

忙しいなか、無理をして顔を出してくれたのだろう。使用人やコーディネーターが万事取り仕切ってくれているとはいえ、人手は多いに越したことはない。そうとは言え、狡悪の王を裏方として走り回らせるとは何事か。申し訳のなさに呻きがもれるが、ティグリス自身の気質もあるのだろう。再び戻った静けさで、佐原は深く息を絞った。

「主役、か」

僕にはほとほと、縁遠い言葉だ。

もし自分が主人公を務めるとしたら、そこで語られるべき物語はなんなのか。コルレオニスやティグリスのような、英雄譚でないことは明らかだ。挙式を控えているからといって、恋愛小説でもないだろう。そんな僕が主役を張るとすれば、仕事関連の説明書くらいしか思いつかない。

「読む人、いなさそうだけど」

企画すら通りそうにないが、それはそれで心が軽い。空気であることは、身軽でもあるのだ。ちいさく笑った佐原の耳に、扉を開く音が届いた。もう一度、ティグリスが戻って来てくれたのか。振り返った視界に、豪奢な光が飛び込んだ。

「うつくしいな」

それは、あなたのことでしょう。

声を出そうにも、呆気に取られて音にならない。無造作に開かれた扉の向こうで、黄金が輝いていた。正確には光を溶かしたような髪を垂らし、ヴェルギリウスが笑っていた。

「な…、あなた、どうしてここに…」

「お前の夫となる男が、是非にと私を招いたからだ。忘れたのか」

「そ、そうですが、ここ、控え室ですよ」

コルレオニスが、ヴェルギリウスを招待したのは事実だ。だが問題は、何故佐原の控え室にヴェルギリウスがいるのかではないか。

城内において、客たちが自由に歩き回れる場所は限られている。天使であれば尚更、城内を闊歩《かっぽ》できるはずがなかった。

「花嫁に、祝福を与えてやろうと思ってな」

にやりと笑った男が、無遠慮な視線で佐原を眺め回す。

なにが、目的なのか。どう考えても、城の者がここに進んで天使を案内するとは思えない。過日肌を掠めた聖別の熱が、ちりりと左手に蘇った。

「そう怯えるな。私は誉れ高き天使だからな。罪のない花嫁を踏みにじるような真似はせん。先日も、お前がおとなしく聖別を受け入れていれば天国に連れて行ってやれたものを」

天国に連れて行ってほしいなどと、頼んだ覚えはない。なにより聖別の炎に焼かれて天国に引き上げられるなど、喜べることだろうか。青褪《あおざ》める佐原に、ヴェルギリウスが肩を揺らした。

「天国を拒む理由があるか？　お前にそんな趣味の悪い婚礼衣装を着せたがる男がいるここに比べたら、どんな場所だって素晴らしいだろう」

「これは…」

身に着けたドレスを顎で示され、眉根が寄る。

「訂正してやる。そのドレス自体の趣味は悪くない。だがそれは、お前のために選ばれたものではないだろう？　そんなものを花嫁に着せて悦に入る悪魔など、捨ててやれ」

率直すぎるのは、果たして美徳と呼べるのか。獅子王のような上司も大変そうだが、ヴェルギリウスの下で働く者にも頑丈な胃が必要だろう。歯に衣《きぬ》を着せない指摘に、佐原は唇を引き結んだ。

「…これは、獅子王が選ばれたものではありません。僕自身が、選んだものです」

はっきりと告げた佐原に、ヴェルギリウスがちいさく目を見開く。次に、男は愉快そうに体を揺すった。

「益々許しがたい悪魔だな。花嫁にそんな気遣いを強いるとは」

澄んだ空のような、あるいは透明な氷のような双眸が光る。

「それは、ミセリアのために誂えた婚礼衣装だろう？　あれがドレスを着たがったかはともかく、その腕輪もミセリアのためのものだ」

歌うようなヴェルギリウスの声音は、悪魔などより余程悪魔的だ。いや、これこそが天使なのか。いずれにしても、男が指で示す通りだ。

銀の刺繍が施された婚礼衣装は、僕のためのドレスじゃない。ミセリアが生きていたら、やはりドレスを着ることは渋っただろう。その点さえ除けば、これほど完璧なミセリアのための婚礼衣装は他にない。ミセリアを思わせる意匠が施されたレースを重ね、銀色の糸で飾る。獅子王の隣に立つという役柄を演じるため、僕が選んだ衣装だった。

「お前は、ミセリアになりたかったのか？」

「違います！」

ミセリアに近づきたいとも、近づけるとも思ったことはない。コルレオニスを喜ばせるため、ミセリアを真似ようとしたわけでさえなかった。

ただこの世界で求められているのは、僕ではない。コルレオニスの花嫁として召喚され、ミセリアの生まれ変わりだと喧伝された僕に世間が期待するのはミセリアであることだ。確かに、ミセリアであれば獅子王の隣に立つに相応しい。

どう足掻《あが》いてもミセリアになれない僕でも、彼が好むだろう装身具を身に着け、外見をそれらしく寄せることはできた。獅子王の隣に添えるなら、ただのみすぼらしい僕という案山子《かかし》より、ミセリアみたいな案山子の方がましだろう。見る者たちの記憶に残るのは、僕ではなくミセリアらしい記号だけだ。

僕の仕事は、獅子王を獅子王たらしめることにある。そのために最良だと思ったからこそ、この衣装を選んだ。

「ミセリアになりたいわけでもないのに、ミセリアを装ってまであの下衆な悪魔に嫁いでなんになる。それが自分の務めだとでも考えれば、楽になれるのか？」

「楽って、なんですか」

「ん？　ミセリアに擬態することで、獅子王との結婚を自分から切り離したかったんじゃあないのか？　結婚するのはお前自身ではなく、獅子王の問題だと。人間とは、全く面倒な生き物だ。だがそんな子細、お前も下衆な悪魔も愚かだというだけで、私には実にどうでもいいことだが」

心底興味などなさそうに、ヴェルギリウスが肩を竦める。それよりも、とうつくしい天使が絨毯を踏んだ。

「そんなことより、私と天国に来るがいい。今回の式を含め、あの愚か者を陰気な城から引き出したのはお前の手腕と聞いている。有能な花嫁を、地獄などで飼い殺させるのは惜しい」

来いって、まさか本当に天国へか。転職よりも呆気ない勧誘に、佐原は薄い瞼を上下させた。

「無論、先の聖別より多少は穏当な手段を選んでやる。異存はないな？」

「あ、ありますよ！　僕は天国になんか行きません！」

叫んだ佐原に、ヴェルギリウスが不思議そうに首を傾げる。

「何故だ。ここに残ってなんになる」

本当に、こんな上司は勘弁願いたい。いや、実際一緒に働いたら、これほど合理的で頼り甲斐のある相手はいないかもしれない。僕、ブラック慣れしすぎかな。そうだとしても、頷くことはできなかった。

「どうなるかは分かりませんが、だからって天国には行けません」

その判断が正しいか否かは、正直分からない。

実際、ヴェルギリウスの言葉は概ね正しいのだ。ここに残って、なんになるのか。帰してくれと、昨夜コルレオニスに交渉を持ちかけたのは佐原自身だ。地上に戻りたいだけでなく、一日も早くここから離れたい。そう願うのであれば、ヴェルギリウスの申し出は一考に値するのではないか。胸に湧いた誘惑に、ぶるっと肩がふるえた。

「人間というのは、かくも愚かなものか」

大きく嘆息したヴェルギリウスが、腕を伸ばす。ぎょっとして後退ろうとしたが、間に合わない。振り払おうとした佐原の左手首を、強い力が摑んだ。

「あ…」

唇が、触れる。

コルレオニスに贈られた、指輪の上だ。音を立てることもなく、ヴェルギリウスの唇が指輪へと口づけを落とした。

触れられるのか。コルレオニスの指輪に。驚きを映した佐原の瞳を、恭しく身を屈ませた天使が上目に見上げる。

「悪魔に嫁ぐ憐れな花嫁に、幸運あれ」

にやりと笑った唇が、もう一度左手に寄せられた。銀の腕輪に唇が触れようとしたその時、扉を開く音が耳へと飛び込む。

「なにをしてるんですか！　こんな所で！」

ぎょっとして振り返った視線の先で、飴色の髪が揺れた。軍装を思わせる礼服に身を包んだ悪魔が、目を見開いて立っている。

ヴェルギリウスと出会ったあの日、同じカフェにいた青年か。険しい視線に刺され、ヴェルギリウスが笑いながら両手を上げた。

「私は寛大な男だからな。お前の気が変われば、いつでも受け入れよう。ただし自らの浅慮を悔いるなら、早い方がいいぞ」

ふわりと蠱惑的《こわくてき》な香りを残した男が、優雅に踵《きびす》を返す。とてもではないが、控え室への侵入を見咎められた立場とは思えない。落ち着いた足取りで、蜂蜜色の髪を揺らした男が居間を後にした。

「ありがとうございます。イエレミヤ様…」

ヴェルギリウスの背中を見送った青年が、佐原を振り返る。

「大丈夫ですか？　王の指輪をはめておいでですから、安心とはいえ…。なにがあったんです」

「別に、なにも。ただヴェルギリウス様が、突然お訪ね下さって…」

「外で少し騒ぎがあったようですから、そちらにいくらか警備の者が出ているんでしょう。そうでなくても、あの人は神出鬼没ですが…」

唇を噛んだイエレミヤに、今度は佐原が驚く番だった。どんなにちいさなものでも、今日という日に騒ぎは避けたい。誰が、どんな問題を起こしているのか。慌てて現場を確かめに行こうとした佐原を、イエレミヤが引きとめた。

「安心して下さい。大した騒ぎじゃありません。それにティグリス様も、仲裁に向かっておいでですから」

先程ティグリスが、慌ただしく立ち去ったのはそのせいか。もういくらかで式が始まる時刻だが、ティグリスには本当に迷惑をかけてしまった。

「警備の方も、対応下さっているんですよね？　人員は、十分手配いただいたはずなんですが、足りている様子でしょうか」

「勿論です。お蔭でこちらにお邪魔するのに、予想以上に苦労しました」

にこやかに笑われ、睫が揺れる。

それは、どういう意味か。冗談として受け流すには、イエレミヤの唇は上機嫌すぎた。

「…イエレミヤ様は、どういったご用件で？」

イエレミヤは、コルレオニスを信奉する者の一人だ。これまでも志願してフルグルに加わり、獅子王の助けとなることを熱望してきた。信望が厚い男であることは確かだろうが、しかし今何故彼はここにいるのか。

外での騒ぎを、佐原に報告するためだけに訪れたわけではないだろう。ヴェルギリウスの来訪を察知し、追い払うために駆けつけたとも思えない。そもそも佐原の控え室への出入りを、コルレオニスが彼にまで許すだろうか。

「ミセリア様に、お願いがあって参上しました」

「そうですか。お力になれれば幸いですが、そろそろ迎えが参ります。申し訳ありませんが後日、改めてお話を伺わせて下さい」

もうしばらくすれば、ティグリスか使用人が佐原を迎えに来るだろう。失礼がないよう扉へと促すと、イエレミヤが軽い足取りで絨毯を踏んだ。

「お心遣い感謝いたします。ですが私は、今日聞いていただきたいのです。あなたに」

伸ばされた腕が、佐原の肩越しに扉を捉える。ばたん、と音を立てて扉を閉じられ、嫌なふるえが背中を包んだ。

「あなたにしか、お願いできないことです。花嫁」

見上げる唇は、やはり機嫌よく笑っている。飴色の双眸の奥で、赤い光が瞬いた。


息を呑むほど高い天井に、音楽が響く。

澄んだ音色の、ヴァイオリンだ。ゆるやかな旋律が、石造りの大広間を静かに流れる。

巨大な丸天井を持つそこは、荘厳な聖堂を思わせた。尤も悪魔の居城に、神に祈るための場所などあるはずがない。事実広間には祭壇もなければ、清らかなるものを讃える絵画もなかった。壁は黄金で飾られ、深い藍色が天井を彩っている。鮮やかな色の石を砕いて作られた空に輝くのは、黄金の月と太陽だ。振り仰いで目を凝らせば、周囲に散る星の瞬きまでもが見て取れるだろう。

今夜は頭上だけでなく、広間のあちこちに眩い星が散っていた。庭を彩ったものと同じ蠟燭が、大理石の床で瞬いている。無数の蠟燭が黄金の壁を照らす様は、それだけで神秘的だ。

犇《ひし》めく参列者から、深い吐息がもれる。皆咳一つ上げることなく、広間の中央を注視していた。

巨大なステンドグラスの前に、黒い机が据えられている。その隣では、大きな鉄の籠が赤々とした炎を湛《たた》えていた。

燃え盛る炎が、美々しい一対を照らす。

ヴェール越にさえ、痛いほどに視線が突き刺さるのが分かった。隣に立つ男もまた、血の気の失せた佐原の肩へと眼を落とす。立会人である年配の男が、広げられた革を示して契約の言葉を読み上げた。

長く続く契約の言葉に、いつの間にかヴァイオリンの音色は消えている。

それでもなんらかの音楽が、耳に流れ込んでくる心地がした。突き立てられる視線たちが、そう錯覚させるのか。注がれる視線には、切りもない溜め息が混じった。無理もない。この場にいる誰しもが、婚礼衣装に身を包む獅子王を陶然として見上げた。

できることなら、佐原もまた隣に立つ男を仰ぎ見たい。ネクタイは無論、シャツまでを黒で揃えた獅子王は、蠟燭に照らされる夜そのものだ。仕立てのよい礼服が、鍛えられた体軀を一層雄々しく描き出している。これほど威風堂々とした花婿が、他にいるだろうか。感嘆に値する男の隣で、佐原は深くヴェールを被って立ち続けていた。

永遠とも、思える時間だ。

実際には、取るに足らない短さだったかもしれない。だが身動ぐこともできず、佐原はただ揺れる蠟燭に目を凝らしていた。

「それでは、誓約の印を」

立会人の声に応え、付添人の一人が銀で作られた筆記用具を差し出す。受け取ったコルレオニスが、迷いのない手つきで革へと署名した。金属のペン先が、革に傷をつけるように進む。インクの跡を追い、掻き傷が火傷のように革へと刻まれた。

続けて、コルレオニスが懐から刃物を取り出す。ちいさいが切れ味の鋭いそれで、男は迷うことなく自らの親指を傷つけた。

「っ…」

息を詰めたのは、むしろ佐原だ。肩を揺らした佐原のヴェールへと、獅子王の手が伸びる。そっとそれが捲られた時、もう一度息を呑む音が落ちた。

したたる悪魔の血を、契約の主が花嫁の唇へと塗りつける。血は、自らの所有を示すと共に、契約の主の真実を告白するものだ。自らの血に交わった唇へと、誓約の口づけを落とす。そうすることで、悪魔の契約は完結するのだ。

佐原も、例外ではない。唇に、親指が押し当てられる。否、押し当てられるはずだった。

掻き上げられたヴェールが揺れ、コルレオニスがわずかに後退る。それ自体は、特段不自然な動きとは言えなかった。参列者たちが見守るなか、コルレオニスの腕がもう一度花嫁のヴェールを摑んだ。

「獅子王…！」

大きく、男の巨軀が傾く。上がったのは、喝采《かっさい》ではなく悲鳴だ。

驚きに、広間の空気が揺れる。だが大半は、なにが起きたか理解できていなかっただろう。ヴェールから指を解かないまま、コルレオニスの巨軀が床へと崩れ落ちた。

あの、獅子王が。

なにが、起きたのか。

動揺が、波紋のように広がる。コルレオニスの正面に立っていた立会人が、大声でなにかを喚いた。佐原もまた叫ぼうとしたが、声にならない。膝を折り、コルレオニスを覗き込むことさえできなかった。

冷たい床に膝をついた男が、顔を歪める。天使が錬《ね》った聖別の徴を握り潰してさえ、眉一筋動かさなかった男だ。それが苦痛に奥歯を嚙み、佐原を仰ぎ見た。

なんと、叫ぼうとしたのか。コルレオニスの唇の動きに、甲高い悲鳴が重なった。

「見て！　花嫁が…！」

幾重もの首飾りで飾られた佐原のうなじは、すでに何物にも覆われてはいない。コルレオニスによって摑まれたヴェールが、足元に不吉な波紋のように広がった。

だがなにより不吉なのは、佐原の右手に絡む蛇とも蜥蜴《とかげ》ともつかない影だろう。手鎖のように腕に溶け込むそれが、佐原の右手とそこに握られた刃物とを繋いでいた。

「花嫁が、獅子王を刺した…！」

違うと、訴えることはできない。事実佐原が握ったナイフこそが、赤い血でぬれていた。コルレオニスの肩を突き、こぼれた血だ。

「まさか、そんなこと…！」

「取り押さえろ！」

怒号が交錯して、幾人かが走り出る。

ミセリアの生まれ変わりと囁かれていようと、所詮は花嫁だ。乱暴に伸びた腕が、佐原を摑む。食い込んだ爪に呻くと、佐原を引き摺ろうとした悪魔が悲鳴を上げた。

「っぎァ！」

「莫迦なことを。獅子王の指輪で守られた花嫁を、あなた方程度が好きにできるとお思いか？」

呆れたような声が、響く。振り返った悪魔たちが、眉を吊り上げた。

「イエレミヤ、お前…」

声が出せるのであれば、佐原もまたその名を呼んでいただろう。動揺する参列者たちの間から、細身の青年が歩み出た。

「花嫁は、王の指輪で守られておいでだ。王の力を分けた、大切な指輪で」

ちいさなどよめきが、広間に広がる。冷たい汗を滲ませるコルレオニスを、イエレミヤが高い位置から見下ろした。

「守られているとはいえ、それはあくまでもご自身の力でです。裏切りに気づけば、あなたはすぐに花嫁に罰を下すこともできたはずだ」

佐原を守るのは、コルレオニス自身の力を宿した指輪だ。他の誰にも手出しできなくとも、男にはそれを外す力がある。そうでなくとも、指輪ごと花嫁を壊すことだってコルレオニスには可能だった。

「殺せばよかったんです。ヴェールを捲り、彼が持つ呪いの刃に気づいた時に」

嘆息したイエレミヤが、呻くコルレオニスを蹴り上げる。

ごつ、と響いた鈍い音に、驚きの叫びが重なった。何故、イエレミヤが。彼が誰よりも獅子王を信奉していたことは、多くの者が知ることだ。

「何故です？　何故花嫁ごときの刃を受けるなどという愚挙を。そもそも何故あなたは、花嫁と婚礼を上げようなどとお考えになったんです。ミセリア様の生まれ変わりだからですか？　莫迦莫迦しい」

青年の双眸で、赤い炎が揺れた。

花嫁の控え室で佐原を捉え、覗き込んだあの目だ。

「こんな人間ごときが、ミセリア様のはずないでしょう。もしそうだったとしても、あなたが花嫁のために天使に額ずくなどあり得ない。決して、許されない。あなたは誉れある獅子王でいらっしゃるのですよ！」

控え室でも、イエレミヤは同じ言葉で訴えた。

コルレオニスが表舞台を去った後も、イエレミヤは獅子王を崇拝し続けた。だがその男は、目の上の瘤《こぶ》に等しい天使を打ちのめすどころか頭を下げたのだ。花嫁ごときのために。獅子王への憧れが強ければ強いほど、失望は深くイエレミヤを呑み込んだのだろう。

「知った、ことか。私…、は、私の意志で、ヴェルギリウスの出席を、願った。それ、だけだ」

荒い呼吸を繰り返すコルレオニスが、低く絞り出す。

男にまだ声を出す力が残っていることに、イエレミヤは少なからず驚いたらしい。感心したように、青年が唇を綻ばせた。

「さすが我が獅子王。力の多くを花嫁に与えておいでなのに、蠍《さそり》の毒を受けてなお息がおありなのですね」

蠍、という言葉に、新しいどよめきが広がる。

それは花嫁が産み落とすとされる、災厄の一つだ。火を食らう蠍の毒に触れれば、何者でもたちまちのうちに命を落とす。一滴で人間の国一つが滅んだと、作中にも描かれていたはずだ。

ふるえる佐原の指は、もう満足にナイフを支えてはいない。最初からそうだ。だが指は解けているのに、影によって縫い止められたそれは佐原の手のなかで鈍く光った。

「私に、あなたの指輪で守られた花嫁を傷つける力はない。ですが、花嫁にこの刃を持たせることは可能でした」

ぱちんと、イエレミヤが指を鳴らす。佐原の手首に絡む影が動き、血でぬれたナイフがこぼれ落ちた。

「あ…」

「この毒を手に入れるのも、刃を城内に持ち込むのにも苦労しました。でも、甲斐はありました。人選も、悪くなかったと思いませんか。私がお願いした通り、花嫁は期待に応えて下さいました」

それはお願いなどではなく、まさに呪いだ。

控え室を訪ねたイエレミヤは、佐原にちいさなナイフを握らせた。そんなものに、触りたくない。

身をもがかせたが、這い上がった影が佐原の手首に絡んだ。

叫んで人を呼ぼうにも、その頃には声すら奪われていた。

イエレミヤは、佐原をわずかほども傷つけてはいない。手首に一度、やわらかに触れただけだ。そして、耳元で囁いた。

獅子王を、これで刺して下さい。首か、あるいは心臓を。怖れることはありません。全ては、このナイフが教えてくれます。あなたは獅子王の前に進み出て、口づけを待てばいい。

抗おうなどと考えるのは、全くの無駄です。あなたが本物のミセリア様であったとしても、この刃の呪いからは逃れられないでしょう。ですからおとなしく、花嫁としての命運に従って下さい。

イエレミヤがそう吹き込んだ通りに、体が動いた。

出払ったままのティグリスに代わり、控え室に佐原を迎えに来たのはコーディネーターだ。誰も、佐原が握らされたちいさな刃物に気づく者はいなかった。ティグリスが足止めされているのも、イエレミヤが画策した結果なのだろう。入念な段取りや警備をかいくぐり、小競り合いが起きたのには相応の理由があったのだ。

「獅子王、あなたには心底がっかりしました。あなたは天使になど膝を折るべきではなかったし、花嫁を妻になどすべきではなかった。そもそもこんな場所に、引き籠もるべきでもなかった」

論ったイエレミヤが、混乱する参列者たちを見回す。

「皆さんも、そうお考えでしょう？　獅子王は、もうそう渾名されるに相応しくない」

「なにを言う、イエレミヤ！」

「恥を知れッ」

激昂《げきこう》した怒号が、あちこちから上がる。コルレオニスの部下であった、男たちか。あるいは戦友たちなのだろう。参列者たちを突き飛ばし、数人の者たちがイエレミヤへと詰め寄った。だがその腕が青年を摑むより早く、別の男たちが彼らの前に立ち塞がる。

「貴様…！」

イエレミヤは事前に、同じ主張を持つ者たちと通じていたのか。そうでなかったとしても、獅子王を追い落としたいと願う者は少なくないのだ。膝をつく獅子王を目の当たりにすれば、これを好機と喜ぶ者がいても不思議はない。

飛び交う罵声に悲鳴が混じり、参列者の幾人かが火の粉を避けて大広間を後にする。視界の端に、呆れたように肩を竦めるヴェルギリウスの姿が映った気がした。

「私にとっても、非常に残念です。だが選んだのは、獅子王ご自身だ。ナイフに気づいた時、躊躇せず花嫁を殺していれば許して差し上げるつもりだったのに」

嘆息したイエレミヤが、コルレオニスの脇腹を蹴りつける。骨を砕く音が響き、悲鳴が佐原の唇から迸《ほとばし》った。

「獅子王…！」

イエレミヤが言う通り、コルレオニスは最も単純な手段を選ぶこともできたはずだ。

佐原の手がナイフを握っていると気づいた時、男は声もなく眼を瞠った。呪われた刃は、佐原の腕に縫い止められている。それを奪うためには腕ごと切り落とすしかないと、男は即座に悟ったはずだ。

自らを守って花嫁を斬るか、花嫁を救うため自らを危険に晒すか。一瞬の躊躇が生死を分ける世界において、コルレオニスが下すべき判断は一つだった。それにも拘わらず、男は迷わず佐原の腕を摑んだのだ。

「今からでも遅くはありませんよ？　花嫁に与えた力をご自分に取り戻せば、いかな猛毒を受けたとはいえ命くらいは助かるかもしれません」

笑ったイエレミヤが、コルレオニスの顳顬を踏みつける。やめてくれ。そう叫びたいのに、どっと参列者のなかからも歓声が上がった。割って入ろうとする者たちを取り押さえ、礼服のままの悪魔たちが笑い声を上げたのだ。

「その場合もご安心下さい。花嫁は私が責任を持って活用させていただきます。花嫁に種つけするたび、獅子王を悼《いた》むことができるなんて素敵だと思いませんか」

声を上げようとした佐原へと、イエレミヤが向き直る。軽い足取りで歩み寄った青年が、動けずにいる佐原の顔をぞろりと撫でた。傷つける、動きではない。自らの指の動きを辿り、べろ、とイエレミヤが舌を伸ばす。唇の大きさに似合わない、太く長い舌が白い頬をぬらした。

「ひ…」

冷たく、そして熱い舌だ。嗅いだことのない匂いが、口元を掠める。吐き気に呻いた佐原が面白かったのか、参列者の一人が花嫁へと腕を伸ばした。

「これが、獅子王の花嫁か…」

「なかなかうつくしい肌をしてるじゃないか。…美味そうだ」

下卑た声を上げた悪魔が、レースをたくし上げて腿を摑んでくる。気色悪さに足をばたつかせると、もう一本の腕が股座へと伸びた。ぞろりとさすられると同時に、悲鳴が上がる。

佐原の、声ではない。不用意にも佐原の腿に爪を立てた男の腕が、炎に包まれたのだ。のたうった悪魔の体が、真横に吹き飛ぶ。

「な…」

黒い影が、揺れた。

蠍の毒を受け、立っていられる者などいない。そのはずなのに、コルレオニスの巨軀がふらつきながらも床を蹴ったのだ。

「獅子王!」

動いては、駄目だ。早く、手当をしなければ。

毒に犯された体が、痛まないわけがない。嚙み締められたコルレオニスの歯の隙間からもれる息は、獣のそれだ。だが振り返った獅子王の腕が、もう一人の襟首をも摑んで床へと叩きつけた。

「ぐげッ」

「獅子王、あなたという人は」

ごつりと響いた固い音に、苦々しい落胆が重なる。身を翻したイエレミヤが、コルレオニスへと駆け寄ろうとした佐原を摑んだ。盾に、する気か。血走った獅子王の双眸が、卑劣な男を睨めつけた。

「嘆かわしい。この期《ご》に及んでも、正しい判断が下せないまでに落ちぶれるとは」

佐原を守るのではなく、その手から指輪を取り上げることこそが正しい。そうすれば、もしかしたらコルレオニスは自分の命だけは拾えるかもしれない。突きつけられた現実に、佐原は自らの左手で光る指輪に触れた。

「っ…」

曇り一つないダイヤモンドが、薬指で輝く。獅子王の生命の輝きをそのまま煮詰めた、怖いくらいうつくしい宝石だ。

「やめろ」

低い声が、佐原を撲つ。

荒い息を吐き散らすコルレオニスが、はっきりと叫んだ。猛烈な毒が、男を内側から破壊しつつあるのだろう。双眸は落ち窪み、血の気を失った唇は今やどす黒く濁っている。

立っていることなど、到底できるとは思えない。それでも、両足を踏み締めた男が佐原を見た。

やめろ、と。

花嫁が指輪に触れても、なにも起こりはしない。肌を焼かれることもない代わりに、自らの意志で外すこともできないのだ。分かっていても、選択肢そのものをコルレオニスが否定した。

何故だ。

何故、あなたは僕のためにそこまでするのか。

呪いによって操られていたとはいえ、コルレオニスを刺したのは佐原だ。そんな僕を、どうして庇う必要がある。

ミセリアの、生まれ変わりだからか。

そんなこと誤りだと、何度も言ったじゃないですか。本当はあなただって、よく分かっているはずだ。もし僕があなたのミセリアだったら、おめおめとイエレミヤに操られはしなかっただろう。獅子王を、刺す真似もしなかった。

だけど、僕は違う。違うのだ。

「がっかりです。以前のあなた…本物の獅子王だったら、今頃花嫁だけじゃなくこの場の全員を殺していたはずなのに。どこまで自分の名前と体面を汚せば気がすむんです」

「あなた、だ…」

絞り出した声に、イエレミヤが瞬く。

「面汚しは、あなただ…！」

花嫁が抗議の声を上げるなど、考えてもいなかったのだろう。薄い胸を喘がせた佐原に、イエレミヤが眉を吊り上げた。

「私ほど、獅子王の名誉を重んじる者はいませんよ。獅子王の栄光を汚す者は、消えるべきだと考えます。たとえそれが、獅子王ご自身であってでも」

「勝手なこと言わないで下さい…！　あなたは押しつけてるだけだ。自分が妄想する、獅子王を」

イエレミヤが言う、獅子王とはなにか。

冷徹な、悪魔。自らの道義を重んじ、それに反する者であれば天使だろうと悪魔だろうと等しく拳を振るう。

何者をも心に住まわせず、疲れを知らず、痛みを感じない完全無欠の存在。それこそが獅子王だと、男は言うのだ。

「妄想？　それはあなたが本当の獅子王を知らないからだ。前線に立つこの方は本当に…。いえ、それもうすぎた話ですね。いずれにしても、指輪で守られているからと言って図に乗るのは感心しませんよ？」

今佐原を守るのは、獅子王の指輪以外なにもない。その庇護を失えば、花嫁など爪も牙も持たないただの人間だ。最上位の貴族によって召喚された花嫁は、それを召喚できない者にとっては垂涎《すいぜん》の的とされた。無論そんなこと、花嫁にとって幸運とはなり得ない。主を失った高価な道具が辿るのは、より過酷な運命だけだ。

「尤も心配には及びませんが。言った通り、あなたは生かしたまま私が躾を引き継ぎます。だからおとなしくしていらっしゃい」

それが最大限の慈悲だとでも言うように、イエレミヤが佐原の肩口を舐めた。呻いた佐原を、青年が悪魔たちへと突き飛ばす。

「放して下さい…っ」

「獅子王も、どうぞ安心して死んで下さい。最期まで花嫁ごときを気遣うとは、高潔な貴族らしからぬ笑い話ではありますが」

愉快そうに肩を揺らしたイエレミヤが、床からなにかを拾い上げる。蠢く影に守られた、呪いの刃だ。痙攣《けいれん》を始めた瞼を堪え、コルレオニスが微動だにせず白刃を睨めつける。否。映すのは、男たちに腕を掴まれ、床へと引き据えられた佐原をか。

「なにが笑い話です！　言ってるでしょう！　あなたは全然分かってない！」

押さえつけてくる悪魔たちの腕の下で、佐原が叫ぶ。足を止めたイエレミヤが、うんざりとして振り返った。

「ミセリアの生まれ変わりであるあなたは、より正しく獅子王を理解できていると？」

「違う…。僕も、一緒だった」

背後から伸びた手が、呻いた佐原の喉元を摑む。眼底を焼く痛みに歪む視界で、佐原は漆黒の双眸を見返した。

「獅子王が言う通り、僕が成功させようとしてたのは、小説のなかのあなたのための式だ。英雄で、いつだって物語の中心にいる、あなたの…」

桜庭の筆が進むのは、純粋に嬉しい。コルレオニスが英雄として賞賛を浴びる手助けをさせてもらえるのも、なによりの喜びだった。だって獅子王は、喝采を浴びて然るべき男だ。自分の推しが正しく評価されることを、喜ばない者はいない。

だが果たして、それはコルレオニス自身の望みだったのか。

どれほど屈強な男であっても、肩に食い込む荷物を重く感じる夜はあるだろう。負うものの半分を預かり、時に並んで足を止めてくれる相手はもういないのだ。抱えているのは心臓をあたためるには足らない記憶のなかのぬくもりと、苦すぎる悔恨だけでしかない。それでも尚歩み続ける姿すら、佐原の目には英雄そのものとして映った。

身勝手な話だ。僕も、獅子王に英雄譚の主人公たれと期待した一人にすぎない。だがコルレオニス自身が望んだのは、もっと自由な冒険譚だったかもしれないし、端整な文字で書かれた学術書だったかもしれない。そうだとしても、読者でしかない僕が口を挟んでいいものではなかった。

「あなたは一度だって、これを着けろって言わなかったのに…」

握り締めた左手で、からんと銀の腕輪が鳴る。

ミセリアを思わせる装身具を、コルレオニスは身に着けるよう一度も佐原に強いなかった。むしろ左手にそれを見つけるたび、眩そうな、どこか物思うような眼をした。純粋に、僕には似合わないと考えたのかもしれない。そうだとしても腹を立てて外させたり、よりミセリアに似せるよう努力を求めもしなかった。

婚礼衣装だってそうだ。君がこれを着るとは思わなかったと、コルレオニスはこぼした。式の主人公はあくまでも獅子王であって、僕じゃない。僕は僕に与えられた、ミセリアを思わせる案山子としての役目を果たすだけだ。そう言い訳をした愚かな心の内まで、男は気づいていたのではないか。

気づいていて、佐原を許した。それどころか、毒の刃までを受けたのだ。

「つき合わせてしまって、すみません。でも…、でも僕も、楽しかった」

他の誰の願いも億劫がるくせに、ちゃんと僕とは出かけてくれた。いくつも並べたウエディングケーキの試食には、採点表を片手に挑んでくれた。意外にも甘いケーキを選ぶから驚けば、にやりと人の悪い顔で笑われた。

そのどれも、英雄の行いとはかけ離れていたかもしれない。だけど、楽しかった。本を読むだけでは知ることができなかった顔を目にするたび、新しい驚きが胸で爆ぜた。同時にそれは、佐原に微かな痛みをもたらした。

痛みだと、そう自覚するのも恐ろしい。結局、自分は自分自身の痛みに負けたのだ。

「やっぱり僕は、ミセリアさんにはなれない」

擦り切れるほど繰り返してきた言葉が、唇からこぼれる。すん、と鳴ってしまった鼻とは対照的に、少しだけ笑っていたかもしれない。苦痛に歪むコルレオニスの唇が、なにかを叫んだ。

やめろと、怒鳴ったのか。だがそれを確かめる前に、佐原は輝く指輪を右手で捉えた。

「ごめんなさい」

「あなた、なにを…」

イエレミヤの眉間が、訝る形に歪む。

コルレオニスが命を落としても、佐原は主を新しくするだけだ。いずれは使い捨てられる運命としても、今日この日を生きながらえることはできる。そう約束された以上、進んで生存の道を捨てる莫迦などいない。

イエレミヤは、当然のようにそう考えたのだろう。佐原だって、同じだ。

目の前に突きつけられた確実な死と、それから逃れ得る道があるなら迷わず後者を選びたい。そのはずなのに、佐原の右手は眩い指輪を摑んでいた。

親指と人差し指で捉えたそれを、ぐ、と引く。

外れる、わけがない。確信していたはずのイエレミヤの双眸が、驚愕に見開かれる。

当然だ。最高位の貴族が与えた指輪を、花嫁ごときが引き抜けるものか。貴族に比肩する強力な力を持つ天使が、心からの祝福を与えたとしても容易だとは思えない。だが、指輪は動いた。どこかで物見高い天使が笑いながら手を叩いている気がしたが、どうでもよかった。

ずずず、と動く指輪に合わせ、全身の産毛が逆立つ。

これが正しい選択かは、分からない。だってコルレオニス、あなたは僕が死ぬのを見たくないと思ってくれているはずだ。僕に限らず、あなたはこれ以上誰のことも失いたくはないのだろう。だから僕を生かすため、刃を受けた。

それがあなたが選び得た最良の選択肢であるのなら、従うべきなのかもしれない。分かっていながら、この道を進む僕にきっとあなたは失望するだろう。

怒られてもいい。わがままでどうしようもないと知っているけれど、僕はあなたに生きてほしいんだ。英雄である必要もない。傷ついた体で踵を返し、今すぐ僕を置いてここから逃げてくれ。

主人公たり得ない僕は、共に生きる道を摑み取れるほどに強くない。ミセリアのように、迷いなく飛び込む勇気だってなかった。

怖い。正直に言ってしまえば、そうだ。

だけど、後悔はなかった。ただやさしいあなたに僕が残す傷が、できる限り浅いものであればいい。思い上がりだって笑ってくれるなら、それで十分だ。

地獄の底で、僕はなにに祈ったのか。一息に指輪を引き抜いた時、きん、と金属的な音が鼓膜を刺した。

「っ、ぁ…」

瞬間、押し寄せたのは完全な静寂だ。

世界が塗り替えられるように、体中の細胞が引きちぎられる錯覚を味わう。全身の毛が逆立って、爪先までもが凍りついた。

ここは、これまで佐原が生きてきた場所とはまるで違う。肌に触れる空気が、それどころか体を覆う皮膚が、僕自身を構成する全てが、まるで違った。

地獄なのだ。

初めて広い寝台で目覚めた時ですら、ここまでのふるえを覚えなかった。コルレオニスの気配に、守られていたからか。それを剝ぎ取られたと実感すると同時に、どっと冷たい汗が噴き出した。

瞬きする間もなく、顎を摑んでいた男の爪が皮膚へと食い込む。

死、という言葉そのままの冷たさに声がもれた。横から伸びた腕が、ぞろりと佐原の尻を撫でる。もう一本の腕が尻臀《しりたぶ》を横に引いて、硬い指が割れ目を探った。

気色悪さに、叫びがもれる。いや、叫んだはずだった。だがなにも、聞こえない。混乱に喚いた頭上で、空気が動いた。

「ぐがっ」

悲鳴が、唐突に耳を劈《つんざ》く。誰の声だったのか。同時にばしゃりと、熱い飛沫が膝先にぶちまけられた。

「な…」

音が戻ったことに気づくより、眼前で揺れた影に凍りつく。

真後ろにいた巨漢が、どっと音を立てて倒れた。たった今まで佐原の首に手をかけ、その尻穴を探ろうとしていた男だ。ぎょっとして視線を振り向けた先の悪魔には、頭がなかった。

「ッひ」

足元に這いつくばり、佐原の臑を舐めていた男が横様に飛び退く。

その足元に、ごろりと転がるものがあった。膝先をぬらす夥しいもののなかに落ちたそれがなにか、目を凝らすまでもない。だがそんな吐き気を伴う光景以上に、血のなかに立つ影にこそ息が詰まった。

「あ…」

蠟燭の炎が、揺れる。

冷たい大理石で作られた広間に、影が落ちていた。

濁った夜がそのまま、黒く歪な形を得たのか。だが闇よりも確かに、その巨軀は揺るぎがたい重みを伴って立っていた。

「獅…」

逃げてくれ。早く。叫ぶべき声が、喉の奥で潰れる。

音はもう、途絶えてはいない。だが世界は、静寂のなかにあった。

「な…、あなた…」

信じられないものを見る目で、イエレミヤが瞬く。その驚愕を、黄金の炎が睥睨した。

野獣の、眼か。

漆黒が渦巻く深淵で、飢えた光がぎらつく。人の身が宿せる、輝きではない。ゆら、と影が進んだ時、叫び声が上がった。

「し、死に損ないがッ」

裏返った声を放った悪魔が、腕を振りかぶる。礼服だったものから突き出たそれは、ごつごつと異様な形をした腕と爪だ。鋭い鉤爪が、コルレオニスの頭へと振り下ろされる。

ごぎ、と、鈍く重い音が佐原の耳にも届いた。爪が切り裂くよりも早く、コルレオニスの拳が男の顳顬を打ち抜いたのだ。腕を持ち上げる、そんな動きも見えはしなかった。だが骨を砕く音に続き、薙《な》ぎ払われた腕が躍りかかったもう一人をも殴り伏せる。

「ひッ」

どっと、空気が揺れた。棒立ちになっていた悪魔たちが、我に返ったように身構える。だが、もう遅い。踏み出したコルレオニスの巨軀に押されるように、空気がふるえた。燭台を摑んで振り上げた悪魔の顔面を、正面から突き出された獅子王の腕が捉える。ぐしゃ、と響いた音の呆気なさに、鳥肌が立った。

「う、うあああっ」

「逃げるな！　毒にやられた腑抜けだぞ！」

悲鳴と怒号が、交錯する。

拳を振るうコルレオニスの口から吐き出されるのは、毒に冒された濁った息だ。皮膚の下を走る血管が黒ずみ、男の双眸を凶器のようにぎらつかせている。だが低く喉を鳴らし、歯を剝き出しにさせるのは毒がもたらす苦痛などではない。燃え盛る怒りこそが、男の形相を獣のように歪ませた。

「殺せ！」

喚いた悪魔の喉が、真っ赤に裂ける。空を切ったコルレオニスの拳が、男の頭ごとその首をねじ切った。勢いよく飛び散った飛沫が、佐原の膝先に新しい血溜まりを作る。動けなかった。見開いた視界のなかで、イエレミヤが肩を揺らしても佐原は睫一つ動かせなかった。

「獅子王…！」

呪いの刃を握ったイエレミヤが、爛々と目を光らせる。けたたましいその笑い声に籠もるのは、紛れもない歓喜だ。

「我が王！　やはりあなたは…」

浮かされたように、賞賛の声を上げようとしたのか。大きく両手を広げたイエレミヤの眼前を影が覆う。同時にどすん、と重いものがその胸に当たった。不穏な音を立てて、肋骨が潰れる。ぶち抜かれ、引きちぎられた体が呆気なく床へと落ちた。

蹈鞴《たたら》を踏むどころか、悲鳴を上げる間もない。空気を裂いたコルレオニスの拳の先で、新しい絶叫が上がった。

「ぎゃァァ」

ほんの何度か瞬きを繰り返す前まで、世界は静寂に包まれていた。だが今ここにあるのは、骨をへし折る音と肉を裂く音、絶叫と、混沌だ。

獅子王。

イエレミヤが呼んだものと同じ名を、誰かが叫ぶ。それは、英雄の名だ。

悪魔でありながら、英雄譚の主人公たる男。

自らが信じる正しさに殉じ、迷いなく道を進む。闇こそが悪魔の住処《すみか》であったとしても、男が放つ輝きが掻き消されることはない。むしろ赤々と燃える火は、地獄の底であるからこそ一層苛烈に輝くのだ。

だが、今目の前にいる男は誰か。

泣き叫ぶ悪魔を摑み、吊り上げ、引き裂くのは誰か。

悪魔のなかの悪魔。悪魔すら懼れる、怪物。

揺れる蠟燭の火が、世界を擂《す》り潰す拳を浮かび上がらせる。咆哮を上げるコルレオニスの背後で、夜が動いた。骨を押し上げる鈍い音を立てて、漆黒が生まれる。

暗闇をも覆いつくす翼が、絶叫を呑み込んだ。

庭に設《しつら》えた円卓に、やわらかな日差しが注ぐ。

頭上まで伸びた薔薇の茂みから長く蔓が流れ落ち、眩い緑を散りばめていた。豪奢な植栽から舞い降りた小鳥が、整えられた芝生の上でパンくずを啄《ついば》む。

絵画のなかのような、完璧な午後だ。

溜め息をもらした唇を、あたたかな唇が吸う。ちゅ、と可愛らしい音を鳴らしたそれを、佐原は半ば呆れる思いで見下ろした。

こんなに可愛らしいキスもできるのに、なんて男らしい唇だろう。

格好いい。僕の推し、最高だな。

何度目の当たりにしても、条件反射のようにそう思う。僕の信者ぶりも相当だけど、目の前の男に非の打ち所がないのも事実だった。佐原を膝に乗せたコルレオニスが、機嫌よく眼を細める。

「美味いぞ」

にっこりと促され、我に返ってフォークを取り上げる。ぴかぴかに磨かれたそれで運んだのは、マッシュルームのコンフィだ。込み上げる動揺に堪え、ぱくりと自らの口へと放り込む。

「そう、ですね…」

じゅわりと、肉汁にも似た魅惑的な出汁《だし》が口腔にあふれた。ふんわりとローズマリーが香るそれは、文句なく美味しい。

その料理だけではない。純白のクロスがかけられた食卓には、ぎっしりと皿が並べられている。アスパラガスやロマネスコ、軽く焼き色をつけた玉葱《たまねぎ》などが盛り合わされたサラダは、見た目にも香りにも豪華の一言につきた。何種類もの野菜の下には、脂《あぶら》の乗った鮭や大振りの海老がバジルのソースを纏ってごろごろと転がっている。まるで、魚介と野菜で作られたバベルの塔だ。メインディッシュでもおかしくないその皿の隣では、なめらかな渦を巻くポタージュが湯気を立てていた。その他にも名前も知らないような料理たちが、競い合うように食卓を埋めていた。

就職して以来、コンビニサラダと弁当で命を繋いできた佐原にとってはなにもかも神々しすぎる。なんて、贅沢なのか。なかでも最も贅沢なのは、佐原を抱きかかえる満足げな男の存在だろう。逞しい大腿に腰をかけさせられた自分の体勢には、大いに疑問を抱かずにはいられない。だがそれ以上に、この完璧と思える麗《うら》らかさのなかにおいて看過できないものがあった。

第二釦まで外されたコルレオニスの襟元に覗く、分厚い包帯だ。

ほんの数日前、この城でなにが起きたのか。コルレオニスの肩に巻かれた包帯は、決して消すことのできない惨劇の記憶を示していた。

惨劇。

その言葉が、あれほどまでに相応しい場面があるだろうか。

下手に記憶を手繰《たぐ》れば、食欲など失せてしまう。事実佐原がまともに食事を取れるようになったのは、騒ぎからいくらかすぎた頃だった。食事はおろか、数日間は記憶すら朦朧としている。覚えているのは、駆けつけてくれたティグリスに連れ出されたこと。鉄の匂いと、床のみならず壁にまでしぶき、赤い色を露わにした夥しい血。そしてその中心で咆哮する、獰猛で巨大な夜の影だ。

血の海だった。

活字の上では、何度となく目にした表現だ。具体性に欠ける、陳腐な言葉かもしれない。だが佐原が目の当たりにしたのは、まさにそれだ。悪魔とはいえ、人と相似した生き物が、あれほど惨く圧倒的に叩き潰されるのを初めて見た。

目を閉じることも、耳を塞ぐこともできない。愕然《がくぜん》と身を固くする佐原の目の前で、全ては起きた。

歓声が悲鳴に塗り替えられて、広間を埋めつくす。詰め込まれた恐怖と断末魔の声が、世界を揺さ振りながら鳴り響いた。

天使が吹き鳴らす、終末の喇叭《らっぱ》とはああしたものか。コルレオニスが力の全てを取り戻すと、獅子王に加勢しようとしていた者たちも勢いづいた。後はもう、鋼鉄の爪で世界を掻き回すのと同じだ。

「傷に染みなければいいんだが」

気遣わしげなコルレオニスの指が、そっと唇に触れてくる。男の指が撫でたそのすぐ横に、まだ赤味を残す傷が浮いていた。あの夜、誰かに撲たれ切れた傷だ。

「大丈夫です。もう全然、痛くないですから」

「唇以外にも、怪我をさせてしまったな」

男が眉間を歪める通り、確かに唇以外にもいくつか痣や裂傷が残った。だがどれも、深手などではない。コルレオニスが身に受けたものに比べれば、そもそも傷とも呼べないものだ。

「僕のことより、肩、痛みませんか？　やっぱり僕、椅子に座ります」

腿から降りようと身動ぐと、男がちいさく呻いた。庇われた左肩に残るのは、言うまでもなくあの夜佐原が刻んだ刃物の傷だ。

操られていたなど、言い訳にならない。肩を裂いた傷自体はちいさなものだが、そこに塗られた毒は獅子王といえど無視できなかった。傷口こそ塞がりかけているが、周囲にはいまだ長虫のような紫の腫れが残っている。朝夕に薬を塗ることを買って出た佐原こそが、目の当たりにするたび痛々しさに顔を歪めた。

「大丈夫だ。確かにまだ少し痛むが、君がそこに乗ってくれていた方が気持…距離が近くて助かる」

真顔で告げた男が、あ、と口を開く。

餌を強請る、雛と同じ格好だ。聞き捨てならない言葉を聞いた気がしたが、佐原は律儀に海老とアスパラガスをフォークで掬った。男の唇へと供しようとした手が、不意に止まる。

佐原の視線が、なにを拾い上げたのか。目敏く察した男が、食卓へと腕を伸ばした。

「ティグリスの土産は、毎回代わり映えがしないな」

引き寄せられたのは、真新しい新聞だ。男の言葉の通り、それらは今朝コルレオニスの親友によって持ち込まれたものだ。

俺が側を離れたばっかりに、危険な目に遭わせて本当にごめん。あの夜、広間から佐原を連れ出したティグリスは何度もそう謝罪してくれた。無論ティグリスが責任を感じることなど、何一つない。イエレミヤの裏切りは巧妙で、警備の者たちは勿論用心深いティグリスまでもが現場から引き離された。聞くところによると、イエレミヤはティグリスたちを引きつけるため友人であるエルまでを死に至らしめたらしい。忌まわしい奸計《かんけい》に足を取られながらも、ティグリスは驚くべき迅速さで大広間へと駆けつけてくれた。感謝こそすれ、責める理由などなにもないのだ。

「獅子王、婚礼の祝砲…」

新聞の見出しを読み上げる声に、溜め息が混ざる。

一面に躍る見出しは、どれも華々しい。全ては、コルレオニスを賞賛するものだ。

佐原が手を回した結果ではない。もし差し止めようとしたところで、叶わなかっただろう。

さすが地獄と言うべきか。血に塗れた婚礼は、大醜聞になるどころか熱狂と共に祝福された。獅子王は自らの婚儀の場で裏切り者を討ち、新婦を守ったのだ。怒れる獅子王の完全な復活を喜ぶと共に、どの新聞も競うように花嫁と美々しいコルレオニスの写真を大写しで掲載した。

「満足してもらえたか？　婚礼の効果としては、君が望んだ通りのものだと思うが」

確かに、佐原が願った通りだ。この結婚式で、佐原が望んだのはコルレオニスの威光が更に輝かしいものとなることだけだった。記事を見る限り、それは十分叶ったかに見える。

いやむしろ、叶いすぎたのか。なにも僕は、婚礼の祝砲代わりに誰かの首を飛ばしてほしかったわけじゃないんですよ。そんな嘆きの一つもこぼしたくなるが、無論騒ぎの発端が佐原自身にあることは痛いほど自覚している。自分がイエレミヤに易々と利用されなければ、あんなことにはならなかったのだ。

「私としては、こちらの写真の方が気に入っているが」

あと何部か、同じものを手配させておこう。そうコルレオニスが眼を細めるのは、派手な題字が躍るゴシップ紙だ。

大衆紙の一面を飾ったのもまた、獅子王の婚儀の話題だった。こちらは二人が行儀よく並んだ写真などではなく、ヴェールを剝ぎ取られた佐原に、性交の最中同然の口づけを贈る獅子王が大写しにされていた。それだけではない。ドレスが裂けて乱れた佐原を腕に抱く男や、ナイフを握り締めた佐原を捉えた写真までが並んでいる。

「花嫁、獅子王に呪いの刃で熱烈なキス…って…」

泣きたい。式の真っ只中に花嫁衣装ですっ転び、轢かれた蛙のようだと書き立てられる悪夢に何度も魘《うな》された。それだけは回避しなければと思っていたが、しかし式の最中獅子王を刺した花嫁として紙面を賑わすというのはどうなのか。

「確かに感心しないな。刃物を握る姿もうつくしいが、君が私にいとゆかしく誓約の口づけをしている写真も載せてこそ完璧なのに」

「そんな話じゃなくてですね…」

嘆息をもらした佐原の首筋を、大きな掌が包む。髪を掻き分け後頭部を捉えられると、それだけでぞくりとした痺れが走った。

「いや、大事な話だ。私は折角君が尽力してくれた式そのものを無駄にした奴らを許してはいないし、指輪を外した君にもちょっとばかり腹を立てている」

ちょっとばかりって、それ全然ちょっとじゃないでしょう。

一見穏やかな獅子王自身の言葉を裏切って、漆黒の双眸が光を弾く。

「あ、あれは…」

「二度としないと、約束しろ。お前をあんな形で失ってまで、俺に生きていけと言う気か？」

生かされた以上、生きなければいけない。

それが、男が背負ってきた宿命の重さだ。

「あなたがおっしゃることの意味は、分かります。ですが…」

「勿論、今回の件は私に非がある。イエレミヤの裏切りを、未然に防ぐことができなかった。あの糞天使の祝福もな」

舌打ちをした男が、佐原の左手に指を絡める。引き寄せられ、口づけられた薬指にはあの夜とは異なる指輪が光っていた。言うまでもなく、コルレオニスの力を封じた庇護の指輪だ。

こんなものがなくても、あの騒ぎの後で獅子王の怒りを買いたがる者などいるだろうか。そうは思うが、男は誇示するように以前以上に眩い指輪を用意した。

決して外れるはずのない指輪が、何故あの夜外れたのか。新聞の紙面を飾っていたヴェルギリウスを思い出し、佐原は苦く息を絞った。

祝福だと、天使は笑った。好きなだけ、私を愛の天使と崇《あが》めるがいい。記者が記したところによると、ヴェルギリウスはそう胸を聳《そび》やかしたらしい。私のお蔭で、最高に盛り上がっただろう。尊大にもコルレオニスに言い放ったヴェルギリウスの声が、聞こえてきそうだ。獅子王が天使を殴ったのか、礼を言ったのか、顚末は詳《つまび》らかではない。前者だろうと推測するが、二人の間柄は桜庭が描写するほど険悪なものではないのだろうか。コルレオニスが天使を好く理由があるようには思えないが、少なくともヴェルギリウスは悪魔たちの諍いへの介入を楽しんでいるように見えた。

「万が一私になにかあっても、これがあれば君は守られる。そうでなくとも、獅子王の花嫁たる君を簡単に死に至らしめる莫迦はいないだろう。無論、そんなことになる前に、ティグリスが君の安全を確保するが」

あの夜も、コルレオニスはその腹づもりでいたのだろう。ティグリスに対する獅子王の信望は、絶対だ。それはティグリスの側にとっても同じであるに違いない。

「無論ティグリスを常に君に貼《は》りつけておくことはできないが、考えはある。いずれこの指輪に代…」

僕を箱にでも片づけて、しまっておくつもりか。言葉の終わりを待たず、佐原はフォークを放ると手を振り上げた。ごつりと、拳が音を立ててコルレオニスの顳顬を撲つ。そう、撲ったのだ。

「っ…」

虚を突かれた呻きが、左手に当たる。驚きと共に自分を見上げる男を、佐原はもう一度拳で撲った。

「狡《ずる》すぎでしょう…ッ！　いくら悪魔が狡猾だからって、人間だったら即地獄行きですよ…！」

婚礼の夜、男がどんな咆哮を上げたのか。それはまだ、生々しく耳に残っていた。恐怖がないと言えば、嘘になる。そうだとしても、声にせずにはいられなかった。

「君…」

「約束なんて、できるわけないじゃないですか！　僕だって、あんなこと、二度できるかって言えば怖くて、絶対、絶対無理だって思いますけど、でもあなたが傷ついて、僕が指輪を外せばあなたが助かるんなら、外さないなんて約束、できません…！」

自分を犠牲にするなど、僕には絶対に無理だ。今だって、そう思う。そんな勇気があるとは到底思えなかったが、あの瞬間には体が動いた。勇気なんかじゃない。怖かった。コルレオニスを失うことが、なによりも怖かった。だからこそ、ああする以外術がなかったのだ。

「あなたこそ、僕に言う気なんですか？　あんな形であなたを失ってまで、生きていけって」

声が、ふるえる。

あの夜、佐原の指輪が外れていなかったら。もしそうだったとしても、佐原はコルレオニスが意図した通りティグリスによって救い出されていたのだろう。

だが、コルレオニス自身はどうか。力の半分を佐原に与えた男は、それ故に毒に倒れた。加えて、あれほどの人数に取り囲まれていたのだ。いかに屈強な獅子王といえど、イエレミヤに心臓を完全に抉られていたらどうなっていたのか。

　想像するだけで、ふるえが込み上げる。かちかちと鳴り出しそうな奥歯ごと、大きな掌が佐原の頬を包んだ。

「…私は、君を失いたくない」

　軋るような声を絞った男に、佐原はもう一度拳を振り上げた。

　烏たちが覗いていたら、卒倒するんじゃないか。そうは思ったが、止められなかった。

「何十回だって言いますよ。僕は、ミセリアさんじゃない」

　佐原の左腕に、もう銀の腕輪は輝いていない。佐原が腕輪を外しても、コルレオニスは残念がりはしなかった。それでもミセリアではないと突き放せば、漆黒の双眸が歪む。

「僕は、あなたのミセリアさんじゃない…。だから、あなたが今どんなに精一杯生きて、生ききって、その結果として満足して死んだとしても、僕は、お疲れ様なんて言ってあげられない」

　恥じているのか、と。

　今日まで生き残ってきたことを後悔しているのかと、佐原は同じ食卓で男に尋ねた。

　否と、コルレオニスは笑った。それは、紛れもない本心だろう。同時に、確信もしていた。

　たとえばこの瞬間、本当に必要なことのためだと男が信じれば、コルレオニスは迷わずその身を投げ出すだろう。避けがたい結末が待っていると知った上で、怯むことなく暴風雨へと突き進むのだ。

　あの夜、毒の刃を手にした佐原を前に、男は躊躇なく覚悟を決めた。佐原を、生かすための選択だ。

結果として、彼は自分自身も、指輪を失った佐原をも失わなかった。だが確実に佐原を生かすこと以外に、男は全てを勝ち取ろうとはしていなかった。そして迎えるどんな結末にも、コルレオニスは後悔などしなかっただろう。

全力で生きて、全力で迎える終わりであれば失った者たちに恥じないと、そう考えているのか。

駄目だ、そんなこと。

そんなこと、絶対に駄目なのだ。

「あなたにとっても、それこそ物語にとっても、それが一番獅子王に相応しい結末だって言われたとしても、僕は許せません」

大きな手が再び両頬に伸び、佐原ははっとして身をもがかせた。だが頬を包まれ、強く引き寄せられれば逃れられない。

「っ、あ…」

硬い親指が、眼鏡を避けて頬骨を横に撫でた。それがなにを、拭ったのか。意識すると鼻腔がつんと痛んで、佐原は尚も首を振ろうともがいた。

「逃げるな」

低い声が、命じる。いや、請うものか。頬を拭った掌が頭を摑み、背中を引き寄せる。かしゃんと、眼鏡の蔓が耳元でちいさな音を立てた。逞しい腕が、あの夜何人もの血肉を引き裂き、骨を砕いた獰猛な腕が、ふるえる佐原の体を搔き寄せる。

従わせようとする、力ではない。縋る力だ。

痛いくらいに締め上げられ、眼底を焼く熱が強くなる。

「すまない…」

僕は、あなたにそんな声を出させたいわけじゃない。

それはきっと、ミセリアだって同じはずだ。

もし僕が、本当にミセリアだったら。彼の立場だったなら、男がなにもかも全うしたその先では、両手を広げて迎えてやりたいと願うだろう。お疲れ様、コルレオニス。もっと長く、あなたの英雄譚を読んでいたかった。すごく、格好よかったですよ。そう言って、傷だらけの彼の手を握るのだ。

だけどそれは、ミセリアの務めであって僕じゃない。僕はまだ、あなたを送り出せはしないのだ。

「…君を初めて見たのは、書記の先生の本が初めて刊行された時だ」

「…え？」

「新しい書記がどんな男が、王の命《めい》を受けて確かめに行く過程で君を見かけた。本を手にした君の左手には、ミセリアと同じ痣があった」

佐原の涙の湿り気を残す男の指が、白い左手を引き寄せる。静脈の色を透かす甲には、歪な傷痕が浮いていた。鱗の形に見えなくもない、しかし象徴性など欠片もない火傷の痕だ。

「でもこれは、本当にただの傷痕なんです」

「私も、疑った。君は雑踏のなかで見かけた子供にすぎなかったし、痣だけで確信するには私は色んなものを眼にしすぎた」

ミセリアを失った後、コルレオニスが一人きりで踏み締めてきた道程は長い。その過程で、男は様々なものと出会ったのだろう。姿形がただミセリアに似ただけの者もいれば、もしかしたらミセリアの姿を借りた敵と遭遇したことさえあるのかもしれない。ざらりとした声音の手触りに、佐原はちいさく唇を噛んだ。

「だが長じた君は、物語に目を輝かせるだけでなく、書記と物語に関わる編集者になった」

佐原が今の編集部に通い始めたのは、大学時代だ。学生のアルバイトとして採用してもらい、卒業後に正式な社員として入社を果たした。『機械仕掛けの神』の初版を手に取ったのは、言うまでもなくそれよりずっと以前のことになる。そんな頃から、コルレオニスは自分を認知していたと言うのか。

「確かに確率は高くないかもしれませんが、でも担当編集者になったからって僕がミセリアさんだとは限らないじゃないですか」

「そうだな。私も少しばかり猜疑心《さいぎしん》が強くてな。ミセリアと同じ徴を持ち、物語と関わり、あいつと同じ目をして笑う君がもし誰かの罠や策略ならば、そいつも君も万死に値すると思って見つめていた」

ぞくりと、背筋が冷える。

冗談だなどとは、決して笑えない。言葉の通り、もし影にすぎなかったとしても、ミセリアを計略に利用する者がいたならば男は躊躇なくその罪に相応しい代償を支払わせただろう。

「正直なところ、君がミセリアである証より、君がミセリアでない確証を得ようと躍起になっていた時期もある」

黄金の炎が揺れる双眸で、愛着を剝き出しにされるのも恐ろしい。だが同じ双眸から、敵意と冷酷な裁きが降りかかってきたらどうなるか。思わず、佐原はちいさく喉を鳴らした。

「君は、よく笑っていた」

するりと左手を撫でた指が、もう一度白い頬へと伸びる。

固い爪を持つ指が、ひどく慎重な仕種で涙の跡を残す佐原の頬骨を辿った。

「学生時代と違って、働き始めてからは随分と忙しそうだったが、それでも仕上がった本を手にすれば、君は必ず笑っていた」

「そりゃあ、作家さんが頑張ってくれた本が形になったら、嬉しいですから…」

僕はそんなにも、いつでもにやにやしてすごしていただろうか。自分が携わった本が形になれば、編集者ならきっと誰だって嬉しい。忙しくはあるが、僕は本当にこの仕事が好きなのだ。

「君は、いつだってそうだ。一生懸命で、見返りを求めない。勿論、笑う日ばかりじゃない。泣いたり、結構怒ったりもしていたな。編集部で椅子を繋げて寝てる顔や、原稿に集中しすぎて終電を乗り過ごした時の顔なんてのもあったか。実に、色んな表情を見せてくれた。ミセリアが、見せたことのないような表情を」

「な、なに見てらしたんですか！　僕のプライバシーはどうなって、て言うか、ミセリアさんが見せたことないってとかって、当たり前じゃないですか。大体僕が許さないですよ、彼がパイプ椅子を並べて仮眠するだなんて」

「可愛かった」

細められた双眸には、駆け引きも揶揄もない。屈託なく肩を揺らして笑った男に、肋骨の奥で心臓が跳ねた。

「君は、可愛かった。もしあいつが君のような人生を歩んでいたら、こうして笑ったり、泣いたり、怒ったりするんだろうかと思いもした」

背中に回る男の腕に、静かな力が籠もる。だから、と言葉を継いだ男が、形のよい額を擦り寄せた。

「もっと近くで、君を見たいと思った。君から仕事を取り上げがたくて今になってしまったが、もうこれ以上待つことはできなかった。君に恨まれる結果になったとしても、君を伴侶として迎えたいと思った」

「伴侶、ですか？」

驚きと怪訝さが、思わずそのまま声になる。コルレオニスにとって、その響きは意外なものだったらしい。顔を上げた男が、眉間に浅い皺を刻んだ。

「そうだ。最初に証書を見せただろう？　言葉にしても、告げたはずだ。私の花嫁となって、子供を孕んでくれと」

確かに、男はそう言った。書類も、見たはずだ。

だがこの世界における花嫁とは、そうしたものではないはずだ。驚く佐原の唇に、男が首を伸ばす。引き寄せられ、深く噛み合わされた唇の熱さに首筋がふるえた。

「すまない。君がいくら望んでも、どんな代償を差し出されても、君を元いた場所に帰してやることはできない」

口腔へと吹き込まれた声の響きに、心臓が軋む。

「深幸。お前と、生きていきたい。お前が、俺の全てを忘れていようと…、何者であろうとなかろうと、俺はお前と生きたい」

深幸。

音にされた名前は、紛れもなく佐原自身のものだ。

君はミセリアだと、コルレオニスは言った。だが男は、僕にミセリアと呼びかけたことが幾度あっただろうか。

ミセリアの死は、若き日のコルレオニスの死でもある。

万華鏡の輝きを持つ遠征を経て、男は名実共に獅子王となった。万雷の拍手が鳴り響く孤独の道を進む男は、今後再びミセリアの死を味わう必要がない。そうした意味で、コルレオニスは完全無欠の英雄だ。

なくして苦しむものの全ては、もうここにはない。男自身の、命さえも。

その男が、唯一再び手を伸ばして摑もうとしてくれているもの。それが僕であるというならば、その手を取らないなどということができるだろうか。

「僕も、あなたと生きたい」

獅子王の物語にも、いずれは結末が訪れるだろう。だがそれはもっとずっと後、捲りきれない頁の先でなければいけない。そしてもし許されるなら、その物語を紡《つむ》ぐ手助けができたらいい。

誰しもが熱中した英雄の物語の続きは、辺鄙な森のうつろいを記す、興味深いが単調な観察記録かもしれない。あるいは花嫁との放埓《ほうらつ》な日々を描いた、取るに足らない私小説か。なんだって、いい。コルレオニスが選び取る物語であれば、それを佐原も共に紡ぎたかった。

「だからコルレオニス、今の私にも是非お手柔らかに頼みますよ」

きつく抱き締めてくる巨軀に、両腕を回す。自分の唇からこぼれた声に、佐原ははっと目を瞬かせた。

僕は、今なにを。

コルレオニスなんて呼びかけも、私なんて物言いも、僕のものじゃない。それは、今は失われたはずのミセリアの響きだ。

驚きは、コルレオニスも同様だった。

心臓が止まりそうな眼で、男が瞬く。それこそ全知全能の何者かに、蹴り上げられでもしたようだ。

「な…」

佐原の両手が、自身の唇を塞ごうとする。だがそれよりも、熱い口に唇へと嚙みつかれる方が先だった。

「深幸」

だから、なんて声を出すんだ。

信じられない、と。疑い深く唸るくせに、堪えきれない喜びと、驚き、そして安堵の全てを、肋骨どころか心臓の奥まで切り開いて示してみせる声だ。なのにそれは、僕の名前を呼ぶ。

「深雪、お前が何者だろうと最早構わない。だが言えるのは、お前が私にとって完全な存在だということだ」

「…獅…」

喘いだ唇を、熱い舌が割った。生々しい体温と、ざらりとした舌触りに口蓋全体が甘く痺れる。恥ずかしいと、そう感じる余裕もない。ひくついた舌を吸われると、刺激が走って膝が跳ねた。

「ぅん、あ…」

ぐらりと揺れた腰を、頑丈な腕が支える。逞しい首にしがみつこうとして、佐原ははっと息を呑んだ。

「っあ、肩…」

いかに強靭とはいえ、コルレオニスは傷を負う身だ。そんな男を、僕は何度撲ってしまったのか。我に返って青褪める唇を、器用な舌がざろりと舐めた。

「ん？　ああ、気にするな」

軽く言い放たれた声に、痛みの兆しはない。もしかして、本当はもうあんまり痛くなかったりするんだろうか。驚く佐原を、鍛えられた腕が危なげなく抱え上げた。

「ちょ、獅子王、なにしてるんです」

「君の言う通りだ」

立ち上がった男が、両腕に抱いた佐原を背中から円卓へと下ろす。決して、乱暴な動きではない。皿を押し退けて転がされると、まるで豪華な昼餐《ちゅうさん》として供されたような有り様だ。

「言うって、なにを…、だから、あなた、肩…っ」

仰向けに転がる佐原に、黒々とした男の影が覆い被さる。骨張った指がシャツの裾を引き出し、臍の上を縦に動いた。

「あっ」

「君という花嫁を得ておきながら、私は新郎の自覚が足らなかったことに思い至った」

起き上がろうとする膝の間に巨軀を割り入れ、コルレオニスが夜の色をした眼を伏せた。あなた、なんだか妙に殊勝な顔してますけど、この姿勢ってなんですか。抗議するはずの声が、乳首をゆるく捻られて悲鳴に変わる。

「身を慎まなかった。新妻をいきなり寡婦にするような真似をして、君に叱られて当然だ」

「か、寡婦って…。僕が言ったのは、そういう意味じゃなくて…！」

「そういう意味だろう？」

にい、と笑った男の眼の色はどうだ。

黎明の気配を抱く空のように、月や星も支配した夜の空のように、漆黒の双眸が光った。

「まずは贖罪の意の表明として、夫の務めを十分に果たさせてもらおう。我が花嫁よ」

必要ありませんと訴えたところで、聞き入れられるとは思えない。この悪魔め。この、うつくしい悪魔め。

張り上げたはずの罵りが、息もつけない口づけに吞まれた。

あとがき

この度は『社畜な僕と狡猾《こうかつ》な悪魔の幸福な結婚』をお手に取って下さいましてありがとうございました。

目が覚めたら悪魔の花嫁にされていた挙げ句、子作りを迫られる受君のお話です。人間世界でのハードワークに比べれば、悪魔の花嫁業はまさかのホワイト⁉　かと思いきや、夜は安定のブラックだった的な本ですが、広いお心でお読み頂けると嬉《うれ》しいです。

今回も花嫁！　な素敵な表紙に挿絵、そして四コマまで描いて下さった香坂《こうさか》さん、本当にありがとうございました！　羽根男子と可愛《かわい》い眼鏡《めがね》男子を山盛り拝見でき嬉しかったです。薄い本に癒やされる悪魔は、なかなか充実した毎日を過ごせていそうで安心（？）しました。幸せな薄い本を読みすぎたせいで、「私たちは恋人同士だっただろう？」と余計拗《こじ》らせたと推測。

毎回無茶なお願いを快く受け止めて下るなお様、最後までご一緒下さり、本当にありがとうございました(涙)。ご体調が優れないなかお時間を割《さ》いて下さったみか様、K様にも心からお礼申し上げます。文章に関して、具体的なご助言を下さったK様も本当にありがとうございました。お蔭様で宝物が増えました。
なにより最後まで諦めずご指導下さったT様。暗き海どころか千尋《せんじん》の谷に後ろから突き落とすこと数度…という毎日で本当に本当に申し訳ありませんでした(涙)。T様がいて下さったからこそ、取り組むことができた物語でした。本当にありがとうございました。

最後になりましたが、この本をお手に取って下さいました皆様に心からお礼申し上げます。架空世界が舞台のファンタジーを書かせて頂くのが超絶久し振りでどきどきでした。引き籠《こ》もりを卒業し、夫業（主に夜の）に励む攻の人の迷惑な辣腕振りや、花嫁業に振り回される受君のその後など、また書かせて頂く機会を頂戴できましたらこれ以上嬉しいことはありません。是非応援してやって下さい。ご感想などお聞かせ頂けましたら、飛び上がって喜びます。

またどこかでお目にかかれる機会がありますように。最後までおつき合い下さいましてありがとうございました。

篠崎《しのざき》一夜《ひとよ》

香坂さんと共同で、活動状況をお知らせするサイトを制作頂いています。よろしければお立ち寄り下さい。http://sadistic-mode.or.tv/（サディスティック・モード・ウェブ）

社畜な僕と薄い本好きな悪魔

香坂 透
Illustration
by Tohru Kousaka

社畜な僕と現パロ好きな悪魔

LYNX ROMANCE

イラストレーター募集

リンクスロマンスでは、イラストレーターを随時募集いたします。

リンクスロマンスから任意の作品を選び、作品に合わせた
模写ではないオリジナルのイラスト（下記各1点以上）を描いてご応募ください。
モノクロイラストは、新書の挿絵箇所以外でも構いませんので、
好きなシーンを選んで描いてください。

1 表紙用 カラーイラスト

2 モノクロイラスト（人物全身・背景の入ったもの）

3 モノクロイラスト（人物アップ）

4 モノクロイラスト（キス・Hシーン）

募集要項

＜応募資格＞

年齢・性別・プロ・アマ問いません。

＜原稿のサイズおよび形式＞

◆Ａ４またはＢ４サイズの市販の原稿用紙を使用してください。
◆データ原稿の場合は、Photoshop（Ver.5.0 以降）形式でＣＤ－Ｒに保存し、
出力見本をつけてご応募ください。

＜応募上の注意＞

◆応募イラストの元としたリンクスロマンスのタイトル、
あなたの住所、氏名、ペンネーム、年齢、電話番号、メールアドレス、
投稿歴、受賞歴を記載した紙を添付してください（書式自由）。
◆作品返却を希望する場合は、応募封筒の表に「返却希望」と明記し、
返却希望先の住所・氏名を記入して
返送分の切手を貼った返信用封筒を同封してください。

＜採用のお知らせ＞

◆採用の場合のみ、６カ月以内に編集部よりご連絡いたします。
◆選考に関するお電話やメールでのお問い合わせはご遠慮ください。

宛先

〒151-0051 東京都渋谷区千駄ヶ谷 4－9－7
株式会社　幻冬舎コミックス
「リンクスロマンス　イラストレーター募集」係

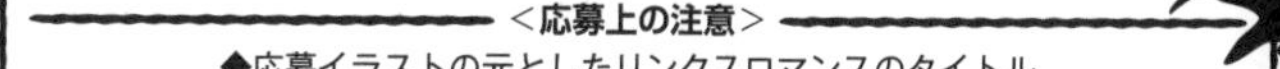

この本を読んでの
ご意見・ご感想を
お寄せ下さい。

〒151-0051
東京都渋谷区千駄ヶ谷4-9-7
(株)幻冬舎コミックス　リンクス編集部
「篠崎一夜《しのざきひとよ》先生」係／「香坂 透《こうさかとおる》先生」係

リンクス ロマンス

社畜な僕と狡猾な悪魔の幸福な結婚

2019年12月31日　第1刷発行

著者……………篠崎一夜《しのざきひとよ》
発行人…………石原正康
発行元…………株式会社　幻冬舎コミックス
〒151-0051　東京都渋谷区千駄ヶ谷4-9-7
TEL 03-5411-6431（編集）
発売元…………株式会社　幻冬舎
〒151-0051　東京都渋谷区千駄ヶ谷4-9-7
TEL 03-5411-6222（営業）
振替00120-8-767643
印刷・製本所…株式会社　光邦
検印廃止

ISBN978-4-344-84583-1　C0293
Printed in Japan

幻冬舎コミックスホームページ　http://www.gentosha-comics.net

本作品はフィクションです。実在の人物・団体・事件などには関係ありません。